피터 팬과 웬디

피터 팬과 웬디

인쇄 · 2021년 4월 25일
발행 · 2021년 5월 1일

지은이 · 제임스 매튜 배리
옮긴이 · 김명복
펴낸이 · 한봉숙
펴낸곳 · 푸른사상사

주간 · 맹문재 | 편집 · 지순이 | 교정 · 김수란, 노현정 | 마케팅 · 한정규
등록 · 1999년 7월 8일 제2-2876호
주소 · 경기도 파주시 회동길 337-16 푸른사상사
대표전화 · 031) 955-9111(2) | 팩시밀리 · 031) 955-9114
이메일 · prun21c@hanmail.net
홈페이지 · http://www.prun21c.com

ISBN 979-11-308-1786-6 03840
값 16,500원

세계문학전집 6

제임스 매튜 배리

피터 팬과 웬디

—

김명복 옮김

*Peter and Wendy*_ *James Matthew Barrie*

THE NEVER NEVER LAND

제1장

피터, 네버랜드를 빠져나오다

· · · · · · · · ·

좋은 엄마라면 누구나 밤마다 아이들이 잠들자마자 습관적으로 아이들의 마음속을 뒤져서, 다음 날 아침을 위해 낮 동안 어질러놓은 마음속 많은 사건들을 가지런히 곧게 펼쳐놓거나, 아니면 있어야 할 자리에 아이들을 다시 옮겨다 놓을 것이다. 이때 어린이 여러분이 잠을 깨면(그럴 일은 없다) 엄마가 이 일을 하고 있는 것을 보게 될 것이다. 그 일은 매우 재미있어 보인다. 마치 옷장 서랍의 옷을 정리하는 일과 같다. 내 생각에 여러분의 엄마는 무릎을 꿇고 앉아, 여러분이 낮 동안 한 일들을 우스꽝스럽게 만지작거리며, 여러분이 왜 이런 생각이나 이런 행동을 하게 되었는지 이상하게 생각하고, 여러분의 어떤 생각이나 행동들에 대하여는 대견하게 생각할 수도 있고 아닐 수도 있다. 여러분의 어느 생각이나 행동은 아기 고양이처럼 너무 예뻐서 엄마는 자신의 뺨에 그들을 가져다 대고, 어떤 것들은 서둘러 보이지 않게 치울 수도 있다. 지난밤 여러분이 잠자리에 들며 함께 가져갔던 나쁜 행실들과 감정들은 작게 접어서 여러분 마음 깊숙이 바닥에 놓아두고, 마음의 맨 위에는 여러분이 언제라도 가지고 나갈 수 있는 예쁜 생각들이 통풍이 잘 되게 곱게 펼쳐져 놓여 있을 것이다.

아이들은 모두 자란다. 한 사람만 예외다. 자신들이 자란다는 사실을 아이들은 일찍부터 알고 있다. 웬디가 그 사실을 알게 된 정황은 이렇다. 두 살이 되던 어느 날 웬디는 정원에서 놀다가 꽃 한 송이를 꺾어서 엄마에게 갖다 드렸다. 웬디 엄마, 달링 부인은 꽃을 받고 기분이 좋았다. 그녀는 손을 자신의 가슴에 얹고 말했다. "아, 너는 이 꽃같이 나이 먹지 않을 수 없을까?"

두 모녀는 자라지 않아 영원히 변하지 않는 것들에 대한 이야기했다. 그 일이 있은 후부터 웬디는 자신도 나이를 먹고 자라야 한다는 사실을 깨달았다. 여러분도 두 살이 지나면 그 사실을 알게 될 것이다. 두 살, 그 나이가 되면, 자라지 않고 영원히 나이를 먹지 않는 사람은 없다는 사실을 깨닫는다.

웬디 가족은 14호 집에 살았다. 웬디가 태어나기 전의 웬디 엄마는 너무나 멋진 부인이었다. 그녀는 얼굴도 예쁜 데다, 마음씨가 낭만적이었다. 더구나 그녀의 입은 매혹적으로 상대를 무시하는 모양새였다. 그 낭만적인 마음씨는 상자 속에 작은 상자들이 계속하여 들어 있는 미지의 동방 마법 상자와 같아서, 상자들을 아무리 많이 꺼내도 마음엔 늘 상자 하나를 더 가지고 있었다. 그리고 매혹적으로 상대를 무시하는 그녀의 입 모양새 위쪽으로 키스가 하나 있었다. 이 키스는 오른쪽 입 모서리에 크게 도드라져 보였지만, 웬디조차 그 키스를 가질 수 없었다.

달링 씨가 달링 부인을 아내로 맞을 수 있었던 상황은 이랬다. 웬디 엄마가 소녀였을 때, 많은 소년과 신사들이 하나같이 모두 그녀를 사랑했다. 그들은 모두 그녀에게 결혼을 신청하려고 그녀의 집으로 달려갔다. 그때 달링 씨는 다른 사람들과 달리 마차를 타고 제일 먼저 그녀의 집에 도착하여 그녀로부터 결혼 승낙을 받아냈다. 결혼 후 달링 씨는 달링 부인이 가진 모든 것을 갖게 되었다. 그러나 예외가 있었다. 그녀의 마음속 가장 깊숙이 들어 있는 마법 상자와 키스가 그것이었다. 달링 씨는 마법 상자의 존재에 대해서는 아예 몰랐고, 그녀의 키스를 차지하려 노력하다 세월이 지나자 포기하고 말았다. 나폴레옹이라면 그 키스를 차지했을지 모르겠다고 웬디는 생각했다. 그러나 나폴레옹조차 그 키스를 차지하려다 실패하고 화를 내며 문을 꽝 닫고 뛰쳐나갔을 것이다.

달링 씨는 웬디 엄마가 자신을 사랑하고 또 존경한다고 웬디에게 자랑하곤 했다. 그는 주식과 증권에 조예가 깊은 사람이라고 자처하는 사람이었다. 그러나 주식과 증권에 대해 듣고 싶어 하는 사람이 어디 그렇게 많은가? 그러나 그는 아는 체했다. 그는 모든 여자들이 자신을 좋아할 수 있게 만드는 방법을 알고 있듯이, 채권이 내리고 주식이 오르는 때도 알고 있다고 말했다.

달링 부인은 자신의 결혼식에 하얀 드레스를 입었다. 그리고 결혼 초에 그녀는 가계부를 꼼꼼히 기록했다. 그녀는 게임하듯이 가계부 쓰기를 즐겼다. 작은 양배추 하나 누락하지 않고 기록했다. 그러다가 차츰

양배추 같은 항목들이 가계부에서 사라지고, 대신 그 자리에 아직 태어나지 않은 아이들을 그린 그림들이 나타나기 시작했다. 가계부에서 지출 합계를 계산해야 할 빈자리에조차 아이들이 그려져 있었다. 그림 속 아이들은 달링 부인의 생각 속 인물들이었다.

웬디가 제일 먼저 태어나고, 존이 태어나고, 다음으로 마이클이 태어났다. 웬디가 태어나 식구가 한 명 더 늘어나자, 달링 부부는 처음 1, 2주 동안은 웬디를 키울 생각으로 걱정이 태산이었다. 달링 씨는 걱정이 많이 되었지만, 웬디의 탄생은 너무나 자랑스러웠다. 그는 습관적으로 계산했다. 그는 달링 부인의 침대 가장자리에 앉아 그녀의 손을 잡고 양육 비용을 계산했다. 그러나 달링 부인은 계산하는 달링 씨가 못마땅했다. 그녀에게 웬디의 육아 비용은 아무런 문제가 되지 않았다. 그러나 달링 씨는 그녀와 달랐다. 그는 연필과 종이를 가져다 계산했다. 가끔 달링 부인이 끼어들어 그의 계산을 어렵게 하면, 그는 처음부터 다시 계산을 시작했다.

"제발, 계산 좀 합시다." 달링 씨는 부인에게 부탁의 말을 하곤 했다. "현재 우리의 재산 잔고는 1파운드 17실링이고, 봉급이 2파운드 6실링. 사무실에서 커피 값을 절약하면 10실링이 절약되어, 2파운드 9실링 3펜스. 당신이 가지고 있는 12실링 3펜스를 합하면, 3파운드 9실링 7펜스. 나의 수표책에 있는 5파운드를 합하여 8파운드 9실링 7펜스 - 누가 저렇게 돌아다니지? - 8파운드 9실링 7펜스, 점을 찍고 7을 옮기면 - 말 좀 붙이지 마세요, 계산 좀 합시다. - 당신이 이웃에 빌려준 1파운드 - 조용히 좀 해줄래, 아가야 - 자, 이곳에 점을 찍고, 아가를 옮기고 - 저런, 네가 계산을 엉망으로 만드는구나! - 내가 9파운드 9실링 7펜스라고 했나? 맞다. 9파운드 9실링 7펜스. 자, 문제는 9파운드 9실링 7펜스로 어떻게 아이를 1년 동안 키우지?"

"걱정 말아요, 우리는 할 수 있어요, 조지." 달링 부인이 큰 소리로 말했다. 그녀는 온통 웬디 생각만 했다. 그러나 달링 씨는 추상적인 그 부인과 달리 좀 더 구체적으로 생각했다.

"우선 아가의 볼거리 치료 비용을 생각해야 합니다." 달링 씨는 위협하듯이 부인에게 말했다. 그리고 다시 말을 이었다. "볼거리에 1파운드, 자, 여기에 기록합시다. 30실링으로 해두는 것이 더 좋겠군 ─ 듣기만 하세요 ─ 홍역에 1파운드 5실링, 풍진에 반 기니, 총 합계가 2파운드 15실링 6펜스 ─ 손가락 좀 움직이지 마세요 ─ 백일 해에 15실링."

그렇게 항목이 늘어나고, 매번 병치레 액수가 불어났다. 어찌 되었든 웬디는 모든 질병을 견디고 살아남았다. 그녀의 볼거리 비용은 12실링 6펜스로 절약됐고, 홍역과 풍진 치료 비용은 어느 한쪽만 들었다.

둘째 존이 태어나서도 똑같은 전쟁이 벌어졌다. 그러나 마이클 때는 그 부산함이 이전 둘보다 덜했다. 어찌 되었든 웬디 이후 두 아이들도 살아남았다. 곧 여러분은 세 명의 아이들이 유모를 대동하고 미스 펄솜 유치원을 향하여 줄지어 가는 것을 보게 될 것이다.

달링 부인은 자신의 처지를 잘 알아 주머니 사정에 따라서 처신했다. 그러나 달링 씨의 일처리 기준은 그의 이웃들이었다. 이웃들이 모두 유모를 두고 있는 것을 보고, 아이들이 마실 우유 값도 벅차게 가난한 그들은 나나라 부르는 깔끔한 뉴펀들랜드 개 한 마리를 유모로 삼기로 결정했다. 달링 씨 댁의 유모가 되기까지 그 개는 딱히 주인이 있는 개가 아니었다. 나나는 이전에도 아이들을 좋아했다. 달링 부부는 나나를 켄싱턴 가든에서 만났다. 나나는 시간이 날 때마다 그곳에 가서 유모차들을 살펴보다가, 유모들이 아이들 돌보기를 게을리하면, 집까지 따라가

여주인에게 그 사실을 알려 게으른 유모들로부터 원망이 자자했다. 나나는 유모로서 최고의 자질을 갖추었다. 목욕 시간을 철저히 지켰고, 돌보는 아이가 조금이라도 우는 소리를 들으면 아무리 깊은 밤이라도 깨어 일어났다. 그러니 개집이 아이들 방에 있는 것은 당연했다. 나나는 언제 아이가 기침하는지, 그리고 언제 아이 목 주위에 수건을 감아주어야 하는지를 정확하게 알고 있었다. 나나는 죽는 날까지 대황 잎줄기와 같은 전통 방식의 치료법을 고수했고, 병균과도 같은 최신식 의학용어들에 대해서는 경멸을 보냈다. 나나가 아이들을 등교시키며 호위하는 방식은 교양과 관련된 모범 사례였다. 아이들이 예의 바르게 걷고 있을 때는 말없이 아이들 곁을 걷고 있다가도, 아이들이 길에서 벗어나기라도 하면 나나는 아이들이 바른 길로 가도록 그들의 엉덩이를 걷어찼다. 존이 축구하는 날에는 스웨터를 잊지 않고 챙기고, 비 올 때를 대비하여 입에는 우산을 물고 갔다.

유모들은 미스 펄솜 유치원 지하층에서 대기하고 있었다. 유모들이 등 없는 긴 의자에 앉아 있는 동안, 나나는 마룻바닥 위에 앉아 있었다. 그러나 그것이 유일한 차이였다. 유모들은 나나가 자신들보다 낮은 계급에 속해 있다는 듯이 나나를 무시했고, 나나는 그들이 부질없는 잡담이나 하고 앉아 있다고 경멸했다. 나나는 달링 부인의 친구들이 아이들 방에 들어오는 것을 싫어했다, 그러나 달링 부인의 친구들이 아이들 방에 들어오면, 나나는 제일 먼저 마이클의 턱받이를 벗기고 푸른 리본이 달린 옷을 입혔다. 그리고 웬디의 옷을 곧게 펼쳐 바르게 하고, 존의 머리 모양을 예쁘게 만져주었다. 아이들 방 교육이 이보다 더 바르게 이뤄질 수는 없다. 달링 씨도 이 점은 알고 있었다. 그러나 그는 이웃들이 보모로 나나를 고용하는 일에 대하여 무슨 말을 할지도 모른다고 생각하여 늘 불안해했다. 달링 씨는 도시 사람으로 신경써야 할 체면이 있다고 생각했다.

나나는 그것 말고도 달링 씨를 불편하게 만들었다. 달링 씨는 나나가 자신을 가볍게 여긴다고 이따금 생각했다. 그럴 때마다 "조지, 내가 알기로 나나는 당신을 끔찍이 존경하고 있어요."라고 달링 부인이 그를 안심시켰다. 그리고 이어서 그녀는 아이들에게, 특히 아빠에게 잘하라고 신호를 보내기도 했다. 집 안에서 춤출 일이 생길 때면, 유일한 하녀 리자도 함께 춤추었다. 춤출 때마다 리자는 열 살로 돌아갈 수 없다고 단언했지만, 긴 치마에 하녀 모자를 쓴 그녀는 열 살짜리 작은 꼬마 같았다. 그들은 신나게 떠들썩하니 춤추고 놀았다. 가장 신나했던 사람은 당연히 달링 부인이었다. 그녀는 너무나 즐겁게 춤추어서 그녀에게서 우리가 볼 수 있는 것은 오직 키스뿐이었다. 그때 여러분이 그녀에게 다가갔다면, 그 키스를 받아낼 수 있었을 것이다. 피터 팬이 이 집에 오기 전까지 이 가족보다 더 평온하고 더 행복한 가족은 없었다.

달링 부인은 자신의 아이들 마음을 청소하다가, 처음으로 피터에 대한 이야기를 알았다. 좋은 엄마라면 누구나 밤마다 아이들이 잠들자마자 습관적으로 아이들의 마음속을 뒤져서, 다음 날 아침을 위해 낮 동안 어질러놓은 마음속 많은 사건들을 가지런히 곧게 펼쳐놓거나, 아니면 있어야 할 자리에 아이들을 다시 옮겨다 놓을 것이다. 이때 어린이 여러분이 잠을 깨면(그럴 일은 없다) 엄마가 이 일을 하고 있는 것을 보게 될 것이다. 그 일은 매우 재미있어 보인다. 마치 옷장 서랍의 옷을 정리하는 일과 같다. 내 생각에 여러분의 엄마는 무릎을 꿇고 앉아, 여러분이 낮 동안 한 일들을 우스꽝스럽게 만지작거리며, 여러분이 왜 이런 생각이나 이런 행동을 하게 되었는지 이상하게 생각하고, 여러분의 어떤 생각이나 행동들에 대하여는 대견하게 생각할 수도 있고 아닐 수도 있다. 여러분의 어느 생각이나 행동은 아기 고양이처럼 너무 예뻐서 엄마는 자신의 뺨에 그들을 가져다 대고, 어떤 것들은 서둘러 보이지 않게 치울 수도 있다. 지난밤 여러분이 잠자리에 들며 함께 가져갔던 나쁜 행실들과 감정들은 작게 접어서 여러분 마음 깊숙이 바닥에 놓아두고, 마음의 맨 위에는 여러분이 언제라도 가지고 나갈 수 있는 예쁜 생각들이 통풍이 잘 되게 곱게 펼쳐져 놓여 있을 것이다.

여러분들 가운데 누군가, 한 사람이 가지고 있는 마음의 지도를 본 적이 있는지 모르겠다. 의사들은 자주 여러분이 알지 못하는 여러분의 지도를 그려서 보여준다. 의사들이 보여준 지도가 엉망진창이거나, 아니면 늘 반복하여 이미 알고 있는 마음의 지도가 아니라면, 그가 보여준 여러분의 지도는 매우 흥미로울 것이다.

체온 기록표같이 지그재그 선들로 그려진 지도 위의 선은 아마도 섬에 있는 도로들일 가능성이 크다. 네버랜드는 이곳저곳 예쁘게 알록달록 물감을 뿌려놓은 것 같은 섬이다. 앞바다에는 산호초들과 멋진 쾌속선이 놓여 있고, 원주민들과 짐승의 굴들이 있고, 대부분이 재단사인 작은 요정들이 있고, 그 안으로 강물이 흐르는 동굴이 있고, 형제가 여섯 명 있는 왕자들이 있고, 곧 쓰러질 것 같은 오두막 한 채와 매부리코를 가진 키 작은 노파가 있다. 그것이 전부라면 우리는 그런 지도를 쉽게 읽을 수 있다. 그러나 그곳에는 첫 등교일이 있고, 종교, 신부들, 둥근 연못, 바느질, 살인들, 교수형들, 수여동사들, 초콜릿 푸딩 먹는 날, 양말대님 매기, (폐 기능을 검사하기 위해 의사가 청진기 대고 말하라고 요구하는) "99"라고 말하기, 스스로 자기 이빨 뽑으면 3펜스 주기, 기타 등등이 있다. 그리고 이런 것들은 그 섬의 일부이거나, 아니면 그들은 지도 속에 있는 또 다른 지도이다. 지도는 뒤죽박죽이어서, 특별히 정지해 있는 내용물들은 전혀 없이 수시로 변한다.

네버랜드는 하나가 아니라 여러 네버랜드들이다. 예를 들어 존의 네버랜드에는 개펄이 하나 있는데, 존은 그 섬 위로 날고 있는 홍학들을 향해 총질을 해댄다. 막내 마이클의 네버랜드에는 개펄들이 많고, 그 섬 위로 나는 홍학은 한 마리뿐이다. 존은 모래사장 위에 뒤집혀진 작은 배 안에서 살고, 마이클은 인디언 원형 천막에 살고, 웬디는 나뭇잎들로 예쁘게 엮은 집에서 산다. 존은 친구들이 없고, 마이클은 밤에만 만나는 친구들이 있고, 웬디는 부모가 버린 아기 늑대 한 마리를 키운다. 네버랜드들은 각각 하나의 가족과 같이 독립적이다. 그러나 네버랜드들을 일렬로 세워놓는다면, 그들은 서로 잘 알고 지내는 사이라 말할 수 있다. 네버랜드에 있는 마법의 해변 위에서 놀고 있는 아이들은 그들의 작은 배들을 바닷가로 끌어올리고 있다. 우리도 언젠가 그곳에 있었던 때가 있다. 우리는 이제 더 이상 그곳에 갈 수 없지만, 우리는 늘 그곳으로부터 들려오는 파도 소리는 들을 수 있다.

아이들의 네버랜드는 멋진 모든 섬들 가운데에서도 가장 아늑하고 가장 편리한 곳이다. 그 섬은 크지도 않고, 여기저기 멀리 떨어져 널려 있지도 않다. 여러분도 알다시피, 모험을 할 때 누구나 이리저리 옮겨 다니며 지루해하지 않을 정도의 적당한 거리에 네버랜드들이 놓여 있다. 우리가 낮 동안 의자들과 책상을 가지고 네버랜드에 가서 놀아도 이상할 것이 전혀 없다. 왜냐면 우리가 잠들기 2분 전에 이미 네버랜드는 거의 현실이 되기 때문이다. 그곳에 야간등들이 설치되어 있는 이유가 바로 그래서이다.

가끔 아이들의 마음속을 여행하다가 달링 부인은 이해하기 힘든 일들을 발견했다. 가장 이해할 수 없는 것이 피터라는 낱말이었다. 달링 부인은 피터가 누구인지 몰랐다. 그런데 피터란 이름이 존과 마이클의 마음 이곳저곳에 널려 있었고, 웬디의 마음에는 아예 피터의 이름이 사방 천지에 널려 있었다. 피터란 낱말은 다른 낱말들보다 도드라지게 큰 글씨로 쓰여 있었다. 달링 부인은 그 낱말을 쳐다보며 그 모양이 이상할 정도로 건방지다고 생각했다. "그래, 피터는 좀 건방져 보이기는 해."라고 웬디는 유감스럽다는 듯이 인정했다. 그러자 웬디 엄마가 웬디에게 물었다. "그런데, 피터가 누구니, 아가야?"

"피터 팬이에요. 엄마도 아시잖아요."

처음에 달링 부인은 웬디가 무슨 말을 하는지 몰랐다. 그러나 자신의 어린 시절을 돌아보고는 곧 피터 팬을 기억해냈다. 그 아이는 요정들과 살고 있다고 그녀는 알고 있었다. 그 외에도 그 아이에 관한 이상한 이야기들이 많이 있었다. 아이들이 죽으면 피터가 죽은 아이들과 함께 일정 거리를 동행하여, 죽은 아이들은 죽은 자의 나라까지 가는 길을 무서워하지 않는다고 했다. 달링 부인 역시 어린 시절 피터의 존재를 믿었다. 그러나 결혼을 하고 분별력이 생기자, 그런 아이가 정말 존재하는지 그녀는 의심하게 되었다.

달링 부인은 웬디에게 말했다. "이제 피터도 성인이 되었을걸."

"그렇지 않아요, 피터는 자라지 않아요." 웬디는 확신에 차서 대답했다. "피터는 나 같아요." 웬디는 피터의 마음과 몸이 모두 자신과 같다는 뜻으로 말했다. 웬디는 자신이 그 사실을 어떻게 알게 되었는지 몰랐다. 그냥 알게 되었다.

달링 부인은 이 사실을 달링 씨에게 알렸지만, 그는 웃으며 난센스라고 말했다. "내 말을 명심하세요. 모두가 나나가 아이들 머리에 넣어준 난센스들이지요. 개만이 생각할 수 있는 이야기들이지요. 시간이 지나면, 아무 일 없었다는 듯이 사라지게 될 거예요." 그러나 그렇게 쉽게 끝날 일이 아니었다. 그리고 곧 문제의 소년이 달링 부인을 대단히 놀라게 할 일이 벌어졌다.

아이들은 가장 이상한 모험들을 하고도 전혀 의심하지 않는다. 예를 들어, 아이들은 자신들이 숲속에서 죽은 아버지를 만나서 게임하고 놀았다는 사실을, 그 사건이 일어나고 일주일이 지난 후 아무 일 없었다는 듯이 그 일을 기억하고 말한다. 웬디가 어느 날 아침 그 엄청난 사건을 고백한 것도 아주 우연이었다. 나뭇잎들이 아이들 방에서 발견되었는데, 이들의 나뭇잎은 아이들이 잠자리에 들 때는 분명히 없었다. 달링 부인은 나뭇잎들을 보고 이상하게 생각했지만, 웬디는 아무렇지 않다는 듯이 미소 지으며 말했다. "또다시 피터가 시작했군!"

그리고 웬디 엄마가 말했다. "웬디야, 너 그게 무슨 말이니?"

"버르장머리 없게 나뭇잎을 치우지 않고 가버리다니."라고 웬디는 한숨지으며 말했다. 웬디는 청소를 잘하는 아이였다.

웬디는 이상할 게 아무것도 없다는 듯이, 피터는 가끔 밤에 아이들 방에 들어와서 그녀의 침대 아래 앉아 피리를 불어주었다고 말했다. 불행하게도 그때 그녀는 잠에서 깨지 않아, 그녀가 어떻게 알았는지 알 수 없지만, 그냥 알았다. 그러자 웬디 엄마가 말했다. "애야, 말도 안 되는 소리를 하는구나. 노크도 하지 않고 누가 집에 들어올 수 있단 말이니?"

"내 생각엔 창문으로 들어온 것 같아요."라고 웬디가 말했다.

"뭐야, 3층 창문으로 들어와?"

"엄마, 창문 밑에 나뭇잎들이 있지 않았나요?"

사실이었다. 나뭇잎들이 창문 가까이에서 발견되었다. 달링 부인은 이 사실을 어떻게 생각해야 할지 몰랐다. 그러나 웬디는 이 모든 사실이 전혀 이상하지 않았다. 여러분도 웬디가 꿈꾸고 있었다고 잘라 말할 수는 없을 것이다. 웬디 엄마는 말했다. "얘야, 왜 좀 더 일찍이 이 일을 이야기해주지 않았니?"

"아, 잊고 있었어요." 웬디는 가볍게 말했다. 그리고 아침 식사를 하기 위해 서둘러 방을 나갔다.

'오, 분명 웬디는 꿈꾸고 있었을 것이다.'라고 웬디 엄마는 생각했다. 그러나 나뭇잎들이 그곳에 있었다. 달링 부인은 나뭇잎들을 조심스럽게 살펴보았다. 줄기뿐인 나뭇잎들이었다. 그러나 그 잎은 분명 영국에서 자라는 나무의 나뭇잎은 아니었다. 달링 부인은 촛불을 들고 마룻바닥을 기어 다니며 낯선 사람의 발자국을 찾았다. 그리고 부지깽이로 굴뚝 위쪽을 두드리고, 벽도 툭툭 쳤다. 창에서 거리 바닥까지 줄자를 내려 보니 직선거리가 30피트였다. 그곳에는 잡고 올라올 관도 없었다.

웬디는 과거에도 꿈을 꾸었다. 그러나 장차 놀라운 모험들이 아이들에게 시작되는 그날 밤에 웬디는 꿈꾸고 있지 않았다. 아이들의 모험이 시작될 날 밤 아이들은 모두 잠자리에 들었다. 공교롭게도 그날 저녁 나나는 휴가를 받아 집에 있지 않았다. 그래서 달링 부인은 아이들 목욕을 직접 시키고, 아이들이 하나씩 엄마의 손을 놓고 잠의 나라로 빠져들 때까지 노래를 불러주었다. 모두가 안전하고 편안해 보이자, 공연히 걱정했다며 그녀는 미소 지으며 바느질감을 갖고 조용히 난로 불가에 앉았다. 마이클이 생일날 입을 셔츠를 만들고 있었다. 난롯불은 따뜻했고, 세 개의 야간등 불빛에도 아이들의 방은 어두웠다. 잠시 후 달링 부인은 바느질감을 무릎 위에 올려놓고 졸기 시작했다. 그리고 이내 잠에 빠져들었다. 네 사람들 모두 잠들었다. 저쪽으로 웬디와 마이클이 자고 있고, 이쪽에는 존이 있고, 달링 부인은 난롯불 가에 있었다. 그리고 예전에 없던 네 번째 불빛이 반짝이기 시작했다.

　달링 부인은 잠들어 꿈을 꾸었다. 꿈속에서 그녀는 네버랜드 가까이 갔다. 그리고 네버랜드로부터 낯선 소년이 빠져나오고 있었다. 그녀는 그 아이를 보고도 놀라지 않았다. 그녀는 예전에 아이를 갖지 않은 많은 부인들의 얼굴에서 그 아이를 본 적이 있다고 생각했다. 아마도 그 아이는 그 이외에도 몇몇 엄마들의 얼굴에서도 발견할 수 있을 것이다. 그러나 그녀의 꿈속에서 그 아이는 네버랜드를 경계 짓는 장막을 찢고 빠져나왔다. 그리고 달링 부인은 웬디와 존과 마이클이 그 찢어진 장막을 통하여 네버랜드를 쳐다보는 것을 보았다. 그 꿈 자체는 뭐 그리 대단한 것이 아닐 수도 있다. 그러나 그녀가 꿈꾸고 있는 동안 창문이 활짝 열리고, 한 소년이 마루 위에 내려와 서 있었다. 그 소년은 여러분의 주먹보다 크지 않은 불빛 하나를 가지고 있었다. 그 불빛은 살아 있는 물체와 같이 방 안 이곳저곳을 쑤시고 다녔다. 내 생각에 달링 부인이 깨어난 것은 이 불빛 때문이었다.

　달링 부인은 소리 지르며 잠에서 깨어 벌떡 일어나 그 소년을 쳐다보았다. 어찌 되었든 그녀는 곧 그 아이가 피터 팬이라는 사실을 알았다. 여러분과 나와 웬디가 그곳에 있었다면, 우리는 그 아이가 달링 부인의 키스와 같다고 생각했을 것이다. 그 아이는 줄기뿐인 나뭇잎과 나무에서 짜낸 즙으로 만든 옷을 입은 잘생긴 소년이었다. 그러나 그 아이에게서 가장 신비스러운 사실은 그 아이가 아직도 젖니를 그대로 가지고 있다는 것이었다. 그 아이는 아이들이 아닌 어른인 달링 부인을 보자, 진주 같은 작은 이빨들을 드러내 보이며 노여워했다.

PETER FLEW IN

제2장

그림자

· · · · · · · · ·

이미 잠이 반쯤 든 마이클조차 엄마가 불안해하는 것을 알고 중얼거렸다. "엄마, 야간등불이 켜지고 나서 얼마 후에 우리에게 나쁜 일이 일어나?"

그러자 달링 부인이 말했다. "얘야, 아니란다. 야간등불은 아이들을 보호해달라고 엄마가 뒤에 남기고 가는 눈이란다."

달링 부인은 아이들 침대를 옮겨 다니며 마법의 노래를 불렀다. 가장 어린 마이클이 엄마를 팔로 감싸 안으며 말했다. "엄마, 난 엄마가 좋아."

마이클의 이 말은 달링 부인이 이후 오랫동안 듣지 못하게 될 마지막 말이었다.

달링 부인이 비명을 지르자, 마치 초인종에 대답하듯이 문이 열리고 나나가 저녁 외출을 마치고 문 안으로 들어왔다. 나나는 으르렁거리며 소년에게 달려들었고, 소년은 가볍게 창문 너머로 뛰어내렸다. 다시 한번 달링 부인은 비명을 질렀다. 이번에 그녀는 피터가 걱정이 되어서였다. 그녀는 피터가 창문 너머로 떨어져 죽었다고 생각했다. 그녀는 거리로 뛰어 나아가 피터의 몸을 찾았지만 피터는 그곳에 없었다. 그녀는 하늘을 쳐다보았다. 검은 밤하늘에 유성 하나가 떨어졌다.

달링 부인이 아이들 방으로 돌아와보니, 나나가 입에 소년의 그림자를 입에 물고 있었다. 피터가 창문을 넘어갈 때 나나는 피터를 잡지 못했지만, 창문을 급히 닫아서 그림자가 빠져나갈 시간을 주지 않았다. 그렇게 창문이 꽝 닫히며 피터 팬으로부터 그림자가 잘려나갔다. 달링 부인이 그림자를 꼼꼼히 살펴보았지만, 그냥 보통 그림자였다. 나나는 이 그림자 처리하는 방법을 잘 알고 있었다. 피터가 그림자를 찾으러 다시 돌아올 것이 분명하니, 아이들을 깨우지 않고 그림자 주인이 쉽게 찾아갈 수 있도록 배려하여, 나나는 창문에 그림자를 걸어놓으려 했다. 그러나 그림자 주인에게는 불행하게도, 달링 부인은 그림자를 창문에 걸어놓을 수가 없었다. 그림자를 창에 걸어놓으면 빨래를 걸어놓은 것과 같이 보여, 집의 미관에 부정적 영향을 미칠 수 있었다. 그녀는 그림자를 달링 씨에게 보여주려고 생각했다. 그러나 그때 달링 씨는 존과 마이클의 겨울 외투 구매할 돈을 계산하느라 머리를 맑게 하려고 그의 머리 둘레에 젖은 수건을 두르고 있었다. 그의 정신을 사납게 하는 일은 옳지 않아 보였다. 더구나 그녀는 그가 무슨 말을 할지 정확히 알았다. "모두가 다 개를 유모로 고용해서 생긴 일입니다."

달링 부인은 적당한 기회가 와서 남편에게 자초지종을 이야기하기 전까지 그림자를 둘둘 말아 서랍에 잘 보관하기로 결정했다. 아, 드디어! 기회는 1주일 후에 왔다. 결코 잊지 못할 바로 금요일이었다. 늘 금요일이 문제였다. "특별히 금요일에 조심했어야 했어요."라고 달링 부인은 후에 남편에게 말하곤 했다. 아마도 나나는 달링 부인의 손을 잡고 남편을 마주 보고 있었을 것이다. 그러면 늘 달링 씨는 "아니, 아닙니다. 나 조지 달링의 잘못입니다." 그리고 이어서 라틴어로 "나의 잘못이지요, 나의 잘못입니다."라고 말했다. 달링 씨는 고전 교육을 받은 사람이었다.

부부는 이처럼 밤마다 앉아서 그 잊지 못할 금요일을 회상하고 그날의 자잘한 사건들 모두를 머릿속에 새기며, 잘못된 주화의 초상화를 다시 고치듯 제3의 상황을 이야기했다.

"내가 27번가의 식사 초대를 받아들이지만 않았어도."라고 달링 부인이 말하면,

"내가 나나의 밥그릇에 내가 먹는 약을 넣지만 않았어도."라고 달링

씨가 말하고,

"내가 그 약을 좋아하는 체하면서 먹기만 했더라도." 라고 나나의 눈물 젖은 눈이 말하는 듯했다.

"조지, 내가 파티를 좋아해서 그랬어요." 라고 달링 부인이 말하면,

"아니 여보, 내가 장난이 너무 심해서 그랬어." 라고 달링 씨가 말했고,

"주인어른 그리고 주인마님, 부산떨 일도 아닌데 내가 너무 부산을 떨어서 생긴 일이에요." 라고 나나가 말하는 듯했다. 그런 다음 한 사람 또는 그 이상이 울었을 것이다. 나나는 "사실이에요, 사실이에요. 두 분은 유모로 개를 고용하는 것이 아니었어요." 라고 말하는 듯했다. 여러 번 나나의 눈물을 씻겨준 사람은 달링 씨였다.

"나쁜 녀석!" 하고 달링 씨가 소리 지르면, 나나는 짖어서 동의했다. 그러나 달링 부인은 피터를 원망하지 않았다. 그녀의 입 오른쪽 귀퉁이의 그 무엇인가가 피터를 원망하고 싶지 않게 만들었다. 달링 부부와 나나는 아이들이 없는 빈방에 앉아서, 그 끔찍했던 날 저녁에 있었던 모든 일들을 바보처럼 회상했다.

문제의 그 금요일 저녁도 수백의 다른 날 저녁들과 정확히 똑같이 별 사건 없이 시작되었다. 나나는 마이클의 목욕물을 받아놓고, 등에 마이클을 태워 목욕통으로 데려갔다. "잠자지 않을래." 더 이상 잠자는 문제에 대하여 말하지 않겠다고 생각하는 사람과 같이 마이클은 소리쳤다. "안 잘래, 안 잘래. 나나, 여섯 시도 되지 않았어. 오 제발, 오 제발, 나나, 너를 사랑하지 않을래. 다시 말하지만, 난 목욕하지 않을래, 안 할래, 안 할래!"

그때 흰 야회복을 입고 달링 부인이 들어왔다. 달링 부인은 흰 야회복

을 입고 있는 그녀를 보고 싶어 하는 웬디를 위하여 일찍부터 옷을 입고 있었다. 그리고 조지가 그녀에게 준 목걸이도 했다. 그녀는 웬디의 팔찌도 팔에 끼었다. 그 팔찌는 그녀가 웬디에게 빌린 것이었다. 웬디는 엄마에게 팔찌를 빌려주는 일을 즐겨 했다.

첫째 아이의 탄생과 관련하여 웬디와 존이 엄마 아빠 놀이하는 것을 달링 부인은 보았다. 존이 말했다. "달링 부인, 이제 당신이 엄마가 되었음을 알리게 되어 기쁘오." 마치 달링 씨가 같은 상황에서 똑같이 말했을 목소리로 존이 말했다. 그리고 진짜 달링 부인이 그랬을 법하게, 웬디가 즐거워하며 춤췄다. 그리고 존은 자신의 탄생을 연기했다. 아들이 탄생하여 더 기뻐했을 법한 연기였다. 그리고 마이클이 목욕을 마치고 들어오자 그에게 자신의 탄생도 연기하라 해놓고, 존은 장난스럽게 그들 부부는 더 이상 아이를 원하지 않는다고 말했다. 마이클은 울상이 되어, "아무도 나의 탄생을 원하지 않아."라고 말했다.

그러자 저녁 야회복을 입은 달링 부인이 가만히 있지 않고 말했다. "내가 원해, 나는 셋째 아이를 갖고 싶어."

그러자 마이클이 많은 기대는 하지 않고 물었다. "아들이야 딸이야?"

달링 부인이 말했다. "아들."

그 말을 듣고 마이클은 달려가 엄마 팔에 안겼다. 달링 부부와 나나는 그러한 시시한 사건들을 기억했다. 그러나 그 사건이 아이들 방에서 그들이 마이클을 본 마지막 밤인 사실을 감안하면 시시하다고 할 수도 없었다.

그들은 계속하여 그때 일들을 기억하며 말했다. 달링 씨는 자신을 비웃듯이 말했다. "그때 내가 번개와 같이 방 안으로 들어왔지요. 그렇지 않았나요?"

그랬다. 그는 번개와 같았다. 그에게도 변명의 여지가 없는 것은 아니었다. 그 역시 그때 파티에 가기 위해 옷을 입고 있었다. 그가 넥타이를 매려고 할 때까지는 아무 문제가 없었다. 여러분이 깜짝 놀랄 비밀을 이야기해야겠다. 달링 씨는 채권과 주식에 대해서는 정통할지 몰라도 넥타이를 매는 일은 영 엉망이었다. 그렇다고 쉽게 넥타이를 맬 때가 없는 것은 아니었다. 그러나 가끔은 자존심을 접고 남이 매어놓은 넥타이를 착용하였더라면 좀 더 집안이 편안했을 것이다. 이때가 바로 그때였다. 그는 구겨진 넥타이를 손에 들고 아이들 방으로 뛰어 들어왔다. "왜, 무슨 문제가 있어요. 여보?"

"문제라고?" 달링 씨가 소리를 질렀다. "이 넥타이가 말을 안 듣는구려." 그리고 그는 빈정거리는 투로 말했다. "내 목은 싫고! 침대 기둥은 괜찮아하다니! 오, 그래. 나는 열두 번이나 침대 기둥에 매었지만, 내 목에는 맬 수가 없다니, 말이 안 되지 않소! 애걸복걸했지요!" 달링 씨는 달링 부인이 시큰둥하게 여긴다고 생각하고, 좀 더 과격하게 말했다.

"여보, 내가 경고하는데, 이 넥타이가 이렇게 나를 계속 거부한다면, 오늘 밤 우리는 파티에 갈 수 없고, 오늘 밤 우리가 파티에 가지 않으면, 나는 일자리를 잃게 됩니다. 내가 일자리를 잃게 되면, 당신과 내가 굶주리고, 우리 아이들은 길거리로 쫓겨날 거요."

그러나 달링 부인은 꿈쩍도 하지 않았다. 그녀가 말했다. "이리 오세요. 내가 해드리지요."

그가 여기에 온 것은 바로 이 말을 듣고 싶어서였다. 그녀는 침착하게 그의 넥타이를 매주었다. 아이들은 주위에 둘러서서 그들의 운명이 어떻게 결정되는지를 지켜보았다. 보통 남자라면 그녀가 너무나 쉽게 넥타이를 매는 것을 보고 자신에 대하여 화를 냈을 것이다. 그러나 달링 씨는 그러기에는 너무나 마음이 착했다. 그는 가볍게 그녀에게 고마워하고, 곧 화도 풀었다. 그러고는 마이클을 그의 등에 업고 방을 돌며 춤을 추었다. 그때를 생각하고 달링 부인이 말했다. "그때 우리는 얼마나 정신없이 춤을 추었던가!"

"우리가 춘 마지막 춤이었지요!"라고 신음 소리를 내며 달링 씨가 말했다.

"오, 조지. 마이클이 갑자기 나에게 한 말 기억하세요?" 마이클이 물었다. "엄마, 나를 어떻게 알아보고 나를 낳았어요."

그러자 달링 씨가 대답했다. "기억하고 말고요!"

그리고 달링 부인이 말했다. "아이들이 귀여웠지요. 그렇게 생각하지 않으세요, 조지?"

"우리 아이들이 그랬지요, 우리 아이들, 우리 아이들, 이제는 이곳에 없구나." 달링 씨가 한탄했다.

광란의 춤은 나나가 나타나자 끝났다. 나나와 부딪힌 사람은 공교롭게도 달링 씨였다. 그의 바지에 개털이 붙었다. 그 바지는 새것이었다. 그의 테 두른 바지는 그가 처음으로 입어본 패션이었다. 달링 씨는 눈물을 참으려고 입술을 깨물었다. 달링 부인이 바지에서 개털을 떼어냈다. 그러자 달링 씨는 개를 유모로 쓰는 것이 실수였다는 말을 또다시 반복했다. 그러자 달링 부인이 말했다. "조지, 나나는 보물단지예요."

"알아요, 그러나 가끔 나는 나나가 아이들을 강아지로 착각하고 있다는 불편한 생각이 든다오."라고 달링 씨가 말했다.

"아니지요, 여보. 나나는 아이들이 영혼을 가진 사람이라는 사실을 분명 알고 있어요."라고 달링 부인이 말했다.

"그럴까?"라고 달링 씨는 생각에 잠겨 말했다.

달링 부인은 지금이 피터 팬에 대하여 말할 기회라 생각하고 말했다. 처음에 달링 씨는 난센스라고 말했지만, 부인이 그림자를 보여주자 다시 생각했다. 달링 씨는 그림자를 유심히 살펴보며 말했다. "신경 쓸 만한 아이는 아니나, 불량아라는 생각이 듭니다."

"우리가 그 아이 이야기를 하고 있을 때, 나나가 마이클 약을 가지고 방으로 들어왔지요. 나나, 다시는 네가 입에 약병을 물고 다니게 하지 않겠다. 모두가 내 잘못이다."라고 달링 씨가 말했다.

달링 씨는 현명한 남자였다. 그러나 약에 대해서는 분명히 어리석게 처신했다. 그는 자신이 일생 동안 두려움 없이 약을 먹어왔다고 스스로 생각하는 약점이 있었다. 나나가 약이 든 스푼을 입에 물고 마이클에게 약을 먹이려 하자 마이클은 자꾸 피했다. 그러자 달링 씨가 꾸짖었다. "마이클 남자답게 약을 먹어야지."

"안 먹을래, 안 먹을래." 하고 마이클이 버릇없이 떼를 썼다.

그러자 달링 부인이 마이클에게 줄 초콜릿을 가지러 방을 나서려 했다. 달링 씨는 달링 부인의 행동이 마이클의 마음을 허약하게 만든다고 생각했다. 달링 씨는 방을 나서는 부인의 등에다 대고 말했다. "마이클 엄마, 아이를 버릇없게 만들지 말아요. 마이클, 내가 네 나이 때 나는 군말 없이 약을 먹었다. 그리고 말했단다. 나를 낫게 해줄 약을 주셔서 감사합니다. 고맙습니다, 부모님."

마이클은 아빠의 말이 사실이라고 생각했다. 잠옷을 입고 있었던 웬디도 그렇게 믿었다. 웬디는 마이클을 격려하기 위하여 아버지에게 말했다. "아버지가 이따금 드시는 약은 더 역겹지 않았어요?"

"그럼. 마이클이 먹는 약보다 훨씬 더 역겹지. 만일 내가 먹는 약병을 잃어버리지 않았다면, 마이클, 내가 너에게 시범을 보여줄 수 있을 텐데."라고 달링 씨가 있게 말했다. 엄격히 말해서 달링 씨는 약병을 잃어버린 것이 아니었다. 그는 한밤중에 몰래 옷장 꼭대기까지 위에 약병을 숨겨놓았다. 문제는 충실한 하녀 리자가 그 약병을 찾아냈다는 사실을 달링 씨가 몰랐다는 데 있었다. 리자는 그 약병을 세면대 위 제자리에 돌려놓았다.

"아버지, 그 약병 어디 있는지 내가 알아요." 늘 돕는 일을 즐겨 하는 웬디가 큰 소리로 말했다. "제가 가져올게요."라고 말하며, 그녀는 달링 씨가 막기도 전에 가버렸다. 달링 씨는 마음이 무거웠다.

"존, 그 약은 끔찍하단다. 역하고, 끈적거리고, 달콤하기까지 하단다."라고 달링 씨는 몸을 떨며 말했다.

"아버지, 금방 괜찮아질 거예요."라고 존이 격려의 말을 했다.

곧 웬디가 물 잔에 약을 넣어 방으로 들어왔다. "빨리 오려고 뛰어왔어요."라고 웬디가 헐떡이며 말했다.

"굉장히 빨리도 왔구나." 달링 씨는 웬디에게 앙심 품은 예의 바른 어조로 말했다. "마이클, 네가 먼저 먹어라."라고 달링 씨는 집요하게 말했다.

"아버지 먼저 드세요."라고 마이클은 의심 어린 말투로 말했다.

"내가 토해도 괜찮겠어?"라고 달링 씨는 위협적으로 말했다.

"아버지, 빨리 드세요."라고 존이 거들었다.

"입 좀 다물어라, 존." 달링 씨가 따끔하게 말했다.

그러자 웬디가 당황하여 말했다. "아버지, 저는 아버지가 쉽게 약을 드실 줄 알았어요."

"문제는 그게 아니란다." 달링 씨가 퉁명스럽게 대꾸했다. "문제는 마이클의 숟가락에 있는 약의 양보다 물잔 속에 있는 약의 양이 더 많다는 점이지." 달링 씨는 지금까지 좋았던 기분이 싹 가셔서 말했다. "불공평하잖아, 난 숨이 끊어지는 날까지 주장할 거야, 불공평하다고."

마이클이 매몰차게 말했다. "아버지, 기다리고 있어요."

그러자 달링 씨가 말했다. "좋아, 네가 기다리고 있다고? 그래, 나도 기다리고 있어."

그리고 둘은 서로에게 말했다. "아버지는 비겁한 바보야."

"마이클, 너도 비겁한 바보다. 나는 겁쟁이가 아니야."

"저도 아닙니다."

"그래, 그럼 먼저 약을 먹어봐."

"그래요, 그럼 아버지도 드세요."

그때 웬디에게 좋은 생각이 있었다. "두 사람이 동시에 약을 먹는 것은 어때요."

"그게 좋겠다."라고 달링 씨는 말했다. "마이클, 자, 준비해라."

웬디는 하나 둘 셋을 세었고, 마이클은 셋에 약을 먹었다. 그러나 달링 씨는 약을 등 뒤에 숨겼다. 그러자 마이클은 화가 나서 크게 소리쳤다. 그리고 웬디도 크게 말했다. "오, 아버지."

"오, 아버지라니 무슨 말이야?"라고 달링 씨가 말했다. "마이클, 소동 좀 피우지 마라. 먹으려다가, 나는, 나는 그만 기회를 놓쳤을 뿐이야."

아이들 셋이 아버지를 바라보는 눈길이 험악했다. 그들은 아버지를 더 이상 존경하지 않겠다는 표정이었다.

그때 마침 나나가 목욕탕으로 들어가자마자, 달링 씨는 애원하듯 말했다. "자, 여기 너희들 모두. 내가 멋진 놀이 하나 생각해냈는데 들어볼래? 내 약을 나나의 밥그릇에 쏟는 거야. 그리고 나나는 그것이 우유라고 생각하고 먹는 거지!"

아버지 약은 우윳빛이었다. 그러나 아이들은 아버지의 농담을 받아들일 마음이 없었다. 그리고 아버지가 나나의 밥그릇에 자신의 약을 쏟아붓자, 아이들은 비난의 눈길을 보냈다. 달링 씨는 "아주 재미있는걸."이라고 작게 말했다. 그리고 달링 부인과 나나가 방으로 돌아왔을 때, 세 아이들은 아버지의 행동을 그들에게 말하지 않았다.

"나나, 착한 강아지." 달링 씨는 나나를 만지며, "나나, 내가 네 밥그릇에 우유를 조금 넣었다."라고 말했다. 나나는 꼬리를 흔들며 약이 있는 밥그릇으로 달려가서, 약을 입으로 핥기 시작했다. 나나는 달링 씨에게 화난 표정은 아니지만, 크고 붉은 눈물을 보였다. 그 눈물은 혈통이 좋은 개에게서 볼 수 있는 것으로 우리를 부끄럽게 만드는 것이었다. 그리고 나나는 개집으로 들어갔다.

달링 씨는 몹시 부끄러웠지만, 그렇게 보이지 않으려고 애썼다. 끔찍한 침묵이 흐르고, 달링 부인은 개 밥그릇 냄새를 맡았다. 그리고 말했다. "오, 조지. 당신 약이네!"

"아, 내가 장난 좀 했지요." 달링 씨가 화나서 말했다. 그리고 달링 부인은 두 사내아이를 달래고, 웬디는 나나를 끌어안았다. "좋아"라고 달링 씨는 빈정거리는 투로 말했다. "이 집에서 나 혼자 재미있게 하려고 애쓰고 있군." 계속하여 웬디가 나나를 껴안고 있자, "그만해."라고 달링 씨가 외쳤다. "나나만 예뻐하고! 아무도 나에게는 신경을 쓰지 않지. 맙소사! 신경도 쓰지 않아! 나는 돈만 벌어 오라 이거지. 뭐, 나도 사랑받고 싶다고. 뭐야, 뭐, 뭐!"

"조지." 달링 부인은 애원하듯 말했다. "소리 지르지 말아요. 하인들이 듣겠어요."

달링 부부는 늘 리자를 하인들이라고 불렀다. 달링 씨는 막무가내로 말했다. "들으라고 하세요, 세상 사람들 다 들으라고 하세요. 나는 저 개가 아이들 방에서 한 시간 이상 잘난 체하며 어슬렁거리는 것을 용납하지 않겠소."

아이들이 울었다. 그러자 나나가 애원하듯 달링 씨에게 달려갔지만, 그는 오지 말라고 손사래쳤다. 그는 이제 다시 주도권을 쥐었다고 생각하고 소리쳤다. "소용없어, 소용없어. 네가 있을 곳은 마당이다. 당장 마당에 나가서 너를 끈으로 매놓겠다."

달링 부인이 목쉰 소리로 말했다. "조지, 조지, 내가 피터 팬에 대해 당신에게 한 말을 기억하세요?"

애석하게도 달링 씨는 아무 말도 들으려 하지 않았다. 그는 단호히 자신이 이 집의 가장임을 보여주려 했다. 나나가 아이들 방의 개집에서 나오려 하지 않자, 달콤한 말로 나나를 개집에서 끌어내어서는 거칠게 아이들 방에서 내쫓았다. 달링 씨는 부끄러워하면서도 그렇게 했다. 이모든 것은 자신을 존경해주기 바라는 그의 여린 마음씨 때문에 생긴 일이었다. 마침내 뒷마당에 나나를 묶고, 비참해진 달링 씨는 방의 통로에 앉아 주먹을 그의 눈에 갖다 대었다.

그동안 달링 부인은 어색해하며 조용히 아이들을 잠재우고, 아이들 방에 야간등을 켰다. 아이들은 마당에서 나나가 짖는 소리를 들었다. 존이 훌쩍이며 말했다. "아버지가 나나를 마당에 묶어놓아서 나나가 울고 있어."

그러나 웬디는 좀 영리하게 생각했다. "저 소리는 나나가 슬퍼서 우는 소리가 아니야. 저 소리는 무언가 위험이 닥쳐오는 것을 냄새 맡고 내는 소리야." 웬디는 다음에 정말 무슨 일이 벌어질지를 알지도 못하고 그런 예언의 말을 했다. 위험하다!

"웬디 누나, 정말이야?"

"그럼."

달링 부인은 몸을 떨며 창가로 갔다. 창문은 굳게 닫혀 있었다. 그녀는 밖을 보았다. 밤의 별들이 후춧가루 뿌린 듯 밤하늘을 수놓았다. 유난히 별들이 웬디의 집에 몰려 있었다. 별들은 마치 이 집에 무슨 일이 일어나는지 보겠다는 모양새였다. 그녀는 이 정황을 눈치채지 못했다. 다른 별보다 조금 작은 별 한두 개가 그녀에게 눈짓을 보냈지만, 그녀는 그것을 몰랐다. 그러나 알 수 없는 두려움이 그녀의 가슴을 꼭 죄었다. 그래서인지 소리쳤다. "아, 오늘 밤은 정말 파티에 가고 싶지 않구나!"

이미 잠이 반쯤 든 마이클조차 엄마가 불안해하는 것을 알고 중얼거렸다. "엄마, 야간등불이 켜지고 나서 얼마 후에 우리에게 나쁜 일이 일어나?"

그러자 달링 부인이 말했다. "애야, 아니란다, 야간등불은 아이들을 보호해달라고 엄마가 뒤에 남기고 가는 눈이란다."

달링 부인은 아이들 침대를 옮겨 다니며 마법의 노래를 불렀다. 가장 어린 마이클이 엄마를 팔로 감싸 안으며 말했다. "엄마, 난 엄마가 좋아."

마이클의 이 말은 달링 부인이 이후 오랫동안 듣지 못하게 될 마지막 말이었다.

파티가 있는 27호 집은 웬디네 집에서 단지 몇 야드 떨어져 있었지만, 눈발이 가볍게 내리고 있었다. 달링 씨 부부는 구두를 더럽히지 않기 위해 조심조심 길을 가려가며 걸었다. 거리에는 그들뿐으로, 별들만이 그들을 지켜보고 있었다. 별들은 아름다웠다. 별들은 사람들의 일에 직접 개입하지 않는다. 그저 영원히 지켜보기만 한다. 별들이 그렇게 된 것은 오래전 그들이 한 일 때문에 받은 벌이다. 그러나 그때 무슨 일이 있었는지는 어떤 별도 알지 못한다. 좀 나이가 든 별들은 눈이 침침하여 거의 말이 없었지만—별들의 깜박임은 별들의 언어이다—어린 별들은 늘 의아해했다. 사실 별들은 피터에게 호의적이지 않다. 피터는 별들의 뒤로 몰래 가서 별빛을 끄려는 못된 짓을 했다. 그러나 별들도 장난을 좋아하여 오늘 밤은 피터의 편에 서서, 어른들이 방해하지 않게 하려고 애썼다. 27호 집 문이 달링 부부의 뒤에서 닫히자마자, 하늘에는 동요가 있었고, 은하수에 있는 모든 별들 가운데 가장 작은 별이 소리쳤다:

"자, 이제 시작해라, 피터!"

제3장

떠나자, 가자!

피터는 요정들의 탄생에 대하여 웬디에게 이야기했다. "응, 웬디. 아이가 처음 태어나서 처음 웃게 되면, 아이의 첫 웃음은 천 조각 만 조각으로 부서지고 그 웃음 조각들이 모여 요정이 되어 이리저리 뛰어다니게 되지. 그렇게 요정들이 탄생되는 거야."

어찌 보면 지루할 수도 있는 이야기가 계속되었다. 하지만 집에서만 지내고 있었던 웬디는 그런 이야기가 좋았다. 피터는 기분이 좋아서 이야기를 계속했다. "그리고 그렇게 해서 모든 소년과 소녀는 각자 하나의 요정을 갖게 되지."

"그래야만 해? 요정이 없는 아이는 없어?"

"없어. 아이들이 점점 많은 것을 배워서 요정들을 믿지 않게 되는 지경까지 이르면, 어느 아이가 '난 요정들을 믿지 않아'라고 말할 때마다, 어딘가에서 요정이 하나씩 쓰러져 죽는단다."

달링 부부가 집을 떠나고 세 아이 침대 곁에 세 개의 야간등이 잠시 환하게 비추고 있었다. 그들은 대단히 성능 좋은 귀여운 야간등들이었다. 등들이 모두 깨어서 피터로부터 아이들을 보호해주었으면 했지만, 웬디의 등이 깜박이자, 다른 두 개의 등도 웬디의 등이 하품하듯 하품했다. 세 개의 등이 동시에 하품하다가 입 다물기도 전 모두 꺼졌다.

그리고 아이들 방에 낯선 불빛 하나가 빛났다. 그 불빛은 다른 야간등들보다 천 배는 밝았다. 우리가 이런 말을 하는 동안에도 그 불빛은 피터의 그림자를 찾으려고 아이들 방의 모든 서랍들 속을 뒤지고, 옷장을 뒤지고, 호주머니 모두를 까발렸다. 사실 그것은 불빛이 아니었다. 매우 빨리 이리저리 번쩍번쩍 움직이며 불빛을 만들어냈지만, 잠시 조용해졌을 때 자세히 보면 그것은 요정이었다. 앞으로 자라기야 하겠지만, 손바닥보다 크지 않았다. 팅커 벨이란 이름을 가진 그 소녀 요정은 특이하게 나뭇잎 줄기로 만든 옷을 입었는데, 어깨깃이 깊이 파인 장방형의 옷을 입고 있어 몸매가 두드러지게 드러나 보였다. 팅커 벨은 좀 통통한

편이었다.

틴커 벨이 아이들 방에 들어가고 잠시 후 하늘의 작은 별들이 입김을 불어 창문을 열어놓자, 피터가 방 안으로 들어왔다. 피터는 이곳까지 틴커 벨을 팔에 안고 와서, 그의 손은 온통 요정의 먼지 가루로 뒤범벅이었다.

아이들이 잠들어 있는 것을 확인하고 나서 피터가 조용히 말했다. "틴커 벨, 틴크, 어디에 있니?"

그때 틴크는 단지 안에 잠시 들어가 있었다. 그녀는 전에 단지에 들어가본 경험이 없어 그 단지 안이 너무 좋았다.

피터가 다시 말했다. "어이, 단지에서 나와, 내 그림자를 어디에 두었는지 너는 알고 있니? 말해봐."

금방울들이 낼 수 있는 가장 아름다운 소리로 틴커 벨이 피터에게 대답했다. 요정은 말할 때 방울 소리를 낸다. 보통 아이들이라면 그 소리를 들을 수 없겠지만, 그래도 만일 여러분이 그 소릴 들었다면, 여러분은 전에도 한 번 그 소리를 들은 적이 있다고 생각했을 것이다. 틴크는 그들이 찾는 그림자가 큰 상자 속에 있다고 말했다. 그녀에게 서랍은 큰 상자였다.

피터는 서랍 쪽으로 달려가서 두 손으로 서랍의 내용물들 모두 꺼내어 마루 위에 던져놓았다. 그는 마치 왕들이 군중에게 동전을 뿌리듯 옷들을 뿌렸다. 곧 그는 자신의 그림자를 찾았다. 그리고 너무나 기뻐서 자신도 모르게 틴커 벨을 서랍 속에 넣고 서랍을 닫았다. 그는 자신이 무슨 짓을 했는지 몰랐다.

피터가 조금이라도 생각이 있는 아이였다면, 아니 그는 생각이라고는 하지 않는 아이였다. 그와 그림자는 서로 가까이 있기만 해도 물방울과 같이 결합되었을 것이다. 그러나 마루 위에 그림자가 자기에게 다가와 붙지 않자 피터는 당황했다. 피터는 그림자를 앞에 두고 몸을 떨며 마루에 앉아 울었다.

피터의 울음소리에 그만 웬디가 잠에서 깨어 침대 위에 일어나 앉았다. 그녀는 낯선 아이가 자신의 방 마루에 앉아 울고 있는 것을 보고도 전혀 놀라지 않았다. 그녀는 이상하게 생각할 것도 없다는 듯이 단지 궁금하기만 했다.

웬디가 예의를 갖추어 물었다. "애야, 왜 우니?"

피터 역시 요정들의 잔치에 가서, 품위 있는 예법을 배워 예의가 무엇인지 철저히 알고 있었다. 피터는 마루에서 일어나 웬디에게 정중하게 머리를 조아렸다. 웬디도 즐거워하며 침대 위에 앉아서 예의 바르게 머리를 조아렸다.

피터가 물었다. "너 이름이 뭐니?"

웬디는 기다렸다는 듯이 대답했다. "웬디 모이라 앤젤라 달링. 그러는 너는 이름이 뭐야?"

"피터 팬."

웬디는 그 아이가 피터 팬임을 분명히 알고 있었다. 그러나 그 아이 이름이 너무 짧다고 생각했다. 그래서 다시 물었다. "그게 전부야?"

"그래." 피터는 다소 퉁명스럽게 말했다. 피터는 처음으로 자신의 이름이 짧다는 사실을 알았다.

"미안." 하고 웬디 모이라가 말했다.

"괜찮아." 하고 피터는 뭔가를 삼키듯 말했다.

웬디는 피터에게 어디 사느냐고 물었다.

"오른쪽으로 두 번째까지 가서 그다음부터는 곧장 아침까지 가는 곳."이라고 피터가 말했다.

"주소가 좀 웃긴다!"라고 웬디가 말하자, 피터는 뭔가 잘못된 느낌이 들었다. 처음으로 피터는 자신의 주소가 웃긴다는 생각이 들었다. 그러나 "천만에, 그렇지 않아."라고 피터는 말했다.

웬디는 자신이 손님을 대접하는 여주인이라는 생각이 들자 예의바르게 말했다. "아, 나는 편지 쓸 때 사용하는 주소를 말했어."

피터는 웬디가 편지 얘기를 꺼내지 않았으면 했다. 그리고 "편지 받을 일 없어."라고 피터는 오만하게 말했다.

"너의 엄마는 받을 수 있잖아?"라고 묻자,

"엄마 없어."라고 피터는 말했다.

피터는 엄마가 없을 뿐 아니라 갖고 싶은 마음도 없었다. 피터는 엄마들이 너무 과대평가되고 있다고 생각했다. 그러나 웬디는 곧 자신이 엄마를 그리워하는 비극의 장면을 마주하고 있다고 생각했다.

"오, 피터, 네가 울고 있었던 것이 이상할 것 하나도 없구나."라고 말하며 침대에서 나와 피터에게 달려갔다.

"엄마를 생각하고 울고 있었던 것 아니야. 내 그림자를 붙일 수 없어서 울고 있었어. 그렇지 않았다면 울 일이 없지."라고 피터는 조금 화가 나서 말했다.

"그림자가 떨어졌어?"

"응."

웬디는 질질 끌려 더러워진 피터의 그림자를 마루 위에서 보았다. 그녀는 피터에게 대단히 미안했다. 그녀는 "에구, 어쩌나!"라고 말하기는 했지만, 피터가 그림자를 비누로 붙이려고 했다는 사실을 알고 웃지 않을 수 없었다. 남자애들이란!

다행히 웬디는 무엇을 해야 할지를 알고 있었다. "꿰매야겠다." 웬디는 어머니처럼 말했다.

"꿰매는 것이 뭐야?" 피터가 물었다.

"너 정말 너무 모르는구나."

"응, 몰라."

피터가 아무것도 몰라서, 웬디는 더 신이 났다. 웬디는 피터가 자신보다 더 키가 컸지만, "꼬마야, 내가 꿰매줄게."라고 말했다. 웬디는 바느질 바구니를 꺼내서 피터의 발에 그림자를 붙여 꿰매었다.

"조금 아프다."라고 웬디는 경고의 말을 했다.

"그래, 그래도 울지는 않아."라고 피터는 말했다. 그는 지금까지 울어본 적이 없다는 생각이 들었다. 그는 이를 악물고 울지 않았다. 곧 그의 그림자는 조금 주름 잡히기는 했지만 제대로 기능은 했다.

웬디는 다리미질을 해야겠다고 말했지만, 피터는 다른 소년들이 그러하듯 외모에 전혀 신경 쓰지 않고, 너무나 기뻐서 이리저리 뛰어다녔다. 그는 자신의 기쁨이 웬디 덕분이라는 사실을 까맣게 잊었다. 그는 자신이 그림자를 붙였다고 생각했다.

"나는 너무나 잘났어."라고 도취하여 거만하게 말했다. "오, 나는 너무나 잘났다!"

피터의 이런 과대망상이 그의 가장 큰 매력들 가운데 하나라고 말해야 하다니 조금 쑥스럽다. 지극히 솔직하게 표현하자면, 피터보다 더 건방진 녀석은 없다. 잠시 웬디는 어리둥절했다.

"그래, 잘났다."라고 웬디는 대단히 비꼬는 투로 말했다. "그래, 네가 다하고, 나는 아무것도 하지 않았다!"

"너도 조금 했어."라고 피터는 무심히 말하고, 계속하여 춤췄다.

"그래, 조금 했다!" 웬디는 오만하게 말했다. "그래, 내가 별로 한 것이 없다면, 이제 이 몸은 그만 물러나지." 웬디는 예쁜 몸짓으로 침대 위로 올라가서 머리 위로 이불을 덮었다.

피터는 웬디가 이불을 얼굴에서 치우도록 하기 위해 자신이 방을 떠나는 체했다. 그러나 그의 전술이 실패로 돌아가자, 피터는 웬디의 침대 끝에 앉아 그의 발로 그녀를 가볍게 툭툭 쳤다.

피터가 말했다. "웬디, 나 좀 봐. 웬디, 나는 내가 기쁠 때 잘난 체하지 않기가 어려워."

웬디는 피터의 말이 잘 들렸다. 그리고 이불을 치우기도 싫었다. 피터는 그 누구도 저항할 수 없는 목소리로 계속해 말했다. "웬디, 한 명의 소녀가 스무 명의 소년들보다 더 쓸모가 있어."

웬디는 그런 여자가 100퍼센트 되리라는 보장은 없지만, 그런 여자가 되기로 결심했다. 그녀는 이불을 치우고 피터를 보았다. "피터, 너 정말 그렇게 생각해?"

"그럼, 그렇고말고."

웬디는 큰 소리로 말했다. "너는 정말 착한 애 같다. 침대에서 일어날게."

웬디는 피터와 함께 침대 끝에 앉았다. 그리고 웬디는 피터가 원하면 키스해주겠다고 말했다. 그러나 피터는 웬디가 무슨 말을 하는지 몰랐다. 웬디가 뭔가 주겠다고 말하니, 그는 잔뜩 기대하고 손을 앞으로 내밀었다.

"키스가 무엇인지 알기는 하니?" 웬디는 놀라 물었다.

"네가 키스를 주면 무엇인지 알겠지." 멋대가리 없이 피터가 말했다.

피터의 감정을 상하지 않게 하기 위해 웬디는 골무 하나를 피터에게 주었다.

"자, 그러면, 이제 내가 키스를 줄까?" 하고 피터가 말하자 웬디는 다소 새침해서 대답했다. "자, 줘봐."

그녀는 얼굴을 그를 향해 기울이며 부끄러워했다. 그러자 피터는 그녀의 손 안에 도토리 단추 하나를 달랑 떨어뜨렸다. 그러자 웬디는 천천히 얼굴을 원래 자리로 옮겼다. 그리고 그의 키스로 목걸이를 만들어 목에 걸겠다고 재치 있게 말했다. 도토리로 목걸이를 만들어 목에 걸었던 일은 아주 잘한 일이었다. 후에 그 도토리 때문에 웬디는 자신의 생명을 구하게 된다.

자신을 소개할 때, 우리는 서로의 나이를 묻는 것이 관례이다. 늘 옳은 일만 하기 좋아하는 웬디는 피터에게 나이를 물었다. 피터에게 그 질문은 유쾌한 것이 아니었다. 네가 시험 볼 때 대답하려고 준비한 것은 영국의 왕들에 관한 질문이었는데, 정작 문법을 묻는 질문을 마주한 것과 같았다. 피터는 불안하게 대답했다. "모르겠는데, 내가 어린 것은 분명해."

그는 사실 자신의 나이와 관련하여 아는 것이 전혀 없었다. 대답이 될지는 알 수 없지만, 그는 용기를 내어 말했다. "웬디, 나는 내가 태어난 날 집을 도망 나왔어."

웬디는 많이 놀랐다. 그러나 궁금했다. 그녀는 안방마님의 매력적인 태도로 자신의 잠옷을 추슬러 당기며, 피터에게 자신에게 더 가까이 와 앉으라는 암시를 보냈다. 피터는 집을 나온 이유를 낮은 목소리로 말했다. "나는 아버지와 어머니가 내가 어른이 되면 어떻게 되어 있을지를 말씀하시는 이야기를 들었고."

피터는 몹시 흥분해 있었다.

"나는 영원히 어른이 되고 싶지 않았어."라고 힘주어 말했다. "나는 늘 작은 소년으로 남아서 재미있게 살고 싶어서 켄싱턴 가든으로 도망가서 그곳에서 요정들과 함께 오랫동안 살았지."

웬디는 대단히 감격해하는 모습으로 피터를 바라보았다. 피터는 자신이 부모로부터 도망했기 때문에 웬디가 감격했다고 생각했겠지만, 사실은 피터가 요정들을 알고 있었기 때문이었다. 그녀는 집에서만 지내고 살았기 때문에 피터가 요정을 알고 있다는 사실이 너무나 기뻤다. 그래서 그녀는 요정들에 대한 질문들을 퍼부어 피터를 놀라게 했는데, 피터에게 요정들이란 다소 성가신 존재로, 그가 가는 길에 방해꾼 노릇만 했다. 사실 그는 때때로 요정들에게 매질을 해야 했다. 그러나 그도 요정들을 좋아하기는 했다.

피터는 요정들의 탄생에 대하여 웬디에게 이야기했다. "응, 웬디. 아이가 처음 태어나서 처음 웃게 되면, 아이의 첫 웃음은 천 조각 만 조각으로 부서지고 그 웃음 조각들이 모여 요정이 되어 이리저리 뛰어다니게 되지. 그렇게 요정들이 탄생되는 거야."

어찌 보면 지루할 수도 있는 이야기가 계속되었다. 하지만 집에서만 지내고 있었던 웬디는 그런 이야기가 좋았다. 피터는 기분이 좋아서 이야기를 계속했다. "그리고 그렇게 해서 모든 소년과 소녀는 각자 하나의 요정을 갖게 되지."

"그래야만 해? 요정이 없는 아이는 없어?"

"없어. 아이들이 점점 많은 것을 배워서 요정들을 믿지 않게 되는 지경까지 이르면, 어느 아이가 '난 요정들을 믿지 않아'라고 말할 때마다, 어딘가에서 요정이 하나씩 쓰러져 죽는단다."

피터는 그가 요정들에 대하여 충분히 이야기했다고 생각이 드는 순간, 왜 팅커 벨이 조용히 있지? 라는 생각이 들었다. 피터는 침대에서 일어나며 말했다. "그 애가 도대체 어디 갔지?"

피터는 팅크의 이름을 불렀다. 웬디의 가슴이 갑자기 전율로 부르르 떨렸다. 웬디는 피터를 움켜잡고 소리쳤다. "피터, 설마 이 방에 요정이 있다고 말하려는 것은 아니겠지!"

"방금 전에 여기에 있었는데."라고 피터는 다소 애가 타서 말했다. "너 팅크 소리 못 들었어? 그래."

두 사람은 귀를 기울였다. 웬디가 말했다. "나한테 들리는 소리라고는 방울 소리뿐인데."

"그래, 그 애가 팅크야, 그 방울 소리는 요정이 하는 말이야. 나한테도 들리는데."

그 방울 소리는 장롱 서랍에서 나는 소리였다. 피터는 즐거운 얼굴을 했다. 피터보다 더 즐거운 표정을 지을 수 있는 사람은 없다. 그의 웃음은 목구멍으로 넘어가는 가장 아름다운 소리였다. 아직도 그는 태어나서 처음 웃었던 그 첫 웃음소리를 간직하고 있었다.

피터는 즐거워 속삭였다. "웬디, 내가 서랍에 팅크를 넣고 닫은 것 같다!"

피터는 서랍에서 불쌍한 팅크를 꺼냈다. 팅크는 화가 나서 소리 지르며 아이들 방을 날아다녔다.

"그런 말 하면 안 돼."라고 피터가 말했다. "그래, 내가 잘못했다, 네가 서랍 속에 있는 줄 내가 어떻게 알았겠어?"

웬디는 피터가 하는 말은 듣지 않고 소리쳤다. "오 피터, 요정이 가만히 좀 있게 해봐. 요정을 볼 수가 없어!"

피터가 말했다. "요정들은 가만히 있을 수가 없어."

웬디는 그때 그 낭만적인 요정이 뻐꾸기시계 위에 내려앉는 것을 보았다. 비록 화가 나서 팅크의 얼굴은 뒤틀려 있었지만.

"아 너무 예뻐!"라고 웬디가 소리치자, 피터가 예쁘게 말했다,

"팅크, 이 아가씨가 말하기를, 네가 자신의 요정이었으면 좋겠다 하는데."

그러자 팅크가 무례하게 대답했다.

그러나 팅크가 하는 요정의 말을 모르는 웬디가 물었다. "피터, 팅크가 뭐라고 말해?"

피터는 팅크가 말한 요정의 말을 번역해야 했다. "팅크는 점잖지 못하게 말했어. 네가 매우 못생긴 계집애라고 말했어. 그리고 자기는 네 요정이 아니라 나의 요정이래."

피터와 팅크는 이후에도 말다툼을 계속했다.

"팅크, 너는 내 요정이 될 수 없음을 잘 알잖아. 나는 신사고 너는 숙녀야."라고 피터가 말하자,

팅크는 대답했다. "너는 바보 멍청이야."

그리고 팅크가 목욕탕으로 사라졌다.

"팅크는 그냥 요정이야." 피터는 사과하듯 말했다. "그녀의 이름이 팅커 벨인 이유는 그녀가 솥과 단지들을 수선하는 요정이기 때문이야."

피터와 웬디는 함께 팔걸이의자에 앉았다. 그리고 웬디는 그에게 많은 질문들을 퍼부었다.

"네가 지금 켄싱턴 가든에 살지 않는다면—"

"가끔은 그곳에서 살러 가기도 해."

"그래도 대부분 어디서 사니?"

"집 없는 아이들과 함께 살아."

"아이들은 또 누구야?"

"유모가 잠시 한눈을 팔았을 때 유모차에서 떨어진 아이들이야. 7일 동안 찾지 않으면, 그 아이들은 멀리 네버랜드로 보내져. 그리고 그곳에서 양육을 책임지지. 내가 그곳의 대장이야."

"그곳은 재미있겠다!"

"그럼." 피터가 영리하게 말했다. "그러나 우리는 좀 외로워. 그곳에는 우리와 함께 지낼 여자 친구들이 없어."

"집 잃은 여자들은 없어?"

"그래, 없어. 너도 알다시피, 여자 아이들은 너무나 영리해서 유모차에서 떨어지는 일이 없어."

이 말이 웬디를 매우 기분 좋게 했다. 그녀가 말했다. "내 생각에, 너는 참 여자들을 좋게 말하는구나. 저쪽에서 자는 존은 여자아이들을 업신여기는데."

대답 대신에 피터는 일어나 이불과 베개와 존 모두를 한 번에 차서 침대에서 떨어뜨렸다. 웬디가 보기에 피터의 이런 행동은 처음 만나는 사람치고는 좀 너무 앞서가는 것 같아 보였다. 그래서 웬디는 피터에게 그가 이 집의 대장은 아니라고 성깔 있는 말을 했다. 그런 와중에도 존은 아무 일 없다는 듯이 마루 위에서 편안히 잠을 계속 자고 있었다. 웬디는 존을 그대로 두었다.

웬디는 마음을 누그러뜨리고 말했다. "네가 나에게 잘 보이려고 그렇게 했다는 것을 나는 알아. 자, 그러니까 이제 나에게 키스해줘도 좋아."

웬디는 피터가 키스가 무엇인지 모른다는 사실을 잠시 잊고 있었다. 피터는 조금 심술이 나서 말했다. "키스를 다시 돌려받고 싶은가 보지?" 그러고는 그녀가 준 골무를 다시 돌려주었다.

"오, 아니야."라고 웬디는 재치 있게 말했다. "키스가 아니라 골무를 달라고 말한 거야."

"골무는 또 뭐야?"

"골무는 이런 거야."라고 말하며, 그녀는 그에게 키스했다.

"이건 또 뭐야!"라고 피터가 진지하게 말했다. "그럼 내가 다시 골무를 돌려줘야 하니?"

"네가 주고 싶으면."이라고 말하며, 이번에 웬디는 머리를 앞으로 내밀지 않고 곧게 세우고 있었다. 피터는 그가 알고 있는 방식으로 골무를 주었다. 그가 키스하는 바로 그 순간 웬디가 소리 질렀다.

"웬디, 왜 그래?"

"누군가 내 머리를 잡아당겼어."

"팅크일 거야. 전에는 그렇게 버릇없이 군 일이 없었는데."

팅크는 위협적인 말을 하면서, 또다시 이리 번쩍 저리 번쩍하면서 방 주위를 날아다녔다.

"내가 너에게 골무를 줄 때마다, 웬디, 팅크가 너에게 똑같은 짓을 또 할 거라고 말했어."

"왜 그러는데?"

"팅크, 왜 그래?"

팅크가 대답했다. "바보 멍청이."

피터는 이해할 수 없었지만, 웬디는 이해했다. 그리고 피터가 그녀의 창가로 온 이유는 그녀를 보기 위해서가 아니라, 이야기를 들으려고 왔다는 말을 하자 웬디는 다소 실망했다.

피터가 말했다. "나는 아는 이야기가 별로 없어. 집 없는 아이들도 모두 마찬가지야."

"에구, 불쌍해라." 웬디가 말했다.

그러자 피터가 말했다. "왜 제비들이 집의 처마 밑에 둥지를 짓는지 알아? 이야기를 듣기 위해서야. 오, 웬디. 너희 엄마는 너희들에게 매우 멋진 이야기를 들려주고 있었어."

"그 이야기가 어떤 건데?"

"왕자가 유리 구두 주인공 숙녀를 찾아 헤매는 이야기."

"피터." 웬디는 신이 나서 말했다. "신데렐라 이야기야, 왕자가 마침 내 그녀를 찾아서, 둘은 이후 오래 오래 행복하게 살았지."

피터는 너무나 기뻐서 둘이 앉아 있었던 마루에서 벌떡 일어나 창가 로 달려갔다.

웬디가 걱정스럽게 말했다. "피터, 어디 가니?"

"다른 아이들에게도 말해줘야지."

그러자 웬디가 부탁의 말을 했다. "피터, 아직 가지 마. 나는 그 이야 기 말고도 많은 이야기를 알고 있어."

웬디는 정확히 그렇게 말했다. 그를 붙잡는 말을 한 사람은 바로 그녀 였다. 그러자 피터가 돌아왔다. 그때 피터의 눈은 이상한 욕심으로 가 득했다. 웬디가 그의 모습에 놀랄 수도 있었겠지만, 그녀는 그러지 않 았다.

"아, 아이들에게 얘기해줄 이야기들이 많이 있는데!"라고 웬디가 소 리치자, 피터는 그녀를 꼭 잡고 그녀를 창가로 끌고 갔다. "잡지 마!"라 고 웬디가 피터에게 명령했다.

"웬디, 나랑 같이 소년들에게 가서 그들에게 이야기를 해줄래?"

그녀는 그의 초대에 기뻤다. 그러나 말했다. "오, 안 되지. 그럴 수 없어. 엄마를 생각해야지! 그리고 나는 날 수도 없어."

"내가 가르쳐줄게."

"어머나, 날 수 있다면 얼마나 좋을까!"

"바람의 등에 올라타는 방법을 가르쳐줄게. 그리고 우리는 떠나는 거야."

"아아!" 웬디는 좋아서 외쳤다.

"웬디, 웬디. 네가 말도 안 되는 침대, 바람의 등에서 잠들어 있을 때, 나는 별들에게 웃기는 이야기를 할 거고, 그렇게 우리는 함께 날아가는 거야."

"아아!"

"그리고, 웬디. 인어들도 있단다."

"인어들! 꼬리를 가지고 있어?"

"그럼, 긴 꼬리가 있지."

"아." 웬디가 소리쳤다. "인어를 볼 수 있다니!"

피터는 꾀를 내어 말했다. "웬디, 우리 모두 너를 떠받들어 모실 거야."

웬디는 고통스러워 몸을 뒤틀고 있었다. 그녀는 그녀의 방 마룻바닥을 떠나지 않으려고 애쓰는 듯했다. 그러나 피터는 그녀의 사정을 봐주지 않았다. 피터는 교활하게 말했다. "웬디, 너는 우리들에게 이불을 덮어줄 수도 있어."

"아아!"

"밤에 우리에게 이불을 덮어주는 사람은 아무도 없어."

"아." 웬디는 그에게 팔을 뻗었다.

"너는 우리 옷들을 기워줄 수도 있고, 호주머니를 만들어줄 수도 있지. 우리들 그 누구도 호주머니가 없어."

이제 웬디가 어떻게 피터에게 저항할 수 있겠는가? "너무나 멋지다!" 그녀는 소리쳤다. "피터, 존과 마이클에게도 나는 법을 가르쳐줄 수 있어?"

"네가 원하면." 피터는 무심히 말했다.

웬디는 존과 마이클에게 달려가서 그들을 흔들어 깨웠다. "잠 좀 깨봐." 웬디가 소리쳤다. "피터 팬이 왔어. 우리에게 나는 법을 가르쳐준대."

존은 잠에서 깨어 눈을 비비며 말했다. "그렇다면 일어나야지."

그는 이미 마루 위에 있었다. 그는 말했다. "안녕, 나 일어났다!"

마이클 역시 이때 일어났다. 그는 칼날 여섯 개와 톱이 한 개 달린 나이프와 같이, 준비가 다 된 아이처럼 보였다. 그러자 피터가 갑자기 조용히 하라는 신호를 보냈다. 그들은 어른들 세계에서 흘러나오는 소리들을 엿듣는 아이들과 같이 무척이나 꾀 많은 얼굴 표정을 했다. 쥐 죽은 듯 조용했다. 이제 문제가 전혀 없었다. 아니, 잠깐! 뭔가 이상하다. 저녁 내내 고통스럽게 짖어대던 나나도 이제 조용했다. 그들은 나나가 더 이상 짖지 않음을 알았다.

"불 꺼! 숨어! 빨리!" 존이 소리쳤다. 이 외침은 모험 전체를 통해 그 아이의 유일한 명령이었다.

리자가 나나를 끌고 방에 들어왔을 때, 아이들 방은 달라진 것이 없었다. 앞을 볼 수 없이 매우 어두웠고, 세 명의 장난꾸러기 악동들이 잠자는 듯이 천사처럼 숨소리를 내었다. 아이들이 잠들어 숨 쉬는 소리를 들었다고 여러분도 맹세할 수 있었을 것이다. 아이들은 창문 커튼 뒤에 숨어서, 멋지게 연기하고 있었다.

리자는 화가 나 있었다. 그녀는 부엌에서 크리스마스 푸딩을 만들고 있었다. 나나의 어리석은 의심 때문에 뺨에는 건포도를 붙이고 푸딩을 만드는 도중에 나나가 이끄는 대로 부엌에서 나왔다. 조용히 일을 계속할 수 있는 유일한 길은 나나를 데리고 잠시라도 아이들 방으로 오는 것이었다. 물론 나나를 꼭 잡고 있었다.

"자, 봐. 의심 많은 짐승아." 리자는 나나가 아이들에게 망신당하는 것은 마음 쓰지 않고 그런 말을 했다. "아이들은 모두 잘 있어, 그렇지? 작은 천사들 모두 침대에서 곤히 자고 있잖아. 색색대는 숨소리 좀 들어봐."

마이클은 자신의 연기에 용기를 내어 더 크게 숨소리를 내는 바람에 거의 발각될 뻔했다. 나나는 그런 종류의 숨소리의 정체를 알고 있었다. 나나는 리자의 손아귀에서 벗어나려고 애를 썼다. 그러나 리자는 아무것도 모르고, "더 이상은 안 돼, 나나."라고 엄하게 소리치며 나나를 방에서 끌고 나왔다. "경고하겠는데, 다시 짖으면 파티에 계신 두 주인님한테 곧장 가서 집으로 모셔올 거야. 자, 그러면 주인님이 너에게 매질하지 않을까? 그렇지."

리자는 다시 그 불쌍한 개 나나를 묶어놓았다. 여러분 생각에, 나나가 더 이상 짖지 않았을 거라고 확신합니까? 주인 부부를 파티에서 집으로 데려오자! 맞아, 그것이 바로 나나가 바라는 것이었다. 나나는 자신이 돌보는 아이들이 안전하다면, 자신이 매질을 당하는 것에 마음 쓸 것이라고 여러분은 생각합니까?

리자가 부엌으로 돌아가 계속해 푸딩을 만들자, 나나는 더 이상 리자에게서 도움 받을 수 있을 것 같지 않았다. 나나는 개 줄이 끊어질 때까지 당기고 또 당겼다. 예전에도 나나는 27호 식당 문을 부수고 들어가 자신의 발을 높이 들어 의사소통을 훌륭하게 해냈던 때가 있었다. 그때 달링 씨 부부는 심각한 일이 아이들 방에서 일어났음을 곧 알고는 여주인에게 인사도 하지 않고 거리로 뛰어들었었다.

세 명의 악동들이 커튼 뒤에 숨어서 잠자는 연기를 한 지 10분이 지났다. 피터 팬은 이 10분 동안 매우 많은 일을 할 수 있었다. 자, 이제 아이들 있는 방으로 다시 돌아가봅시다.

그들이 숨어 있었던 장소에서 나오며 존이 말했다. "좋아, 이봐, 피터. 너는 나는 방법을 알고 있지?"

피터는 존에게 대답하는 대신에 벽난로 위를 날고 방 안을 두루 날아다녔다.

"와, 멋지다!" 존과 마이클이 말했다. 웬디도 "멋지다!"라고 외쳤다.

"그럼, 나는 멋지지. 오, 나는 멋지다 멋져!"라고 피터는 다시 예의를 잊고 건방지게 말했다.

아이들이 보기에 나는 것은 쉬워 보였다. 세 아이들은 처음에는 마루에서 날려고 했다가, 침대로 올라가서 날려고 했다. 그러나 날아오르기는커녕 날아 내려왔다.

"피터, 도대체 어떻게 해야 날 수 있어?" 존은 무릎을 문지르며 물었다. 존은 매우 모험심이 많았다.

"그냥 멋지고 예쁜 일들을 생각해봐. 그런 생각들이 너희를 공중으로 떠오르게 한단다." 피터가 설명했다, 그리고 다시 피터가 시범을 보여주었다.

"너무 빨리 난다. 다시 한번 천천히 해줄래?" 존이 말했다.

피터는 천천히 그리고 빠르게 두 번 날았다. "나 좀 봐, 웬디!"라고 존이 외쳤지만, 곧 그는 날 수 없음을 알게 되었다.

가장 어린 마이클조차 2음절 낱말들을 알고 있지만, 피터는 A와 Z를 구별하지도 못했다. 그러나 세 아이들은 조금도 날아다니는 방법을 몰랐다.

피터는 공연히 아이들과 시간 낭비를 하고 있었다. 사실 요정 가루를 묻히지 않고는 그 누구도 날 수가 없었다. 다행히도 피터의 손 가운데 어느 하나는 요정 가루로 뒤범벅이었다. 피터는 그 가루를 입으로 불어 모두에게 묻혀주었다. 그리고 최상의 결과가 나타났다.

"자, 이제 이렇게 어깨들을 꼼지락거려봐. 그리고 나는 거야." 피터가 말했다.

두 사내아이가 침대 위로 올라갔다. 용감한 마이클이 제일 먼저 날았다. 사실 마이클은 날려고 하지 않았지만 날았다. 마이클은 방을 가로질러 붕 떠서 날았다.

"내가 난다!" 공중에 떠서 마이클이 소리쳤다.

그리고 존이 날아서 목욕탕 가까이 있는 웬디에게로 날아갔다.

"와, 멋지다! 와, 멋지다! 나 좀 봐! 나 좀 봐!"

세 아이들은 피터만큼 잘 날지는 못했다. 발차기를 조금 해야 했고, 가끔 머리로 천장을 들이받았다. 그러나 세상에 이렇게 멋질 수가 없었다. 피터는 웬디의 손을 잡으려다가 단념했다. 팅크가 너무나 화를 내서였다. 둘은 날아서 오르내리고 돌고 돌았다. 웬디는 지상낙원이라고 외쳤다.

그때 "자, 우리 모두 바깥으로 나가보지 않을래?" 하고 존이 말했다. 이 말은 사실 피터가 그들에게 하고 싶었던 말이었다. 어린 마이클이 먼저 준비가 되었다. 그는 10억 마일을 날아가는 데 시간이 얼마나 걸리는지 알고 싶었다. 그러나 웬디는 머뭇거렸다.

"인어들을 보러 가자!" 하고 피터가 말했다.

"와우, 와우!" 아이들이 외쳤다.

"해적들도 있다."

"해적들이 있다고 했어." 존이 그의 모자를 찾아 들고 외쳤다. "빨리 가자."

달링 씨 부부가 27호 집에서 나나와 함께 서둘러 나온 것은 바로 이때였다. 그들은 거리 한가운데로 뛰어나와 아이들 창문을 올려다보았다. 창문은 닫혀 있었지만, 방 안은 온통 불빛이었다. 마음을 조이는 광경이 있었다. 커튼의 그림자에는 잠옷을 입은 세 명의 아이들이 마루가 아니라 공중에서 빙빙 날아다니고 있었다. 아니 세 명이 아니라, 네 명이었다! 몸을 떨며 그들은 거리로 난 문을 열었다. 달링 씨는 달려서 아이들이 있는 위층으로 올라갈 수도 있었다. 그러나 달링 부인은 그에게 조용히 가자고 말했다. 그녀는 우선 가슴을 진정시켜야 했다. 그들이 제시간에 아이들 방에 도착했을까? 만일 그랬다면, 그들은 좋았을 것이다. 그리고 우리도 안도의 숨을 쉬었을 것이다. 그렇게 되었다면 더 이상 할 이야기가 없었을 것이다. 그들은 제시간에 도착하지 못했다. 그러나 내가 분명이 약속하겠다. 우리 이야기 끝에는 모든 것이 다 잘되어 있을 것이다.

집으로 가는 달링 부부의 모습이 작은 별들에 발각되지만 않았더라도, 그들은 제시간에 아이들 방에 도착했을 수도 있었다. 그러나 부부를 본 작은 별들이 아이들 창문을 활짝 열어젖히고, 작은 별들 가운데에서도 가장 작은 별이 크게 소리쳤다. "조심해, 피터!"

그리고 피터는 더 이상 지체할 시간이 없음을 알았다. "가자." 피터는 명령조로 외치고, 자신이 먼저 밤 속으로 솟구쳐 올랐다. 존과 마이클

그리고 웬디가 그를 뒤따랐다. 그리고 달링 부부와 나나가 아이들 방에
뛰어들어왔다. 그러나 너무 늦었다. 새들은 이미 날아가버리고 방에 없
었다.

THE BIRDS WERE FLOWN

제4장

비행

. . . .

웬디가 부탁의 말을 했다. "그러면 팅크에게 불빛을 꺼달라고 말해줘."

"그럴 수 없어. 요정들이 할 수 없는 일이 유일하게 그것이야. 별들이 그러하듯이, 잠에 빠지면 불빛도 저절로 꺼지게 되지."

"그럼 빨리 잠들라고 말해." 존이 거의 명령조로 말했다.

"졸릴 때를 제외하고 그녀는 자지 않아. 그것은 요정들이 할 수 없는 두 번째 것이지."

존이 투덜거렸다. "내 생각에 해볼 만한 가치 있는 것들 두 가지가 바로 그것들인데."

그때 누군가 존을 꼬집었다. 귀엽지 않은 꼬집음이었다.

"오른쪽으로 두 번째에서 곧장 아침까지 가자."

그 말은 피터가 웬디에게 말한 네버랜드 주소였다. 그러나 지도를 휴대하고 바람 부는 모퉁이에서 지도를 살펴보는 새들조차 이런 주소를 가지고는 네버랜드를 찾을 수 없다. 자, 이제 여러분은 피터가 언제나 자신의 머리에 떠오르는 대로 아무 생각 없이 말한다는 사실을 알았을 것이다. 처음에 피터의 세 친구들은 그가 하는 말 모두를 절대 진리라고 믿었다.

그들은 비행하는 즐거움이 대단하여, 교회 첨탑 주위를 비롯해 그들이 마음 내키는 대로 높은 곳이면 어디나 빙빙 돌며 시간을 소비했다. 어린 마이클이 먼저 출발했지만, 뒤에 출발한 존은 마이클과 경주했다. 그들은 비행을 시작하고 오래되지 않아, 방 주위를 돌면서 자신들이 대단하다고 생각했던 일을 우습게 생각하게 되었다. 오래되지 않았다고. 그러나 얼마나 오래전인가? 이런 생각이 웬디의 마음을 불안하게 만들기도 전에, 그들은 이미 바다 위를 날고 있었다. 존은 이 바다가 두 번째 바다이고, 세 번째 밤이 지났다고 생각했다.

가끔 밤이었고 가끔 낮이었다. 매우 춥다가 다시 매우 따뜻해졌다. 피터는 그들에게 매우 재미있는 방식으로 음식을 조달하고 있어서, 그들은 정말로 자신들이 허기를 느끼고 있는지, 아니면 그냥 배고픈 체했는지 알 수 없었다. 피터는 인간이 먹을 수 있는 음식을 입에 물고 가는 새들을 쫓아가 새들에게서 음식을 빼앗았다. 그러면 새들도 그를 쫓아와 다시 그 음식을 빼앗기도 했다. 피터와 새들은 수 마일을 즐겁게 서로 쫓고 쫓기다가 끝내는 서로 화해하고 헤어졌다. 웬디는 이 광경을 유심히 지켜보았다. 피터는 음식을 조달하는 이러한 방식이 조금 이상하다는 사실을 알지 못하는 것 같았다. 더구나 다른 방식도 있는 사실을 모르는 것 같았다.

아이들은 졸린 체할 수 없이 정말 졸렸다. 그러나 잠자는 일은 위험했다. 그들이 잠드는 순간 그들은 아래로 떨어졌고, 끔찍하게도 피터는 이것을 재미있어했다.

"저기 또 시작이군!" 마이클이 돌처럼 갑자기 떨어지자 피터는 즐거워하며 소리쳤다.

그리고 그의 아래 멀리 잔인한 바다를 두려움에 차서 바라보며 웬디가 소리쳤다. "마이클을 구해줘, 마이클을 구해줘!"

그러면 피터가 공중에서 다이빙하여, 마이클이 바다에 닿기 바로 직전에 그를 잡아채었다. 그가 그런 식으로 아이들을 구하는 것은 매우 멋졌다. 그는 구할 수 있는 마지막 순간까지 기다렸다. 누구나 알고 있듯이, 그의 관심 사항은 인간을 구하는 것이 아니라 자신의 멋진 기술을 보이는 것이었다. 그는 이것저것 여러 가지를 좋아했지만, 그것도 잠시, 자신이 흥미로워했던 일에 대하여 갑자기 흥미를 잃을 때도 종종 있었다. 그래서 다음에 당신이 졸다가 하늘에서 떨어질 때 그 일에 대하여 그가 관심이 없기라도 한다면 당신을 구하지 않고 떨어지게 놓아둘 가능성도 있다.

피터는 공중에 등을 대고 누워 있기만 해도 떨어지지 않고 하늘에서 잠잘 수 있었다. 그러나 이것은 그가 가벼웠기 때문인데, 만일 누군가 그의 뒤로 가서 입김을 불었다면 그는 더 빨리 날아갔을 것이다. 그들이 "대장을 따르라"는 놀이를 하고 있을 때, 웬디는 존에게 속삭였다. "피터에게 좀 더 예의를 갖추어 행동해."

그러자 존이 말했다. "예의를 받고 싶다면, 그 잘난 체 좀 그만하라고 말해."

여러분이 길을 가면서 쇠 난간을 손가락으로 훑으며 지나가듯이, 피터는 물 위 가까이로 날아가며 바다 상어들의 꼬리를 손으로 훑고 지나갔다. 아이들도 그와 같이 해보았지만 많이 성공하지는 못했다. 피터는 아이들이 얼마나 많이 상어 꼬리 훑기를 하였는지 보려고 뒤돌아보았다. 그들이 보기에 그는 너무나 잘난 체하는 것 같았다.

"너희는 피터에게 잘해야 한다." 웬디는 자신의 동생들에게 힘주어 말했다. "그가 우리를 버리고 떠나면 우리는 어떻게 되겠니?"

"돌아가면 되지."라고 마이클이 말했다.

"그러나 돌아가기는 어려워, 존. 우리는 멈추는 법을 모르니 계속 가기만 해야 해."

이 말은 사실이었다. 피터는 그들에게 날기 멈추는 법은 알려주기를 잊었다. 최악의 경우, 그들이 해야 할 것은 곧장 가기만 하는 것이었다. 그러나 세상은 둥글어서, 계속 가다 보면 언젠가 그들이 떠난 그들의 창가로 다시 돌아오게 될 것이라고 존은 말했다.

"그러면 누가 우리에게 음식을 줄 건데, 존?"

"나는 독수리 입에서 멋지게 조금씩 음식을 떼어낼 수 있어. 웬디."

"스무 번이나 연습하고 나서 그럴 수 있겠지." 웬디가 그에게 상기시켰다. "우리가 음식을 구하는 데 성공했다고 하자. 그러나 그가 우리 가까이서 도와주지 않으면, 우리는 구름과 자주 부딪히게 될 거야."

사실 그들은 계속하여 자주 구름들과 부딪혔다. 그들은 꽤 많은 발길질을 해야만 겨우 구름들로부터 벗어나 날아오를 수 있었다. 그래서 갑자기 구름을 만나기라도 하면, 구름을 피하려고 하면 할수록 그들은 더 많이 구름과 부딪혔다. 나나가 그들과 함께했다면 그때마다 마이클의 이마 주위에 붕대를 감아주었을 것이다.

피터가 자주 그들과 함께하지 않는 때가 있었다. 그럴 때면 그들은 하늘에서 홀로 외롭다고 느꼈다. 피터는 그들보다 빨리 갈 수 있어서, 그들이 함께할 수 없는 모험을 즐기기 위해 갑자기 그들의 시야에서 사라졌다. 그는 별들과 재미있는 이야기를 하다가 웃으며 하늘에서 내려올 때도 있었다. 그러나 그가 아이들에게 도착하는 순간 그는 별들과 나눴던 이야기 내용이 무엇이었는지 잊었다. 그는 그의 몸에 인어 비늘을 붙이고 아이들이 있는 하늘로 올라올 때도 있었다. 그러나 그는 바다에서 인어들과 무슨 일이 있었는지 확실히 말할 수 없었다. 인어를 본 적이 없는 아이들에게 이 사건은 매우 짜증나는 일이었다.

"만일 피터가 모든 것을 그렇게 빨리 잊는다면." 웬디는 추론했다. "그가 우리를 계속해서 기억해줄 것이라고 어떻게 믿을 수 있을까?"

사실 때때로 피터가 돌아와서는 그들을 기억하지 못할 때도 있었다. 아니, 잘 기억하지 못했다. 웬디는 그 사실을 잘 알았다. 그녀는 피터가 그들에게 인사를 하면서 지나갈 때 그의 눈빛에서 그 사실을 알아보았다. 한번은 웬디조차 그녀의 이름을 그에게 말해야 했다. "내가 웬디야."라고 웬디는 불안해하며 말했다. 그리고 그는 미안해하며, "아, 웬디."라고 그녀에게 속삭였다. "만일 내가 너를 잊고 있는 것 같으면, 그때마다 '내가 웬디야'라고 말해줘, 그러면 내가 기억하게 될 거야."

물론 이런 일이 벌어지면 불쾌할 것이다. 피터는 자신의 망각을 보상하기 위하여, 강한 바람에 길게 누워 있을 수 있는 방법을 그들에게 가르쳐주었다. 이 기법은 매우 즐거운 유희여서 그들은 그것을 몇 번이고 연습해서, 안전하게 바람 위에 누워서 잘 수 있었다. 사실 그들은 더 오래 잘 수도 있었지만, 피터는 잠자는 일에 지쳐서, 대장의 목소리로 말했다. "이제 바람 타기 그만하자."

자주 피터와 사소한 말다툼이 있었지만, 전반적으로 신나서 떠들 때가 많았다. 그렇게 그들은 네버랜드 가까이로 다가갔다.

많은 달들이 뜨고 지고 난 후 마침내 그들은 그 섬에 도착했다. 그들은 지금까지 옆길로 새지 않고 곧장 섬을 향하여 가기만 했다. 그러나 사실 피터와 팅크가 길 안내를 잘 해준 덕분이라기보다, 그 섬이 직접 그들을 찾아 나섰기 때문이었다. 이 마법의 해안을 누구나 볼 수 있는 이유는 바로 섬이 섬을 찾는 사람을 찾아서이다. 피터가 조용히 말했다. "저기 섬이 있다."

"어디, 어디?"

"태양의 화살 같은 햇빛이 가리키는 저곳."

태양빛이 쏘아대는 수백만 황금 화살이 아이들에게 그 섬을 가리켜주었다. 황금 화살은 모두 그들의 친구인 태양이 쏘아 날린 것들이었다. 밤을 마주하기 전에, 태양은 그들이 갈 길을 아이들에게 보여주고 싶었다. 웬디와 존과 마이클은 그 섬을 처음 보는 까닭에 더 잘 보기 위해 하늘에서 발끝을 들어 일어섰다. 이상하게 들릴지 모르지만 그들은 곧 그 섬을 알아보았다. 두려움이 밀려오기 전까지 그들은 그 섬을 보고 즐거워했다. 오래 꿈꾸어왔다가 마침내 본 것이 아니라, 휴가를 보내기 위해 고향을 찾아왔다가 그곳에서 친한 친구를 만난 것과 같았다.

"존, 저기 바다 호수가 있네."

"웬디, 모래에 알을 묻고 있는 거북이들을 좀 봐."

"저기, 존. 다리가 부러진 네 홍학이 있네."

"저기 봐, 마이클. 저기에 네 동굴이 있다."

"존, 저기 숲속에 있는 것이 뭘까?"

"새끼들과 함께하는 늑대네. 웬디, 내 생각에 저기에 있는 것은 네 어린 늑대 새끼야."

"저기 내 보트가 있네, 존. 보트 옆구리가 좀 망가졌어."

"아냐, 그건 네 보트 아닌데. 그게, 우리가 이미 네 보트는 불태워버렸어."

"아무튼 저건 내 보트야. 저기 좀 봐, 존. 인디언 막사에서 연기가 난다."

"어디? 어디? 인디언들은 출정을 나설 때 연기를 피워 올린다."

"저기야, 신비의 강 바로 건너편."

"아, 이제 보인다. 그래, 맞아. 그들이 출정하고 있네."

피터는 그들이 네버랜드에 대하여 너무나 많이 알고 있어 짜증이 났다. 만일 그가 그들 위에 군림하려면, 지금이 바로 그때이다. 그들이 두려워할 때가 온다고 내가 말하지 않았던가? 화살 같은 햇살이 사라지고 섬이 어둠으로 둘러싸일 때, 그들이 두려움에 떨 순간이 다가올 것이다. 그들이 집에 있을 때, 잠자리에 들 때쯤 네버랜드는 조금 어두웠고 무시무시해 보이기 시작했다. 그 시간이 되면 그들이 가보지 않았던 섬의 지역들이 나타나고, 검은 그림자들이 섬의 이곳저곳을 이리저리 움직이고, 먹이를 찾아 나선 짐승들의 포효 소리도 예사롭지 않다. 무엇보다 여러분이 싸워서 이길 것이라는 확신이 사라진다. 이때 여러분은 유모인 개 나나가 이쪽에 있는 것은 벽난로 선반이고, 네버랜드는 모두 가짜라고 말하더라도, 아니 무슨 말을 하더라도 좋아할 것이다. 잠시 무서움을 잊을 수 있어서이다. 예전에 그들에게 있어서 네버랜드는 가짜였다. 그러나 이제는 진짜가 되었다. 야간등도 없이, 순간마다 어둠이 짙어졌다. 도대체 나나는 어디에 있는 거야?

이곳까지 날아올 때, 그들은 거리를 두고 따로 떨어져 날아왔다. 그러나 이제 그들은 피터 주위에 모였다. 그동안 무심했던 피터의 태도도 이제 완전히 변했다. 그의 눈은 반짝였고, 그들이 그의 몸에 닿을 때마다 그의 흥분이 그들에게 전해졌다. 그들은 이제 그 무서운 섬에 왔다. 그들이 낮게 날아갈 때마다 나뭇가지들이 그들의 다리에 걸렸다. 하늘을 날고 있을 때는 무서운 것이 전혀 없었다. 이제 그들의 비행은 느려졌고 힘겨워졌다. 그들은 사악한 군대 사이를 뚫고 지나가는 듯했다. 그들은 피터가 그의 주먹으로 공기를 때릴 때까지 공중에 머물러 있었다.

"그들은 우리가 땅에 내리는 것을 원하지 않아."라고 피터가 말했다.

"그들이 누군데." 웬디가 몸을 떨며 속삭였다.

그러나 피터는 말할 수 없거나, 말하고 싶지 않았다. 팅커 벨이 그의 어깨 위에 잠들어 있었다. 그는 이제 그녀를 깨워 그녀를 앞서 보냈다. 피터는 자주 공중에서 자세를 바로잡고, 그의 손을 귀에 대고 뭔가를 들으려고 했다. 그러고는 다시 반짝이는 두 눈으로, 아래에 있는 땅 위에 두 개의 구멍이라도 내려는 듯이 땅 아래를 뚫어져라 내려다보았다.

피터가 용기를 북돋았다. "자, 이제 모험을 바로 시작할래? 아니면 먼저 차를 마실래?"라고 피터는 가볍게 존에게 말했다.

웬디가 급히 말했다. "차 먼저."

그리고 마이클은 감사의 표시로 웬디의 손을 꼭 잡았다. 그러나 둘보다 용감한 존은 머뭇거렸다. 존이 조심스레 물었다. "무슨 모험인데?"

피터가 그에게 말했다. "우리 바로 밑에 있는 대초원에 해적 한 명이 잠들어 있다. 네가 좋다면, 내려가서 그놈을 잡아 죽이자."

존은 잠시 쉬었다가 말했다. "나는 아무것도 안 보이는데."

"아니 이제 보여." 존은 목쉰 소리로 말했다. "그를 먼저 깨워야 하는 것 아니야?"

피터는 화가 나서 말했다. "설마 그놈이 자는 동안 내가 그를 죽일 거라고 생각하는 건 아니지? 먼저 깨우고 나서 죽일 거야. 나는 늘 그래."

"그래! 많이 죽여봤어?"

"트럭 한 대 분량."

존은 "멋져."라고 말했다.

그들은 우선 차부터 마시자고 결정했다. 존은 섬에 해적들이 많이 있는지 물었고, 피터는 잘 모르겠다고 대답했다.

"지금 누가 해적들 대장이니?"

"후크." 피터가 대답했다. 피터가 그 역겨운 단어를 말할 때, 그의 얼굴은 긴장했다.

"재스 후크?"

"그래."

그러자 마이클이 환호했고, 존도 할 말이 많았다. 둘은 모두 후크의 명성에 대하여 많이 알고 있었다.

"후크는 원래 검은 수염호 갑판장이었어. 그는 선원들 가운데 가장 악당이었지. 바비큐가 유일하게 무서워했던 사람이 바로 후크야." 존은 목쉰 소리로 말했다.

"그래, 바로 그 사람이야." 라고 피터가 말했다.

"어떻게 생겼어? 몸이 커?"

"예전만큼 크지는 않아."

"무슨 얘기야?"

"내가 조금 잘라냈거든."

"네가!"

"응, 내가." 강한 목소리로 피터가 말했다.

"너를 무시해서 하는 말이 아니었어."

"그래, 알아."

"그런데 얼마나 조금?"

"그의 오른손."

"그러면 지금은 싸우지 못해?"

"아, 꼭 그렇지는 않아."

"왼손잡이야?"

"예전에 오른손이 있던 자리에 지금은 쇠갈고리가 대신하고 있어. 그 걸로 잡히는 무엇이나 잡아 찢어."

"잡아 찢어!"

"그래. 존, 너." 피터가 말했다.

"왜?" 라고 존이 물었다.

"네, 네, 대장이라고 말해야지. 왜라니?" 라고 피터가 말하고,

"네, 네, 대장." 이라고 존이 대답했다.

그러자 피터가 말했다. "나를 따르는 사람은 누구나 한 가지 약속을 해야 해. 너희도 그렇고."

존은 얼굴이 해쓱해졌다.

"일단 후크와 싸움이 벌어지는 경우가 생기면, 후크는 내가 상대할 거야." 피터가 말했다.

"약속할게."라고 존이 충직하게 말했다.

그때 팅크가 그들과 함께 날고 있어서, 요정의 불빛으로 서로를 볼 수 있었다. 그들은 서로 함께 있어서 잠시나마 덜 무서웠다. 그러나 팅크는 그들처럼 천천히 날 수가 없었다. 그래서 그녀는 그들이 움직이는 방향을 따라 후광과 같이 그들의 주위를 원형으로 빙빙 돌아야 했다. 피터가 팅크에게 그러지 말아야 할 이유를 말할 때까지 웬디는 그 상황을 좋아했다. 피터가 말했다. "어두워지기 전에 해적들이 우리를 발견해서 대포를 꺼내놓았다고 팅크가 말했어."

"대포라고?"

"그래, 해적들이 팅크의 불빛을 봤을 거야. 그리고 우리가 대포 사정 거리에 있다고 생각하면 해적들은 분명 우리를 향해 대포를 쏠 거야."

"웬디!"

"존!"

"마이클!"

"피터, 빨리 팅크에게 우리에게서 떨어지라고 말해."라고 세 아이는 동시에 소리쳤지만, 피터는 그럴 수 없다고 말했다.

"팅크 생각에 우리가 길을 잃은 것 같대." 피터는 완고한 말투로 말했다. "그리고 그녀도 무서워하고 있어. 팅크가 무서워하고 있는데, 내가 그녀를 홀로 떠나보내리라고 너희는 생각하지 않겠지!"

잠시 빛의 원형이 깨어지고, 뭔가가 피터를 귀엽게 꼬집었다. 그때 웬디가 부탁의 말을 했다. "그러면 팅크에게 불빛을 꺼달라고 말해줘."

"그럴 수 없어. 요정들이 할 수 없는 일이 유일하게 그것이야. 별들이 그러하듯이, 잠에 빠지면 불빛도 저절로 꺼지게 되지."

"그럼 빨리 잠들라고 말해." 존이 거의 명령조로 말했다.

"졸릴 때를 제외하고 그녀는 자지 않아. 그것은 요정들이 할 수 없는 두 번째 것이지."

존이 투덜거렸다. "내 생각에 해볼 만한 가치 있는 것들 두 가지가 바로 그것들인데."

그때 누군가 존을 꼬집었다. 귀엽지 않은 꼬집음이었다.

"우리들 가운데 누군가 팅크를 담을 자루가 있다면." 피터가 말했다. "그곳에 팅크를 넣어 다닐 수 있을 텐데."

그러나 그들은 모두 서둘러 집에서 나와서 네 사람 모두 자루가 없었다. 피터는 좋은 생각이 떠올랐다. 존의 모자! 팅크도 누군가 손으로 자신이 들어 있는 모자를 들고 다닌다면 모자와 함께 여행하겠다고 동의했다. 팅크는 피터가 그 모자를 들고 다녔으면 했지만, 존의 차지가 되었다. 존은 날아갈 때, 모자가 자꾸 그의 무릎을 때린다고 말했다. 그래서 웬디가 그 모자를 대신 들었다. 우리가 앞으로 보게 되듯이, 이 일이 문제의 발단이 되었다. 팅커 벨은 웬디에게 도움 받는 일이 정말 싫었다. 속 깊은 검은 모자에서 팅커 벨의 불빛은 완전히 차단되었고, 그들은 조용히 날아갔다. 그들이 알고 있는 최고의 침묵이었다. 그러나 그 침묵은 두 번 깨졌다. 피터가 설명하기로, 멀리서 야수들이 얕은 강여울에서 물 마시며 내는 홀짝이는 소리로 한 번 깨졌다. 그리고 나뭇가지들이 바람에 서로 비벼대며 내는 소리 같지만, 피터의 말로는 인디언들이 칼 가는 소리로 다시 한번 침묵이 깨졌다.

이제 침묵을 깨는 소음은 더 이상 없었다. 마이클은 적막이 무서웠다. "무언가 좀 소리가 났으면!" 하고 그는 소리쳤다. 그리고 마이클의 요구에 대답이라도 하듯, 그가 지금까지 들은 소리들 중에 가장 크게 부서져 내리는 굉음으로 하늘이 찢어졌다. 해적들이 그들에게 대포를 쏘아댔다. 짐승의 포효와 같은 대포 소리가 산 속에 계속 메아리쳐 울려 퍼졌다. 그 메아리는 "아이들이 어디 있지, 아이들이 어디에 있어, 아이들이 어디에?"라고 사납게 소리치는 듯했다. 두려움에 떠는 아이들은 이제 가짜 섬과 현실이 된 섬 사이의 차이를 여실히 배우게 되었다. 시간이 지나 하늘이 다시 조용해지자, 존과 마이클은 자신들만 어둠 속에 홀로 남아 있음을 깨달았다. 존은 기계적으로 하늘 위를 걸었고, 마이클은 하늘 위를 떠가는 방법도 모르면서 떠가고 있었다.

"포탄 맞았니?" 존이 떨리는 목소리로 속삭였다.

"아직 아니야." 마이클은 작은 소리로 대답했다.

포탄에 맞은 사람은 아무도 없었다. 그러나 피터는 포탄의 바람에 실려 멀리 바다 쪽으로 날아갔고, 웬디는 주위에 아무도 없이, 팅커 벨과 함께 하늘 높이 올라갔다. 그때 웬디가 모자를 떨어뜨렸다면, 그녀에게 아무런 문제도 발생하지 않았을 것이다.

팅크가 갑자기 그런 생각을 해냈는지, 아니면 웬디와 함께 날아가며 그런 계획을 하였는지는 모르겠다. 팅크가 갑자기 모자 안에서 바깥으로 튀어나와 웬디를 죽음으로 유인했다. 팅크는 그렇게까지 나쁜 요정은 아니었으나 지금은 매우 나쁜 요정이 되고 말았다. 물론 팅크는 자주 착한 일을 한다. 불행히도 요정은 아주 작기 때문에 한순간에 오로지 하나의 감정만을 지닐 여유밖에 갖기 어렵다. 그래서 요정들은 이랬다저

랬다 하는데, 일단 감정이 바뀌면 완전히 변하고 만다. 지금 팅크는 웬디에게 질투심을 느끼고 있었다. 팅크가 방울 소리를 내며 말하는 내용을 웬디는 전혀 이해하지 못했다. 내가 생각하기에 팅크의 말들 가운데는 욕하는 말도 있었다. 그러나 그 말은 웬디에게 친절한 말처럼 들렸다. "나를 따라오면 모두가 괜찮아."라는 의미로 웬디에게 말하는 듯이, 팅크는 앞으로 날다 뒤로 날았다. 힘겨운 상황에서 웬디가 달리 어떻게 행동하겠는가? 웬디는 피터와 존과 마이클을 소리쳐 불렀지만 대답이라고는 조롱하는 메아리뿐이었다. 웬디는 팅크가 여자가 느끼는 불타는 증오심으로 그녀를 미워하고 있다는 사실을 몰랐다. 웬디는 당황하여 비틀거리며 팅크를 따라 운명이 기다리는 순간을 향하여 날아갔다.

제5장

섬이 꿈에서 깨어나다

. . . .

후크가 얼굴을 찌푸리며 말했다. "피터가 지나가는 악어에게 내 팔을 던져주었지."

스미가 말했다. "대장은 이상하게 악어를 두려워하던데요."

후크가 그의 말을 고쳐 말했다. "악어들 모두가 아니지, 한 놈만 그래." 그는 목소리를 낮춰 말했다. "그놈은 내 팔을 너무나 좋아해서, 그 이후에도 나를 계속 쫓아다니고 있지. 바다에서 바다로, 육지에서 육지로, 나머지 남은 내 팔을 먹고 싶어서 늘 자신의 입술을 혀로 핥고 있어."

스미가 말했다. "어쨌든 영광이네요."

"그런 영광 없어도 돼." 뚱하게 후크가 말했다. "그 짐승에게 그 맛을 안겨준 피터 팬을 잡아야 해."

그때 후크는 커다란 버섯 위에 앉았다. 그리고 그는 목소리를 떨면서, 쉰 목소리로 말했다. "스미, 그 악어가 전에 몇 번이나 나를 잡아먹을 기회가 있었지. 그러나 다행히도 그놈이 째깍째깍 소리 나는 나의 시계도 함께 삼켜버렸어. 그래서 그놈이 내게 오기 전, 나는 시계 소리를 먼저 듣고 도망을 치지."

후크는 공허하게 웃었다. 그러자 스미가 말했다. "언젠가 시계 소리가 멈추면, 그때 그놈이 대장을 잡아먹겠네요."

후크는 마른 입술을 적시며 말했다. "그렇겠지, 그런 두려움이 늘 나를 쫓아다녀."

피터가 돌아오고 있다는 것을 감지한 네버랜드는 잠에서 **깨우나** 생기를 되찾았다. 우리는 **깨어나**라고 말해야 하지만 **깨우나**라고 말했다. **깨어나**가 맞는 표현이지만 피터는 늘 **깨우나**라는 표현을 사용했다.

피터가 없는 동안 모두들 섬에서 조용히 지냈다. 요정들은 아침에 평소보다 한 시간 더 잠을 자고, 짐승은 새끼를 더 많이 돌보고, 인디언들은 6일 밤과 낮을 배터지게 먹고, 해적들과 집 잃은 아이들은 서로 만나면, 자신의 엄지를 깨물어 상대를 모욕하는 정도였다. 그러나 게으름을 참지 못하는 피터가 오자, 그들은 모두 다시 활동하기 시작했다. 땅 위에 귀를 대면, 섬 전체가 활기로 넘치는 것을 들을 수 있다.

피터가 돌아온 날 저녁 섬에 있는 사람들은 다음과 같은 일을 하고 있었다. 집 잃은 아이들은 피터를 찾아 나섰고, 해적들은 집 잃은 아이들을 찾아 나섰고, 인디언들은 해적들을 찾아 나섰고, 짐승들은 인디언들을 찾아 나섰다. 그들은 섬을 빙빙 돌고 있었다. 모두들 같은 보조를 맞추어 움직여서 서로 만나는 일은 없었다.

집 잃은 아이들을 제외하고 모두 피를 갈구하여 바깥에 나왔다. 그러나 아이들은 대장을 환영하기 위해 밖으로 나왔다. 섬에 있는 소년들은 계속하여 목숨을 잃는 일이 발생하여, 소년들 숫자가 매번 달랐다. 소년들이 자라는 것은 법에 위반되는 일이어서, 피터는 자라난 소년들을 솎아냈다. 그래서 섬 아이들은 쌍둥이를 두 명으로 계산하여 모두 여섯 명이었다. 자, 우리가 사탕수수 밭에 누워서 소년들이 각각 자신들의 손에 단도를 하나씩 갖고 일렬로 지나갈 때, 그들을 지켜보고 있다고 생각하자.

소년들은 피터와 같은 복장을 하지 말아야 한다. 그들은 자신들이 잡은 곰으로 가죽옷을 해 입어서, 몸들이 털북숭이들로 둥글었다. 그들이 넘어지면 굴러다녔다. 그래서 소년들은 확실하게 발을 내딛어야 했다. 가장 먼저 투틀즈가 지나갔다. 그는 적잖이 용감하지만, 경쾌하게 걷고 있는 무리들 가운데 가장 불행하다. 그가 모퉁이를 돌아설 때마다 늘 큰 사건들이 뒤에서 벌어지는 까닭에, 그는 그들 가운데 누구보다도 모험에 참가한 숫자가 적다. 아무런 일도 없어서, 장작으로 쓰려고 나뭇가지를 찾아 떠났다가 다시 제자리로 돌아오면, 그 사이 모험은 끝나고 다른 사람들은 피를 씻고 있었다. 이러한 불운으로 그의 얼굴은 옅지만 우울한 그림자로 덮여 있었다. 그러나 그는 심술부리는 대신에, 고운 심성으로 그 우울함을 쾌활함으로 바꾸었다. 그는 소년들 가운데 가장 겸손하다. 착하지만 불쌍한 투틀즈, 그러나 너에게 오늘 밤 공기는 위험하다. 모험을 해야 하는 사태가 벌어지지 않도록 조심해라. 만일 모험을 감행하면 너는 가장 깊은 시련에 던져질 것이다. 투틀즈, 오늘 밤 일을 벌이려고 하는 요정 팅크가 희생자를 찾고 있다. 그녀가 생각하기에 네가 소년들 가운데 가장 쉽게 속아 넘어갈 사람이다. 팅커 벨을 조심해

라. 투틀즈가 우리가 하는 말을 들었으면 좋겠지만, 우리는 사실 그 섬에 있는 것이 아니다. 투틀즈는 그의 손가락 관절을 입으로 깨물며 지나갔다.

다음으로 쾌활하고 상냥한 닙즈가 왔다. 그리고 나무로 피리를 만들 줄 아는 슬라이틀리가 자신의 노래에 흥겨워 춤추며 따라간다. 슬라이틀리는 소년들 가운데 가장 머리가 좋다. 그는 자신이 집을 잃기 전에 있었던 일들까지도 기억하고 있다고 생각한다. 그 당시의 예의범절과 관습들까지. 그래서 그는 그의 콧대를 무례할 정도로 높이 세운다. 컬리가 네 번째다. 그는 장난꾸러기여서 피터가 엄하게, "이 일 한 사람 앞으로 나와."라고 말하면, 자주 자신이 당사자라고 나선다. 그는 자신이 그 일을 했든 안 했든, 나오라는 명령만 내리면 자동적으로 앞으로 나왔다. 마지막으로 쌍둥이들이 왔다. 우리가 누구라고 말하려고 하면, 우리는 분명 둘 가운데 다른 사람을 말할 것이 분명하다. 그 둘을 가려서 말하기 어렵다. 피터는 쌍둥이가 무엇인지도 몰랐다. 그리고 그의 부하들은 그가 모르는 것을 알면 안 되었다. 그래서 쌍둥이는 자신들에 대해서 아는 것이 아무것도 없다. 그래서 사람들에게 미안해하며 늘 함께 붙어 다닌다. 둘은 다른 사람이 착오가 없도록 최선을 다했다.

소년들이 어둠 속으로 사라지고, 잠시 뒤에, 그러나 오래지 않아 해적들이 뒤따라 왔다. 섬에서는 모두가 함께 행동해야하기 때문이다. 그들이 나타나기 전, 우리는 늘 그들의 노랫소리를 먼저 듣는다. 그 노래는 언제 들어도 끔찍하다.

그만, 멈춰, 거기, 배 멈춰
자, 여기 해적들 나가신다,

지금 죽어 헤어져도 상관없어
어차피 우린 지옥에서 만난다!

　교수대에 일렬로 걸려 있는 죄수들도 그들보다 더 악당다운 모습은
결코 아니다. 자, 여기 남들보다 조금 앞서서 가끔 머리를 땅에 대고 귀
기울이며 큰 팔을 드러낸 채 귀에는 스페인 은화를 달고 있는 잘생긴 이
탈리아 사람 세코가 간다. 그는 인도의 게이오 감옥 간수장의 등에 그의
이름을 피로 새긴 사람이다. 그의 뒤로 흑인 거인이 온다. 그는 흑인 엄
마들이 구아조모 강둑에서 그들의 아이들을 무섭게 만들려 지어낸 이
름을 갖게 된 이래로 많은 이름들을 갖게 되었다. 여기 몸의 구석구석
문신한 빌 주크스가 온다. 그가 포르투갈 금화 한 자루를 내려놓기 전까
지, 그는 '해마' 호에서 플린트 선장으로부터 무수히 처참하게 매를 맞
았다. 그리고 유명한 해적 검은 머피의 동생으로 알려진 쿡슨이 있다.
그러나 이 사실은 입증되지는 않았다. 그리고 한때 영국 사립학교에서
보조교사로 생활했던 신사 스타키가 있다. 그는 아직도 사람을 죽일 때
신사답게 행동한다. 그리고 스카이라잇츠가 온다. 그는 유명한 해적 모
르간의 스카이라잇츠이다. 여기 아일랜드 사람 갑판장 스미가 있다. 그
는 말하자면, 상대를 기분 나쁘지 않게 칼로 찌르는 이상할 정도로 다정
한 사람으로, 후크 부하들 가운데 유일하게 비국교도이다. 그 이외에
뒷짐을 진 누들러가 있고, 로버트 멀린즈와 앨프 메이슨, 그리고 카리
브해에서 오랫동안 두려움의 대상으로 알려진 많은 다른 악당들이 더
있다.
　저 어둠을 배경으로 해적들 가운데에서 가장 까맣고 가장 큰 보석인
제임스 후크가 몸을 마차 위에 눕히고 있다. 그는 자신의 이름이 재스

후크라고 말한다. 그는 『보물섬』에 나오는 배의 요리사 롱 존 실버가 두려워했던 바로 그 사람이라는 말이 있다. 그는 부하들이 끌고 가는 엉성한 마차 위에 편안히 누워 있다. 그는 오른쪽 손 쇠갈고리를 들어 이따금씩 부하들에게 속도를 내라고 재촉한다. 이 무서운 사람은 부하들을 개처럼 취급하고 명령한다. 그리고 그들도 그에게 개처럼 복종한다. 그의 얼굴은 수척하고 거무튀튀하다. 그의 머리카락은 긴 검은 고수머리로, 멀리서 보면 검은 촛불과 같아서, 그의 잘생긴 용모에 독특한 위협적인 인상을 더한다. 그의 눈빛은 물망초의 파란빛에 깊은 우울함이 깃들어 있다. 그러나 그가 여러분에게 그의 쇠갈고리를 사용할 때, 그의 두 눈은 빨갛게 변하여 무섭게 타오를 것이다. 태도를 보면, 그는 귀족의 자태를 가졌다. 그는 여러분을 일방적으로 무시하는 태도를 보일 것이다. 그는 유명한 이야기꾼이라는 말도 있다. 그가 가장 정중한 태도를 보일 때가 가장 무섭다. 그러한 태도는 아마도 그가 교육받았다는 것을 보여주는 가장 진실한 증거이다. 그가 욕을 할 때도 우아한 말로 하는 것은 그만의 독특한 태도로, 그가 그의 부하들과는 다른 계층의 사람임을 보여준다. 그는 불굴의 용기를 가진 사람으로, 그가 오직 멈칫하는 것은, 짙고 독특한 색깔을 띤 그 자신의 피뿐이다. 그는 찰스 2세의 이름을 떠올리는 옷을 입었다. 그가 해적질을 시작한 초기에 그의 얼굴은 불운한 스튜어트 왕족들과 이상할 정도로 닮았다는 이야기가 있다. 그는 입가에 두 개의 담배를 동시에 피울 수 있는 그가 만든 담뱃대를 물고 있다. 그렇기는 해도 의심의 여지 없이 그에게서 가장 끔찍한 곳은 그의 쇠갈고리이다.

자, 해적을 죽이는 후크의 방식을 시연해보겠다. 스카이라잇츠를 희생양으로 삼자. 해적들이 지나가고, 스카이라잇츠가 생뚱맞게 후크에 기대어 후크의 레이스 칼라를 헝클어놓는다. 갑자기 갈고리가 나타나고 찢어지는 소리와 함께 비명 소리가 난다. 그리고 시체 하나를 발로 차 옆으로 치우고, 해적들은 그냥 지나간다. 후크는 그의 담배를 그의 입에서 뱉어내지도 않는다.

피터 팬이 대항해 싸우는 사람은 그렇게 무서운 사람이다. 과연 누가 이길까? 해적들이 지나간 길을 따라서, 경험이 없는 사람들에게는 보이지 않는, 출정의 길을 따라 조용히 산에서 내려온 인디언들이 나타난다. 그들은 모두 주위를 살피며 경계했다. 손도끼와 칼로 무장한 그들의 몸은 물감과 기름으로 뻔쩍였다. 그들은 해적들의 가죽을 벗겨 몸에 둘렀다. 이들은 피카니니 인디언 부족들이다. 이들보다 좀 더 마음이 부드러운 델라웨어 부족이나, 후론 부족들과 이들을 헷갈려 생각하지 말아야 한다. 선두에는 두 발과 두 손으로 기어가는 인디언 '위대하며 크고 귀여운 표범'이 있다. 그는 인디언 전사로 너무 많은 인간 가죽을 두껍게 입고 있어 앞으로 나가는 데 지장을 받았다. 가장 위험한 위치인 맨 뒤에서 타이거 릴리가 거만하게 곧은 자세로 걸어갔다. 그녀는 태생이 공주로, 피부가 거무튀튀한 사냥꾼 여자들 가운데 가장 예뻐서 피카니니 부족의 꽃이었다. 그녀는 애교를 부리다가 차갑게 변하고, 또 사랑스럽기를 반복한다. 그렇게 변덕스런 여자를 아내로 삼고 싶어 하는 전사는 없다. 그녀는 자신의 도끼로 결혼의 제단을 박살냈다. 인디언들이 소리 내지 않고 떨어진 나뭇가지들 위를 어떻게 지나가는지를 보라. 들리는 소리라고는 오직 그들의 거친 숨소리뿐이다. 피터가 없는 동안 배 터지게 먹어 그들 모두 조금 살쪘지만, 곧 그들은 날씬해질 것이다. 그동안 살이 쪄서 위험하기는 할 것이다.

그림자들과 같이 인디언들이 왔다가 사라지고, 그들이 있던 자리를 짐승들이 채웠다. 알록달록하니 멋진 행진이다. 사자, 호랑이, 곰, 그리고 그들을 피해 도망가는 그들보다 작은 수많은 야생동물, 모든 종류의 동물들이 다 모여 있었다. 특히나 사람을 잡아먹는 동물들도 그 특별한 섬에서는 정답게 살아간다. 그들은 오늘 밤 배가 고파서, 모두들 그들의 혀를 바깥으로 드러내며 가고 있다.

짐승들이 지나가고, 마지막으로 거대한 악어가 나왔다. 그 암컷 악어가 누구를 찾고 있는지 우리는 곧 보게 될 것이다. 그 악어가 사라지고, 곧 아이들이 다시 나타났다. 섬에서 행진하는 무리들 가운데 누구도 멈추거나 보폭을 바꾸지 않은 채 끝없이 가야 한다. 그들은 자주 서로 앞과 뒤의 보조를 맞춰 갈 것이다. 모두들 경계를 늦추지 않는다. 그 누구도 자신의 뒤로부터 위험이 닥치리라는 것을 의심치 않는다. 우리는 이 섬이 상상의 섬이 아님을 이것으로 알 수 있다.

섬을 빙빙 도는 행진에서 벗어난 첫 무리는 아이들이었다. 그들은 자신들이 사는 땅속 집이 있는 곳 가까이 잔디 위에 털썩 앉았다가 이내 누웠다. 아이들은 키와 등치가 그들의 대장인 피터보다 더 컸다. 그들은 신경이 곤두서 말했다. "피터가 왔으면 좋겠다."

"해적을 무서워하지 않는 사람은 나뿐이네." 누구도 좋아할 수 없는 목소리로 슬라이틀리가 말했다. 그러나 멀리서 들리는 소리가 그를 불안하게 했다. 그는 서둘러 덧붙여 말했다. "나도 그 애가 빨리 돌아와서, 신데렐라에 대하여 좀 더 많은 이야기를 말해주면 좋겠어."

아이들은 신데렐라에 대하여 이야기했고, 투틀즈는 자신의 엄마가 분명 신데렐라와 같다고 자신 있게 말했다.

아이들이 엄마에 대하여 이야기할 수 있는 때는 오직 피터가 없을 때뿐이었다. 피터는 엄마에 대하여 말하는 것은 바보 짓이라며, 그들에게 말하지 말라고 했다.

"내가 엄마에 대하여 기억하는 것이라고는." 하고 닙즈가 아이들에게 말했다. "엄마가 자주 아버지에게 말했지, '오, 내 소유의 체크카드가 있으면 얼마나 좋을까.' 나는 체크카드가 무엇인지 몰라. 그러나 나는 엄마한테 그걸 주고 싶어."

말을 하면서도 아이들은 멀리서 들려오는 소리를 들었다. 숲속에 사는 원주민들이 아닌, 나나 여러분은 그런 소리를 듣지 못할 것이다. 그러나 그들은 들었고, 그것은 끔찍한 노래였다.

야호, 야호, 해적질 하세,
해골과 뼈 그려진 깃발 달고
유쾌한 세월, 교수형 밧줄,
죽어서 바다 귀신에게로 돌아가세.

즉시 집을 잃은 아이들이 없어졌다 — 어디에 갔지? 그들은 더 이상 그곳에 없다. 토끼들도 그보다 빨리 숨을 수는 없었다.

이제 아이들이 어디에 갔는지 이야기할 차례이다. 정찰하려고 아이들과 헤어진 닙즈를 제외하고, 아이들은 이미 땅속의 자신들 집으로 돌아갔다. 우리는 매우 살기 좋은 집이 어떠한 집이어야 하는지 많은 것을 알게 될 것이다. 그러나 어떻게 아이들에 집에 들어갔을까? 입구가 보이지 않는다. 치우면 입구를 보여줄 나무 더미조차 없다. 그러나 자세히 보면, 일곱 그루의 큰 나무들이 있고, 나무들마다 각각 나무줄기에 아이 크기만 한 텅 빈 구멍이 있다. 이들 일곱 개의 구멍이 땅속 집으로 가는 입구이다. 후크는 수많은 세월을 허비하며 찾아보았지만 찾지 못했다. 후크가 오늘 밤은 찾을까?

해적들이 전진하는 동안, 해적 스타키의 예리한 눈이 잃어버린 아이 닙즈가 숲속으로 사라지는 것을 보았다. 그리고 곧 그의 총알이 발사되었다. 그러자 쇠갈고리가 그의 어깨를 움켜잡았다.

"대장, 잡지 마세요." 스타키가 몸을 비틀며 소리쳤다.

처음으로 우리는 후크의 목소리를 듣는다. 검은 목소리로 "총부터 치워."라고 위협적으로 말했다.

"대장이 싫어하는 아이들 가운데 한 명인데요. 그를 총으로 쏴서 죽일 수도 있었는데."

"하지만 총소리를 듣고 타이거 릴리와 인디언들이 우리를 공격할 수도 있잖아. 너 머리 껍질 벗겨지고 싶어?"

"내가 쫓을까요, 대장?" 가엾어 보이는 스미가 물었다. "가서 재롱이－송곳으로 그놈을 쑤셔볼까요?"

스미는 모든 것들에 재미있는 별명들을 붙였다. 그는 칼을 적의 상처에 넣고 쑤셔서, 그의 칼을 재롱이－송곳이라고 불렀다. 스미에게는 재미있는 점들이 몇 가지 더 있다. 그 예로 적을 죽인 후에 그는 무기를 닦지 않고 안경을 닦는다. "재롱이－송곳은 조용히 해치우지요."라고 스미는 후크에 말했다.

"스미, 지금은 아니야." 후크는 검은 목소리로 말했다. "단지 한 명이잖아. 일곱 명 모두를 잡자. 흩어져서 모두를 찾아봐."

해적들이 모두 나무들 사이로 사라지고, 잠시 후 대장 후크와 스미 둘만 남았다. 후크는 깊은 한숨을 쉬었다. 그 이유는 모르겠다. 아마도 저녁이 잔잔하고 아름다워서일 것이다. 그때 그는 그의 충성스런 갑판장 스미에게 자신의 인생 이야기를 했다. 그는 길고 진지하게 말했지만,

어리석은 스미는 후크가 하는 이야기를 조금도 알아듣지 못했다. 그리고 마침내 후크는 피터에 대해 말했다. "누구보다도 나는 아이들 대장 피터 팬이 필요해. 그놈이 내 팔을 잘랐지." 후크는 위협적으로 갈고리를 휘둘렀다. "나는 오랫동안 그놈과 이 갈고리로 악수하기를 기다렸지. 자, 내가 그놈을 찢을 거야."

스미가 말했다. "나는 자주 대장이 머리를 빗고 다른 여러 가지 자질구레한 일들을 할 때 갈고리를 사용하면서, 갈고리가 수십 개 손의 가치가 있다고 말하는 것을 들었습니다."

"그랬지." 대장이 대답했다. "내가 엄마라면, 나는 나의 아이가 손 대신 쇠갈고리를 가지고 태어나기를 기도하겠다." 그는 자신의 쇠갈고리 손을 자랑스럽게 바라보고, 다른 성한 손을 경멸조로 바라보았다. 그리고 얼굴을 찡그렸다.

후크가 얼굴을 찌푸리며 말했다. "피터가 지나가는 악어에게 내 팔을 던져주었지."

스미가 말했다. "대장은 이상하게 악어를 두려워하던데요."

후크가 그의 말을 고쳐 말했다. "악어들 모두가 아니지, 한 놈만 그래." 그는 목소리를 낮춰 말했다. "그놈은 내 팔을 너무나 좋아해서, 그 이후에도 나를 계속 쫓아다니고 있지. 바다에서 바다로, 육지에서 육지로, 나머지 남은 내 팔을 먹고 싶어서 늘 자신의 입술을 혀로 핥고 있어."

스미가 말했다. "어쨌든 영광이네요."

"그런 영광 없어도 돼." 뚱하게 후크가 말했다. "그 짐승에게 그 맛을 안겨준 피터 팬을 잡아야 해."

그때 후크는 커다란 버섯 위에 앉았다. 그리고 그는 목소리를 떨면서,

쉰 목소리로 말했다. "스미, 그 악어가 전에 몇 번이나 나를 잡아먹을 기회가 있었지. 그러나 다행히도 그놈이 째깍째깍 소리 나는 나의 시계도 함께 삼켜버렸어. 그래서 그놈이 내게 오기 전, 나는 시계 소리를 먼저 듣고 도망을 치지."

후크는 공허하게 웃었다. 그러자 스미가 말했다. "언젠가 시계 소리가 멈추면, 그때 그놈이 대장을 잡아먹겠네요."

후크는 마른 입술을 적시며 말했다. "그렇겠지, 그런 두려움이 늘 나를 쫓아다녀."

후크는 버섯 위에 앉아 있은 이후 이상하게 덥다고 느꼈다. 그가 말했다. "스미, 여기가 뜨거운데." 그는 벌떡 일어나서 소리쳤다. "뭐야, 빌어먹을, 데었잖아."

그들은 버섯을 자세히 살펴보았다. 그 버섯은 육지에서는 볼 수 없는 크기로 견고했다. 그들은 그것을 뽑으려 했다. 그러나 그 버섯은 뿌리가 없어서 쉽게 뽑혔다. 그리고 이상하게도, 버섯이 뽑힌 곳에서 연기가 피어 올라오기 시작했다. 두 해적들은 서로 쳐다보고, 동시에 외쳤다. "굴뚝이다." 그들은 땅속에 있는 집 굴뚝을 찾아냈다.

아이들은 적들이 가까이 있을 때, 집 굴뚝을 버섯으로 막아놓았다. 굴뚝에서 연기만 나오는 것이 아니었다. 아이들 목소리도 흘러나왔다. 아이들은 안전하게 숨어 있다고 생각하여 즐겁게 재잘거렸다. 두 해적들은 아이들 떠드는 소리를 잠시 듣다가 뽑힌 버섯을 제자리에 놓았다. 그들은 주위의 일곱 나무들에 구멍들이 나 있는 것도 보았다.

"피터가 집에 없다고 아이들이 말하는 것 들었습니까?" 스미는 칼 재롱이—송곳을 만지작거리며 작은 소리로 말했다. 후크는 고개를 끄덕이고는 잠시 생각했다. 마침내 모아진 웃음이 그의 가무잡잡한 얼굴을 밝게 했다. 스미는 그때를 기다리고 있었다는 듯이 간곡히 말했다. "대장, 무슨 계획이 있습니까?"

"배로 돌아가자." 후크는 이빨을 꽉 물고 천천히 대답했다. "가서 푸른 설탕을 바른 두툼하고 큰 과자를 굽자. 굴뚝이 하나인 걸 보면 땅 아래 방도 하나다. 바보 같은 두더지 녀석들이 모두 문을 하나씩 가질 필요가 없다는 것은 모르는 걸 보면 엄마가 없는 것이 분명하다. 인어들이 있는 바다 호수 해변에 가서, 우리가 구운 과자를 그곳에 남겨놓자. 이 녀석들은 늘 그곳에 가서 수영하면서 인어들과 논다. 그 과자를 보고 분명 먹을 것이다. 엄마가 없으니, 달고 촉촉한 과자를 먹으면 얼마나 위험한지 모를 거야." 후크는 입이 터지게 웃었다. 이제는 공허한 웃음이 아니라, 탁 트인 웃음이었다. "아, 그리고 죽겠지."

스미는 놀라워하며 계속 귀 기울였다. "지금까지 내가 들은 계획 중에 가장 지독하고 가장 멋집니다." 스미가 소리쳤다. 그리고 두 사람은 즐거워하며 춤추고 노래했다.

자, 배 멈춰라, 내가 나타나면,
모두들 두려움에 사로잡히네,
후크와 갈고리 악수하는 사람,
남을 뼈는 하나도 없다네.

그들은 노래를 시작했지만 마치지는 못했다. 무슨 소리가 들려서 그들은 조용히 해야 했다. 처음에 그 소리는 낙엽이 떨어지는 소리로도 그 소리를 덮을 정도로 작은 소리였다. 그러나 그 소리가 좀 더 가까이 다가오자 그 소리의 주인공은 더욱 분명해졌다. "째깍 째깍 째깍 째깍."

후크는 공중으로 발을 하나 들고 몸을 떨며 서 있었다.

"악어다."

후크는 숨을 헐떡이며, 뛰어 달아났고, 갑판장이 뒤따랐다. 악어였다. 악어는 해적들을 쫓고 있던 인디언들을 지나쳐, 후크를 찾아 이곳까지 쫓아왔다.

잠시 후 아이들이 지상으로 나왔다. 그러나 밤의 위험은 아직 끝나지 않았다. 곧 닙즈가 늑대 무리들에 쫓겨서 아이들 사이로 뛰어왔다. 늑대들은 혀들을 늘어뜨리고 있었다. 그들의 울음소리는 끔찍했다. "나 좀 살려, 나 좀 살려줘." 닙즈가 땅에 쓰러져 외쳤다.

그리고 아이들이 외쳤다. "어떻게 해야지, 어떻게 해야지?"

그 어려운 순간에 아이들이 피터를 먼저 생각한 것은 피터에 대한 그들의 높은 치하였다. 그들은 동시에 외쳤다. "피터라면 어떻게 했을까? 피터라면 다리 사이로 늑대를 보았을 거야. 피터가 했을 것을 하자."

그것은 늑대와 싸우는 가장 효과적인 방식이다. 단 한 명이 하듯, 그들 모두 허리를 굽혀 다리들 사이로 늑대들을 바라보았다. 다음 순간은 긴 시간이었다. 그러나 승리는 바로 왔다. 이 무시무시한 모습으로 아이들이 늑대들에게로 다가가자, 늑대들은 꼬리를 내리고 도망쳤다.

닙즈가 땅에서 일어나자, 다른 아이들은 닙즈가 도망가는 늑대들을 보고 있다고 생각했다. 그러나 그는 늑대들을 보고 있는 것이 아니었다. 아이들이 그의 주위에 모였을 때, "나는 도망가는 늑대보다 더 멋진 것을 보았다."라고 닙즈가 소리쳤다. "저기 커다란 흰 새가 이쪽으로 날라 오고 있다."

"무슨 새일까?"

"나도 몰라." 놀라서 닙즈가 말했다. "피곤한지 날아가면서 신음 소리를 내고 있어, 불쌍한 웬디."

아이들이 말했다. "불쌍한 웬디라고?"

그러자 슬라이틀리가 말했다. "내가 기억하기로, 웬디란 새들이 있대."

"자, 저기 온다." 컬리가 하늘에 있는 웬디를 가리키며 소리쳤다.

웬디는 이제 아이들 머리 위에 있었다. 아이들은 웬디가 내는 슬픈 신음 소리를 들었다. 그러나 웬디의 신음 소리보다 더 분명하게 팅커 벨의 날카로운 목소리가 들렸다. 질투심으로 가득한 그 요정은 이제 우정의 가면을 모두 벗고 그녀의 희생자 웬디를 향해 돌진하여 부딪히고 그때마다 심하게 꼬집었다.

"안녕, 팅크." 아이들이 소리치자, 팅크의 대답이 방울 소리로 울렸다.

"피터가 너희에게 웬디를 활로 쏘래."

피터가 명령하면 그 이유를 질문하면 안 되었다.

"피터가 하라는 대로 하자." 아이들이 말했다. "빨리, 활과 화살을 가져와."

투틀즈를 제외하고 모두들 자신의 나무들을 타고 땅속에 있는 집으로 내려갔다. 투틀즈는 마침 활과 화살을 가지고 있었다. 팅크는 그 사실을 알고 작은 손을 비볐다. "빨리, 투틀즈, 빨리." 팅크가 소리쳤다. "피터가 좋아할 거야."

투틀즈는 좋아서 화살을 활에 대었다. "팅크, 저리 비켜." 그는 소리치며, 화살을 쏘았다. 웬디는 가슴에 화살을 맞고 새와 같이 퍼덕이며 땅 위에 떨어졌다.

"LET HIM KEEP WHO CAN"

제6장

귀여운 집

· · · · · · · · · ·

"우리는 당신의 아이들입니다."라고 쌍둥이들이 말했다. 그리고 그들 모두 무릎을 꿇고 그들의 두 손을 들어 외쳤다. "오, 웬디 부인, 우리 엄마가 돼주세요."

웬디는 얼굴을 환하게 밝히며 말했다. "그래야 하나요? 물론 그건 매우 멋진 일이지요. 그러나 나는 여러분도 보다시피 작은 소녀입니다. 나는 경험이 없어요."

피터는 자신이 그 사실 모두를 너무나 잘 알고 있는 유일한 사람이나 되듯 말했다. "괜찮아." 그러나 그는 아는 것이 별로 없었다. 그래서 말했다. "우리가 필요로 하는 것은 단지 멋진 엄마 같은 사람이다."

"아, 그래!" 웬디가 말했다. "너희도 알다시피, 그렇다면 바로 내가 그 사람인 것 같다."

"그럼, 그럼." 아이들 모두 외쳤다. "우리는 바로 알아보았다."

"좋아." 웬디가 말했다. "최선을 다해볼게. 모두 안으로 들어와, 에구, 버릇없는 아이들 같으니. 발이 차구나. 잠자리에 들기 전에 신데렐라 이야기를 끝내야겠구나."

바보 녀석 투틀즈는, 다른 아이들이 무장하고 나무 타고 땅속 집에서 튀어나왔을 때, 정복자와 같이 웬디의 시체 위에 서 있었다.

"너희들 모두 늦었다." 자랑스럽게 투틀즈는 소리쳤다. "내가 웬디를 제일 먼저 화살로 쐈다. 피터가 분명 나를 좋아할 거야."

그때 머리 위에서 팅커 벨이 크게 소리쳤다. "바보 멍청이!"

그 말을 뒤로하고 팅크는 자신의 은신처로 사라졌다. 아이들은 팅크가 하는 말을 듣지 못했다. 아이들이 웬디 주위에 모여 웬디를 바라보고 있는 동안 끔찍한 정적이 숲속에 흘렀다. 웬디의 심장이 뛰었다면 누구나 그 소리를 들었을 것이다.

슬라이틀리가 제일 먼저, "새가 아니다."라고 두려움에 찬 목소리로 말했다. "내 생각에 아줌마 같다."

"아줌마라고?" 투틀즈는 그 말을 하고 몸을 떨며 땅 위에 쓰러졌다.

"우리가 아줌마를 죽였다."라고 닙즈가 목쉰 소리로 말했다. 그리고 아이들 모두 모자를 벗어던졌다.

"아, 이제 알겠다. 피터가 아줌마를 데려오고 있었던 거야." 컬리가 그 말을 하고 슬퍼서 땅 위에 쓰러졌다.

"마침내 우리를 돌봐줄 아줌마를 피터가 데려왔는데." 쌍둥이 가운데 한 명이 말했다. "그리고 우리가 그 아줌마를 죽였다."

아이들은 투틀즈가 불쌍했다. 그러나 자신들이 더 불쌍하다고 생각했다. 투틀즈가 그들에게 한 발자국 다가가자 그들은 그에게서 돌아섰다. 투틀즈는 얼굴이 하얗게 변했다. 그러나 그는 전에 없이 위엄을 갖추었다. 그리고 잠시 생각하더니 말했다. "내가 죽였다. 아줌마가 꿈속에 나타나면, 예쁜 엄마, 예쁜 엄마라고 불렀는데, 드디어 엄마가 오자, 내가 활을 쏘아 엄마를 죽였다." 그 말을 마치고 투틀즈는 천천히 그들 곁을 떠났다.

"가지 마라." 아이들이 처량한 목소리로 그를 뒤에서 불렀다.

"갈 거야." 떨리는 목소리로 투틀즈가 말했다. "피터 보기가 너무 무서워."

이 슬픈 순간에 그들 모두는 자신들의 심장들이 떨어져나가 입들에 붙을 만큼 그들을 놀라게 하는 소리를 들었다. 피터가 내는 닭 우는 소리를 들었다.

"피터다!" 그들이 소리쳤다. 피터가 돌아올 때 그는 늘 그런 신호를 보냈다.

"아줌마를 숨기자." 아이들이 속삭였다. 그리고 급히 웬디를 숨겼다.

그러나 투틀즈는 그들로부터 멀리 떨어져 서 있었다. 다시 닭 우는 소리가 울려 퍼졌다. 그리고 갑자기 피터가 그들 앞에 나타났다.

"안녕, 얘들아." 피터가 크게 말했다. 그러나 아이들은 기계적으로 대답하고, 침묵이 흘렀다. 피터는 얼굴을 찡그렸다. "내가 돌아왔어." 성을 내며 피터가 말했다. "왜 나를 환대하지 않는 거야?"

그들은 입을 열었지만 환호의 말은 나오지 않았다. 피터는 그들의 시큰둥한 태도를 무시하고 놀라운 소식을 서둘러 말했다. "최고의 소식이 있다, 애들아." 피터가 소리쳤다. "내가 마침내 너희를 위해 엄마를 모셔왔다."

그때 투틀즈가 피터 앞에 무릎 꿇는 소리를 제외하고 사방이 조용했다.

"너희 엄마 보지 못했냐?" 피터는 불쾌하게 물었다. "이쪽으로 분명 날아왔는데."

"맙소사." 누군가 말했고, 다른 아이가 말했다. "아, 큰일 났다."

그리고 무릎 꿇었던 투틀즈가 땅에서 일어나 조용히 말했다. "피터, 내가 엄마 있는 곳을 보여줄게."

다른 아이들이 자꾸 웬디를 숨기려 하자, 투틀즈가 말했다. "비켜, 쌍둥이들, 피터가 보게 하자."

아이들이 모두 물러나고, 피터는 잠시 웬디를 바라보더니 다음에 무엇을 해야 할지를 몰라 했다. "죽었네." 피터는 마음이 불편하여 말했다. "아마도 놀라서 죽었나 봐."

피터는 웬디가 보이지 않는 곳까지 웃기는 방식으로 깡충거리며 뛰어 달아나, 다시는 웬디 있는 곳 근처도 가지 않으려고 생각했다. 피터가 그랬다면, 아이들도 그를 따랐을 것이다. 그러나 화살이 있었다. 피터는 웬디의 심장에서 화살을 빼어들고 그의 부하들을 쳐다보았다. 피터가 엄하게 물었다. "누구 화살이지?"

"피터, 내 거야." 투틀즈가 무릎을 꿇고 말했다.

"오, 이 나쁜 자식." 피터는 화살을 단도로 사용하려고 하늘 높이 치켜들었다.

투틀즈는 꼼짝 않고, 오히려 가슴을 내밀었다. "피터, 꽂아." 그는 단호히 말했다. "괜찮아. 꽂아."

피터는 두 번 화살을 들었다가 두 번 다 손을 내렸다. "꽂을 수가 없다." 피터는 놀라서 말했다. "뭔가 내 손을 잡고 있다."

모두 놀라서 피터를 바라보았다. 그때 닙즈가 우연히 웬디를 바라보다가, "아줌마다."라고 외쳤다. "웬디 아줌마다. 봐, 아줌마 팔이잖아."

말하기가 좀 이상하지만, 웬디가 피터의 팔을 잡고 있었다.

닙즈는 웬디에게 몸을 굽혀 그녀가 하는 말을 들었다. 그는 작은 목소리로 말했다. "그녀가 불쌍한 투틀즈라고 말하는 것 같다."

"웬디가 다시 살아났다." 피터가 간단히 말했다.

이어서 슬라이틀리가 크게 소리쳤다. "웬디 아줌마가 살아났다."

피터는 웬디 곁에 무릎 꿇고 웬디 몸에서 그의 단추를 찾아냈다. 여러분도 기억하시겠지만, 웬디는 그 단추를 끈에 꿰어 목걸이로 만들어 목에 걸었다. 피터가 말했다. "자, 여기 봐. 화살이 이 단추를 쐈어. 이 단추는 내가 웬디에게 준 키스야. 키스가 그녀의 목숨을 구했네."

"나도 키스를 잘 알아." 슬라이틀리가 급히 끼어들어 말했다. "내가 볼게. 맞아, 키스 맞아."

피터는 그의 말을 듣지 않고, 인어들을 보여줄 테니 빨리 회복하라고 웬디에게 부탁의 말을 했다. 물론 그녀는 대답할 수가 없었다. 아직도 놀라서 기절한 상태였다. 그때 그들의 머리 위쪽에서 우는 소리가 들렸다.

컬리가 말했다. "팅크 좀 봐. 웬디가 살아났다고 울고 있네."

그러자 아이들은 팅크가 한 짓을 피터에게 말했다. 그들은 아직까지

그렇게 피터가 화내는 것을 본 적이 없었다. "자, 팅커 벨." 피터가 소리
쳤다. "나는 더 이상 네 친구가 아냐. 영원히 꺼져버려."

팅크는 피터 어깨 위로 날아와 앉아서 용서를 빌었다. 그러나 그는 손
으로 그녀를 밀어냈다. 웬디가 다시 팔을 들자, 피터는 마음을 진정하
고 말했다. "좋아, 영원히는 아니고, 일주일 동안만."

여러분은 팅커 벨이 웬디가 그녀를 위해 손을 들었다고 해서 그녀에
게 감사하리라고 생각하나요? 오, 천만에. 그녀가 웬디를 이때만큼 그
렇게 꼬집어주고 싶은 적이 전에는 없었다. 요정들은 이상하다. 요정들
을 가장 잘 이해하는 피터도 자주 요정들과 싸웠다.

건강 상태가 좋지 않은 웬디를 어떻게 해야 하나? 컬리가 제안했다.
"웬디를 땅속 집으로 데리고 내려가자."

"좋아." 슬라이틀리가 말했다. "바로 그것이 우리가 아줌마에게 해야
할 일이다."

"아니, 아니야." 피터가 말했다. "웬디를 만지지 마. 너무 예의 없는
짓이다."

"나도 그렇게 생각하고 있었다." 슬라이틀리가 말했다.

투틀즈가 말했다. "그러나 여기 이렇게 누워 있으면, 웬디는 죽을 텐
데."

"그래, 죽을 거야." 슬라이틀리도 동의했다. "그러나 다른 방법이 없
네."

"아냐, 있어." 피터가 소리쳤다. "웬디에게 예쁜 집을 하나 지어주는
거야."

아이들 모두 좋아했다. "서둘러 하자." 피터가 아이들에게 명령을 내
렸다. "각자 자신이 가지고 있는 가장 좋은 것을 가져오자. 집을 뒤져

봐. 빨리."

아이들은 결혼 전날 밤 재단사처럼 바쁘게 이리저리 허둥지둥 달렸다. 침구를 위해 아래로, 장작을 찾아 위로, 그렇게 그들이 집 짓느라 바쁠 때, 존과 마이클이 드디어 때맞추어 등장한다. 땅에 몸을 질질 끌며 가는 동안에도 잠시 서서 잠에 빠져, 멈추어 섰다가 깨어나고, 다시 한 발자국 걷다가 다시 잠들었다.

"존, 존, 잠 좀 깨. 존, 유모 개 나나하고 엄마는 어디 있지?" 하고 마이클이 소리쳤을 것이다. 그러면 존이 눈을 비비며 중얼거렸을 것이다. "우리가 날아다니는 것이 정말이네."둘은 피터를 보고 마음이 놓였을 것이 분명하다. 둘이 말했다. "안녕, 피터."

피터는 그들이 누구인지 잊었지만, 다정하게 대답했다. "안녕."

피터는 그때 웬디가 얼마나 큰 집을 필요로 하는지 알기 위하여 그의 발로 웬디의 치수를 재느라 바빴다. 물론 그는 의자와 식탁을 놓을 공간을 고려했다. 존과 마이클은 피터를 바라보고 물었다. "웬디가 잠들었나?"

마이클이 말했다. "존, 웬디를 깨워 저녁밥 하라고 하자."

아이들 몇이 집 짓는 데 쓸 나무들을 들고 피터에게 달려왔다. 마이클이 외쳤다. "얘들 좀 봐!"

"컬리." 피터가 대장답게 말했다. "집 짓는 데 이 두 명이 도울 일을 찾아봐."

"예, 예, 대장."

"집 짓는다고?" 존이 외쳤다.

"웬디가 있을 집." 컬리가 말했다.

"웬디가 있을 집?" 존은 놀라 말했다. "하지만, 웬디는 단지 여자아이

일 뿐인데.”

그러자 컬리가 이유를 말했다. “바로 그거야. 우리는 그녀의 부하들이 될 거야.”

“너희가? 웬디 부하라고!”

“그래.” 피터가 말했다. “그리고 너희도 부하야. 쟤들도 데리고 가서 일 시켜.”

아이들은 나무들을 자르고 깎고 나르기 위해 놀란 웬디의 두 동생들을 잡아끌고 갔다.

“먼저 의자들과 난로 울타리를 만들어라.” 피터가 명령했다. “그리고 그 가운데 집을 짓자.”

“좋습니다.” 슬라이틀리가 말했다. “집은 그렇게 짓는 거지요. 이제 모두가 제자리를 잡아가는데요.”

피터는 다른 것도 생각했다. 그가 명령했다. “슬라이틀리, 의사 데려와.”

“그러죠, 그러죠.” 슬라이틀리는 말했다. 그는 자리를 뜨면서 머리를 긁적거렸다. 피터의 말에 무조건 복종해야함을 그는 알았다. 잠시 후 존의 모자를 쓰고 슬라이틀리는 엄숙한 표정을 지으며 돌아왔다.

피터가 그에게 다가가 말했다. “아, 선생, 의사이십니까?”

아이들과 피터의 차이가 있다면, 아이들은 그것이 가짜임을 안다, 그러나 피터는 가짜와 진짜가 구별이 없다. 자주 이 사실이 그들을 곤란하게 만드는데, 그들이 먹지도 않은 저녁식사를 먹었다고 할 때가 그때이다. 아이들이 제대로 가짜놀이를 수행하지 못하면 피터는 그들의 손가락 관절을 때렸다.

“예, 그렇습니다.” 피터로부터 손가락 관절을 맞은 적이 있는 슬라이틀리가 또 맞을까 걱정하며 말했다.

"보세요, 의사선생." 피터가 설명했다. "부인이 아픕니다."

웬디가 아이들 발치에 누워 있었다. 슬라이틀리는 웬디가 어디 있는지 모르는 듯 말했다. "아, 그렇습니까. 어디에 있지요?"

"저쪽 숲 사이 빈터에 있습니다."

"입에 약을 넣어야겠습니다." 슬라이틀리가 말했다. 피터가 기다리는 동안 슬라이틀리가 약병의 약을 먹이는 체했다. 약병을 치웠을 때 긴장의 시간이 흘렀다.

"어떻습니까?" 피터가 물었다.

"다행입니다." 슬라이틀리가 말했다. "약 효과가 있습니다."

"잘되었습니다."라고 피터가 말했다.

"저녁에 다시 오겠습니다." 슬라이틀리가 말했다. "주둥이가 달린 컵으로 소고기 차를 먹여주세요." 슬라이틀리는 존에게 모자를 돌려주고 크게 숨을 쉬었다. 그는 어려움을 피하고 나면 습관적으로 그랬다.

숲은 온통 도끼 소리로 진동했다. 안락한 집을 지을 준비물들이 모두 웬디의 발치에 놓여 있었다.

"웬디가 어떤 집을 가장 좋아하는지 알았으면 좋을 텐데."라고 누군가 말했다.

"피터." 다른 누군가 또 말했다. "저기 웬디가 잠자며 뭐라고 말하는데."

"입이 움직인다." 또 누군가가 정신 잃고 누워 있는 웬디 입을 바라보며 외쳤다.

"와, 예쁜 소리가 난다!"

"잠 속에서 노래 부르나 봐." 피터가 말했다. "웬디, 가지고 싶은 집에 대하여 노래해봐."

웬디는 눈을 감고 노래하기 시작했다.

나는 예쁜 집 갖고 싶다,
이 세상 가장 작은 집을
귀엽고 작은 붉은 벽들과
푸른 이끼 지붕의 집을.

아이들은 이 노래에 즐거워 꼴깍 넘어갔다. 너무나 다행인 것이 아이들이 가져온 나뭇가지들에는 붉은 수액들이 들어 있었고, 땅바닥은 이끼들로 덮여 있었다. 그들이 작은 집을 세워 만들 때 아이들도 노래를 불렀다.

작은 벽 위로 작은 지붕 올리고
집에 예쁜 문도 하나 달아놓았죠
웬디 엄마, 그러니 말해보세요
우리가 무엇을 더 해야 할까요?

이 질문에 웬디가 욕심내어 대답했다.

오, 그래, 다음으로 내가 생각한 것은
벽 주위에 예쁜 창들을 달아
장미들이 창안을 들여다보면, 아니지,
아기들이 창밖을 내다보는 거야.

주먹 한 방에 아이들은 창문을 만들고, 커다란 노란 잎들로 차양도 만들었다. 그러나 장미는? 피터가 엄하게 외쳤다. "장미 가져와."

아이들은 급히 벽 위로 가장 아름다운 장미넝쿨을 올리는 체했다. 아기들은? 아이들은 피터가 아기들을 가져오라고 할까 봐 다시 노래를 불렀다.

> 장미들은 문 바깥에 심겨 있고,
> 아기들은 문가에 있다.
> 알다시피, 우리도 어쩔 수 없다
> 우리는 이제 아기들이 아니다.

피터는 이것이 좋은 생각임을 알고 곧 그 생각이 자신의 것인 체했다. 집은 예쁘고, 아이들은 웬디를 볼 수 없었지만, 그녀는 집 안에서 편안했다. 피터는 위아래를 걸으며 마지막 손질을 명령했다. 독수리 같은 그의 눈을 그 무엇도 피할 수 없었다. 모두가 다 끝났듯이 보이자 피터가 말했다. "문에 문고리가 없네."

그들은 당황했다. 그러자 투틀즈가 자신의 신발 바닥을 내놓았고, 그것은 훌륭한 문고리가 되었다. 그들은 이제 정말로 모두 끝났다 생각했다. 천만의 말씀. 피터가 말했다. "굴뚝이 빠졌다. 굴뚝 하나 만들어야겠다."

존이 아는 체하며 말했다. "정말 굴뚝이 없네."

이 말에 피터가 생각이 떠올랐다. 피터는 존의 머리에서 그의 모자를 벗겨, 모자 바닥을 쳐서 구멍을 내고, 그 모자를 지붕 위에 씌웠다. 그 작은 집은 멋진 굴뚝을 가져 기뻐하는 듯했다. 감사하다는 듯 연기가 모자 구멍으로부터 나오기 시작했다. 자, 이제 정말로 모든 것이 다 끝났다. 문에 노크하는 것 말고 할 것이 없었다.

피터가 아이들에게 말했다. "모두들 최상의 모습을 갖추어라. 첫인상이 매우 중요하다."

첫인상이 무엇인지 아이들이 묻지 않아서 피터는 기뻤다. 모두들 최상으로 보이려고 바빴다. 피터가 정중히 노크했다. 숲도 아이들만큼 조용했다. 나뭇가지에서 이들을 지켜보며 크게 비웃는 말을 해대는 팅커벨의 소리 말고 아무 소리도 들리지 않았다. 누가 피터의 노크에 대답할 것인지 아이들은 궁금해했다. 만일 부인이라면, 그녀는 어떤 표정을 지을까? 문이 열리고, 부인이 나타났다. 웬디였다. 아이들은 모두 모자를 벗고 인사했다. 웬디는 아이들이 기대하는 만큼 놀란 표정을 지었다. 아이들이 바라고 있었던 것은 바로 이런 그녀의 표정이었다.

웬디가 말했다. "여기가 어디지요?"

물론 처음 말을 꺼낸 사람은 슬라이틀리였다. "웬디 부인." 그는 급히 말했다. "우리가 당신을 위해 이 집을 지었습니다."

"오, 멋진 집이라고 말해주세요." 닙즈가 소리쳤다.

"예뻐요, 멋진 집이네요." 웬디가 말했다. 그 말은 바로 그들이 듣고 싶어 했던 바로 그 말이었다.

"우리는 당신의 아이들입니다."라고 쌍둥이들이 말했다. 그리고 그들 모두 무릎을 꿇고 그들의 두 손을 들어 외쳤다. "오, 웬디 부인, 우리 엄마가 돼주세요."

웬디는 얼굴을 환하게 밝히며 말했다. "그래야 하나요? 물론 그건 매우 멋진 일이지요. 그러나 나는 여러분도 보다시피 작은 소녀입니다. 나는 경험이 없어요."

피터는 자신이 그 사실 모두를 너무나 잘 알고 있는 유일한 사람이나 되듯이 말했다. "괜찮아." 그러나 그는 아는 것이 별로 없었다. 그래서 말했다. "우리가 필요로 하는 것은 단지 멋진 엄마 같은 사람이다."

"아, 그래!" 웬디가 말했다. "너희도 알다시피, 그렇다면 바로 내가 그 사람인 것 같다."

"그럼, 그럼." 아이들 모두 외쳤다. "우리는 바로 알아보았다."

"좋아." 웬디가 말했다. "최선을 다해볼게. 모두 안으로 들어와, 에구, 버릇없는 아이들 같으니. 발이 차구나. 잠자리에 들기 전에 신데렐라 이야기를 끝내야겠구나."

아이들이 모두 땅속 방 안으로 들어왔다. 땅속 방에 아이들이 모두 들어갈 공간이 있었는지 나는 모르겠다. 그러나 네버랜드에서는 모두가 가능했다. 그날 저녁은 아이들이 웬디와 지낸 즐거운 저녁들 가운데 어느 하루였다. 이윽고 웬디는 아이들을 땅속 방 커다란 침대 속에 꽉 채워서 재웠다. 그리고 그녀는 아이들이 지어준 그 작은 집에서 홀로 잤다. 피터는 칼을 뽑아 들고 집 바깥에서 보초를 섰다. 해적들이 술 마시고 떠드는 소리가 들리고, 늑대들이 바깥을 어슬렁거렸다. 차양을 통해 불빛이 흘러나오고, 굴뚝에는 예쁘게 연기가 피어올랐다. 피터가 바깥에서 보초를 서고 있어서, 웬디의 작은 집은 어둠 속에서 안락하고 안전했다.

잠시 후 피터는 잠이 들고, 행실 나쁜 요정들 몇이 술잔치를 마치고 집으로 가는 길에 피터를 타고 넘어가야 했다. 밤에 요정이 가는 길을 다른 아이들이 막았다면, 요정들은 아이들을 해쳤을 것이다. 그러나 그들은 피터의 코를 비틀기만 하고 지나갔다.

PETER ON GUARD

제7장

▼

땅속의 집

. . . .

존과 마이클이 늘 해왔던 게임 중에는, 의자 위에 앉아서 공중으로 가짜 공들을 던지고, 가짜로 서로 밀고, 가짜로 산책을 나갔다가 회색 곰 한 마리 잡지 못하고 돌아오는 모험의 게임도 있었다. 그 게임을 할 때마다 피터는 아무것도 하지 않고 의자에 앉아 있는 것이 못마땅했다. 그때 그는 엄숙해 보이려고 애써야 했다. 그에게 조용히 앉아 있는 것은 너무 어려운 일이었다. 그는 건강을 위해 산책을 다녀왔다고 자랑해야 했다. 지난 여러 해들 가운데 이들 가짜 모험들은 그에게 가장 고상한 모험들이었다. 존과 마이클도 게임을 하며 즐거운 척해야 했다. 그렇지 않으면 피터가 그들을 혹독히 다루었다.

다음 날 피터가 제일 먼저 한 일 가운데 하나
는, 웬디와 존과 마이클이 땅속 집으로 타고 내려갈 속 빈 나무들을 찾
기 위해 그들의 몸의 크기를 재는 일이었다. 여러분이 기억하고 있듯
이, 후크는 아이들이 모두 하나씩 나무를 가지고 있다는 사실을 비웃었
다. 그러나 이것은 무지에서 나온 생각이다. 당신이 타고 오르내릴 나
무의 빈 공간이 당신의 몸에 맞는 적당한 크기가 아니라면, 그 나무를
오르내리기가 어렵다. 그리고 어느 아이도 같은 크기가 아니다. 당신의
나무 빈 공간이 당신 몸의 크기와 같다면, 나무 꼭대기에서 숨을 들이쉬
면 정확히 같은 속도로 내려갈 수 있고, 나무 위로 올라올 때는 들이쉬
기와 내쉬기를 번갈아 하면서 몸을 비비꼬며 올라갈 수 있다. 이런 비법
에 능숙해지면 의식하지 않고 그런 행동을 용이하게 할 수 있다. 그때
그보다 더 멋진 행동은 없다.

물론 여러분의 몸 크기는 나무 속 빈 공간과 일치해야 한다. 피터는
먼저 옷을 재듯이 여러분의 몸 크기를 정확히 잴 것이다. 차이가 있다
면, 옷은 여러분에 맞추어 만들어지지만, 이곳에서 여러분의 크기는 나

무의 크기에 맞춰져야 한다. 보통은 옷을 많이 입거나 적게 입어서 크기를 맞춘다. 그러나 여러분의 특정 부위가 지나치게 울퉁불퉁하거나, 사용 가능한 유일한 나무가 좀 특이한 모양을 하고 있다면, 피터가 여러분에게 무슨 조치든지 취할 것이다. 그러면 그때 당신은 나무에 맞춰질 것이다. 일단 크기가 맞춰지면, 그 크기를 계속 유지하기 위해 대단한 주의가 필요하다. 웬디가 알고 기뻐하였듯이, 아이들 모두 이 규칙을 잘 지키고 있었다.

웬디와 마이클은 처음부터 나무들의 빈 공간과 크기가 맞았다. 그러나 존은 약간의 조정이 필요했다. 며칠간 조정의 시간을 거친 후, 세 사람은 우물 속으로 내려가는 양동이들과 같이 오르고 내리기를 즐거워했다. 그들 셋은 모두 그 땅속 집을 너무나 좋아했다. 특히 웬디가 그랬다. 모든 집들이 다 그랬다면 좋겠다. 그 집에는 커다란 방 하나뿐이었다. 이 집에서 낚시를 하고 싶으면, 흙을 파내기만 하면 되는 방바닥이 있고, 이 방바닥에는 매우 멋진 색깔의 단단한 버섯들이 자라고 있었다. 그들 버섯들은 의자로 사용되었다. 네버 트리라는 나무가 방 가운데 있어 자라려고 애쓰지만, 매일 아침 아이들이 방바닥과 수평이 되게 그 나무 몸통을 톱으로 잘라냈다. 오후 4시경 차 마실 시간에 그 나무는 2피트가량 자랐다. 그러면 아이들은 문짝을 하나 그 위에 올려놓아 식탁으로 사용했다. 그리고 식탁 사용이 끝나면 바로 그 나무 몸통은 톱으로 잘려 나갔다. 그러면 놀이할 공간이 더 많이 생겨났다.

불이 필요할 경우, 그 방 어느 곳이나 불 피울 공간은 있었다. 웬디는 불을 피운 곳 위쪽을 가로질러 나무줄기로 만든 빨랫줄을 걸어 빨래를 말렸다. 낮에는 침대를 벽에 기대놓았다가 저녁 6시 30분에 다시 내려놓았다. 내려놓은 침대는 방의 절반을 거의 채웠다. 마이클을 제외하고 모두 그 침대에서, 마치 통조림 깡통 속 정어리들과 같이 포개 누워서 잤다. 한 명이 신호를 보내면, 모두 동시에 몸을 돌릴 때까지 돌아누우면 안 되는 엄격한 규칙이 있었다. 마이클도 그 침대를 사용할 수 있었지만, 웬디는 아기를 한 명 가지고 싶었다. 마이클이 가장 어렸다. 여자들이 어떤 사람들인지 여러분도 잘 알고 있을 것이다. 간단히 말해 마이클은 어린아이와 같이 바구니 속에 넣어져 천장에 매달려 있게 되었다.

집 내부는 같은 환경에서 아기 곰들이 사용했을 것과 다르지 않게 간단했다. 그러나 그곳에는 벽 깊숙이 새집보다 크지 않은 공간이 있었다. 그곳은 팅커 벨의 개인 공간이었다. 작은 커튼으로 큰 방과 차단되었다. 이리저리 이것저것 가리는 것이 많은 팅크는 늘 옷을 입고 벗을 때 커튼을 쳤다. 어떤 귀부인도 그보다 더 내실과 침실이 멋지게 결합된 공간을 가질 수 없을 것이다. 그녀는 본점에서 구입한 곰 다리 조각이 있는 '퀸 맵' 상표의 긴 의자를 가지고 있었다. 그리고 그녀는 계절에 맞추어 과일 꽃무늬 침대보를 바꾸었다. 요정 고가구 상인들 말에 따르면 그녀의 거울은 현재 남아 있는 것이라고는 세 개뿐인 것으로 흠이 하나도 없다. 세면대는 파이-크러스트 상품으로 뒤집어서도 사용 가능하다. 서랍장은 차밍 더 식스스 진품이다. 카펫과 깔개는 동화에 나오는 머저리와 로빈 초기 시대에 만든 최상품이다. 그리고 티들리윙크스 제품인 샹들리에가 있었다. 그러나 사실 그녀 자신이 빛을 내는 등불이었다. 팅크는 자신의 집의 내부를 제외한 나머지 모든 집들의 내부를 매우 우습게 생각했다. 그녀의 방은 예쁘기는 했지만 좀 잘난 체하는 분위기로, 콧대를 높이 쳐든 모습이었다.

내 생각에 아이들이 제멋대로 날뛰는 바람에 웬디는 너무나 할 일이 많아 정신이 없었다. 일주일 내내 웬디는 저녁에 음식 재료를 준비할 때를 제외하고 땅 위로 올라온 적이 없었다. 냄비에 코를 박고 요리만 했다고 말할 수 있다. 주요 메뉴는 튀긴 빵나무 열매, 고구마, 코코넛, 군돼지, 마미−사과, 태퍼 롤, 호리병 박 가득 포우−포우 음료수와 함께 먹는 바나나 등이었다. 그러나 여러분은 정확히 그 음식이 진짜 음식인지 가짜 음식인지 알 수 없다. 모두 피터의 기분에 달려 있다. 만일 먹는 일이 게임의 일부라면 먹는 체하겠지만, 대부분의 아이들은 피터가 배불리 먹자고 해도 배불리 먹지는 않는다. 피터는 단지 먹는 것에 대하여 이야기하는 것을 좋아할 뿐이다. 그에게 가짜도 너무나 생생하여, 가짜 음식을 먹어도 그가 살이 찌는 것을 여러분은 볼 수 있을 것이다. 물론 힘들겠지만, 여러분은 그가 이끄는 대로 가야 한다. 만일 여러분이 나무를 오르내리는 데 문제가 없다면, 그는 여러분이 마음대로 먹게 놓아둘 것이다

웬디가 가장 좋아하는 시간은 아이들이 모두 잠자리에 든 후 옷을 꿰매거나 양말을 깁는 시간이다. 그 시간은 그녀가 말하듯이 비로소 혼자서 숨 쉴 수 있는 시간이다. 그 시간 그녀는 아이들을 위하여 새 옷을 만들거나, 많이 기어 다녀 해진 무릎을 두꺼운 천으로 덧대는 일을 했다. 웬디는 뒤꿈치에 구멍이 난 양말들이 들어 있는 바구니를 가지고 앉아서는 두 팔을 높이 들고 소리쳤을 것이다. "오, 맙소사, 결혼 전이 좋았다는 생각이 자주 든다." 웬디가 이 말을 할 때 그녀의 얼굴은 환해졌을 것이다. 여러분은 웬디가 전에 자주 이야기했던 애완 늑대를 기억할 것이다. 자, 웬디가 그 섬에 있다는 것을 알고 그 늑대가 그녀를 찾아왔다. 둘은 서로 달려가서 팔에 안겼다. 그 이후 그 애완 늑대는 웬디가 가는 곳마다 따라 다녔다.

시간이 흘러서도 웬디는 뒤에 남겨놓은 부모님을 생각했을까? 네버

랜드에서 시간이 얼마나 흘러갔는지 알 수 없어 이것은 말하기 어려운 문제다. 이곳에서 시간은 달과 해로 계산한다. 그리고 이곳에서는 육지에서보다 더 많은 해와 달이 있다. 웬디는 아버지 어머니에 대하여 사실 걱정하지 않았다. 그들이 항상 창문을 열어놓고 웬디를 기다려서 그녀는 언제라도 날아서 돌아갈 수 있다고 굳게 믿고 있었다. 그녀는 그렇게 늘 편안한 마음이었다. 그러나 웬디의 마음을 아프게 하는 것은, 가끔 존이 자신의 부모님을 그가 전에 알고 지냈던 사람들 정도로 아주 모호하게 기억하고 있다는 사실이었다. 더구나 마이클은 그녀가 진짜 그의 어머니라고 믿으려 했다. 이러한 일들이 그녀를 조금 놀라게 했다.

그녀는 충실히 의무를 다하려고, 가능한 학교에서 그녀가 배운 그대로, 두 동생들에게 옛날 생활에 대하여 시험 문제를 내어 그들의 마음에 예전 생활을 새겨 넣으려 했다. 다른 아이들도 이 일이 매우 흥미롭다 생각하여 함께 문제를 풀겠다고 고집했다. 그들은 자신이 만든 칠판들을 가지고 식탁 주위에 앉아, 웬디가 칠판에 써서 돌린 문제들을 그들의 칠판들에 베껴 쓰면서 열심히 공부했다. 질문들은 매우 평이했다. 엄마 눈의 색깔은 무엇인가? 어느 편이 더 키가 컸는가, 엄마냐 아빠냐? 엄마 머리칼은 금발인가 검은가? 할 수 있으면 위의 세 문제 모두를 대답하라. 그 밖에도 다음과 같은 문제들이 있었다. 내가 나의 마지막 휴가를 어떻게 보냈는지, 아니면 엄마와 아빠 성격을 비교하는 에세이를 낱말 40개 이내로 쓰시오. 엄마의 웃음에 대하여 써라. 아빠의 웃음에 대하여 써라. 엄마의 파티 드레스에 대해서 써라. 개장과 개에 대하여 써라 등등의 일상적인 질문들이었다. 그리고 대답을 못하면 그 질문들 앞에 십자가를 그으라는 말을 듣기도 했다. 존은 끔찍할 정도로 많은 십자가를 질문들에 그어야 했다. 그러나 유일하게 모든 질문들에 대답한 아이는 슬라이틀리였다. 그 누구도 그보다 더 먼저 대답할 수 있기를 바랄 수는 없다. 그러나 그의 대답들은 아주 엉뚱했다. 그래서 시험 성적은 늘 꼴찌였다. 슬픈 일이다. 피터는 군이 성적을 가지고 경쟁하지 않았다. 그는 웬디를 제외하고 모든 엄마들을 경멸했고, 또한 그 섬에서 철자를 쓸 수도 말할 수도 없는 유일한 아이였다. 그는 그런 아이였다. 어찌되었든, 웬디가 낸 문제들은 모두 과거시제였다. 엄마의 눈 색깔이 무엇이었나? 등등. 여러분도 알다시피, 웬디 역시 과거를 잊어가고 있었다.

우리가 앞으로 보게 되듯이, 모험은 매일 일어났다. 그러나 이즈음 피터는, 웬디의 도움을 받아, 갑자기 흥미를 잃을 때까지 그를 매료시키는 새로운 게임들을 많이 만들어냈다. 여러분이 들어 알고 있듯이, 게임은 그저 게임일 뿐이다. 그 새로이 만들어진 게임 가운데는 모험을 하지 않는 체하는 게임도 있었다. 존과 마이클이 늘 해왔던 게임 중에는, 의자 위에 앉아서 공중으로 가짜 공들을 던지고, 가짜로 서로 밀고, 가짜로 산책을 나갔다가 회색 곰 한 마리 잡지 못하고 돌아오는 모험의 게임도 있었다. 그 게임을 할 때마다 피터는 아무것도 하지 않고 의자에 앉아 있는 것이 못마땅했다. 그때 그는 엄숙해 보이려고 애써야 했다. 그에게 조용히 앉아 있는 것은 너무 어려운 일이었다. 그는 건강을 위해 산책을 다녀왔다고 자랑해야 했다. 지난 여러 해들 가운데 이들 가짜 모험들은 그에게 가장 고상한 모험들이었다. 존과 마이클도 게임을 하며 즐거운 척해야 했다. 그렇지 않으면 피터가 그들을 혹독히 다루었다.

피터는 자주 홀로 바깥에 나갔다. 그리고 그가 돌아왔을 때 그가 모험을 했는지 하지 않았는지 확신할 수가 없다. 그는 모험을 하고도 곧 완전히 잊어서 모험에 대해 한마디도 말하지 않았다. 그러나 그가 모험을 했다는 증거를 우리는 그에게서 발견한다. 그리고 반대로 그가 모험에 대해 많은 이야기를 했지만, 당신은 그가 모험했다는 증거를 발견하지 못할 수 있다. 자주 그가 머리에 붕대를 감고 집에 돌아오면 웬디는 그에게 정다운 말을 하고 따뜻한 물로 상처를 씻어주고, 그러면 그는 멋진 이야기를 들려준다. 여러분도 알다시피, 웬디는 그가 한 이야기가 진실인지 확신이 없다. 그러나 그녀가 모험에 그와 함께했기에 확실히 알고 있는 모험들도 많이 있다. 그러나 웬디가 그와 함께 모험하지 않았지만, 다른 아이들이 그와 함께 하여 그들이 사실이라고 말하는, 적어도 부분적으로 사실인 모험들이 많이 있었다. 그 모험들 모두를 글로 쓰면 영어-라틴어 사전이나, 라틴어-영어 사전 크기의 책을 써야 할 것이다. 그러니 우리가 할 수 있는 최상의 것은 섬에서 보통 일어나는 사건들 가운데 전형적인 사건을 말하는 것이다. 그렇더라도 어려움은 어느 것을 선택하느냐이다.

우리 먼저 슬라이틀리 협곡에서 있었던 인디언들과의 싸움 이야기를 할까? 그 싸움은 피비린내 나는 사건이었다. 그 사건은 피터의 유별난 행동들 가운데 하나를 보여주는 흥미로운 내용으로, 싸움 중간에 그는 갑자기 편을 바꾸고 싶어 했다. 그 협곡에서의 싸움은 승리를 가늠할 수 없이 막상막하였다. 한때는 피터 편이 이길 것 같다가, 다른 때는 인디언 편이 이길 것 같았다. 그때 피터가 소리쳤다. "오늘 나는 인디언 편이다. 투틀즈 너는 어느 편 할래?"

그리고 투틀즈가 대답했다. "인디언 편. 너는 어떻게 할래, 닙즈?"

그리고 닙즈가 말했다. "인디언 편, 넌 어떻게 할래, 쌍둥이?" 등등.

그렇게 그들 모두 인디언 편이 되었다. 물론 이때 진짜 인디언들이 피터의 방법에 매료되어, 그들 자신들이 집 잃은 아이들 편이 되는 데 동의하지 않았다면 그 싸움은 끝났을 것이다. 그러나 그들은 그렇게 선택하고 전보다 더 격렬하게 싸웠다.

이 모험의 가장 이상한 결과는—그러나 이 이야기가 우리가 말하려고 하는 모험 이야기는 아니다. 아마도 더 재미있는 모험 이야기는, 아이들이 사는 땅속 집을 인디언들이 야간 습격했던 일이다. 그때 인디언들 몇 명은 빈 나무 속에 몸이 끼어서 코르크 마개같이 잡아 뽑아야 했다. 아니면 인어 바다 호수에서 피터가 타이거 릴리의 생명을 구해주어서 그녀의 인디언 국가가 피터의 동맹국이 되었다는 이야기도 있다. 아니면 아이들이 먹고 죽으라고, 해적들이 만든 과자에 대해 이야기할 수도 있다. 해적들은 과자를 유혹의 장소에 여기저기 놓았지만, 늘 웬디가 아이들 손에서 그 과자를 빼앗았다. 그래서 그 과자는 시간이 지나자 습기가 모두 빠져나가 말라서 돌과 같이 단단해져서 미사일로 사용되었다. 후크는 어둠 속에서 그 말라빠진 돌 같은 과자에 걸려 넘어졌다.

아니면 우리 피터의 친구들이었던 새들에 대해 이야기하자. 특히 바다 호수에 있는 나무에 집을 지은 네버새 이야기를 하자. 새 둥지가 바닷물 속으로 떨어지고, 새 둥지 속에 네버새가 알을 품고 있었다. 피터는 그 새를 건드리지 말라고 명령했다. 그 이야기는 매우 아름답다. 결국 이야기 끝에 새가 피터에게 감사의 마음을 전한다. 그러나 바다 모험 이야기는 하나가 아니라 둘이다. 둘 가운데 좀 더 짧고 똑같이 흥미로운 이야기가 있다. 거리의 요정들 가운데 몇 명의 도움을 받아 팅커 벨은 잠자는 웬디를 커다란 나뭇잎에 띄워 육지로 돌려보내려 했다. 다행히 그 나뭇잎은 임무를 수행하지 못했다. 웬디는 잠에서 깨어나, 아이들 목욕시킬 시간이라고 생각하고 헤엄쳐 섬으로 돌아왔다.

아니면 사자들과 싸운 피터 이야기가 있다. 피터는 화살로 자신의 주위에 커다란 원을 그리고 사자들에게 그 원 안으로 들어오라고 했지만, 나무들 위에서 다른 아이들과 함께 웬디가 숨죽여 오래 내려다보았지만, 사자들 가운데 어느 하나도 감히 그의 도전을 받아들이지 않았다. 이런 모험 이야기들 가운데 어느 것을 택하여 말할까? 가장 좋은 것은 동전을 던져 택하는 일이다. 나는 동전을 던졌고, 바다 호수가 선택되었다. 그러나 나는 협곡이나 과자나 팅크의 나뭇잎 모험이 선택되었으면 바랐다. 물론 나는 동전을 다시 던질 수도 있다. 그리고 세 모험들 가운데 최상의 것을 택할 수도 있다. 그러나 동전은 이미 던져졌으니 바다 호수 모험을 택하는 것이 가장 공평하다.

제8장

인어들이 사는 바다 호수

· · · · · · · · · ·

피터는 다른 아이들과 분명 다르다. 그러나 지금은 피터도 무서웠다. 바다를 지나치며 파도를 일으키는 바람처럼, 공포가 그의 몸을 뚫고 울려 퍼졌다. 바다 위의 파도는 수백 개가 될 때까지 파도 뒤에 파도가 뒤따른다. 그러나 피터는 오직 하나의 파도만 가지고 있었다. 그는 바위 위에 곧게 섰다. 그는 얼굴에 미소 짓고, 마음에는 드럼같이 울리는 하나의 파도를 가지고 있었다. 피터의 마음속 파도가 말했다. "죽음은 다시없을 하나의 멋진 모험이 될 것이다."

눈을 감았다가 행운이 따르면, 때때로 여러분은 어둠 속에 어른거리는 흐리지만 예쁜 색깔을 띤 그러나 구체적인 모양은 없는 호수 하나를 볼 수 있다. 그리고 다시 눈을 질끈 감으면, 그 호수가 모양을 갖추기 시작하고, 색깔들도 분명해진다. 또다시 눈을 꽉 감으면, 그 색깔들이 빨갛게 불탈 것이다. 그러나 불타오르기 전 우리가 보게 되는 것은 바다에 돌들이 둥글게 둘러 있어 만들어낸 바다 호수이다. 우리가 육지에 있을 때 그 바다 호수에 이를 수 있는 가장 손쉬운 방법이 바로 그 행운의 순간이다. 그리고 행운이 다시 겹쳐 다가오면 우리는 파도를 보고, 인어들의 노랫소리도 들을 수 있다.

여름에 아이들은 자주 이 바다 호수에서 수영하고, 물에 떠 있고, 물속에서 인어들과 게임을 하는 등등으로 긴 하루를 보냈다. 이렇게 말한다고 해서, 인어들이 아이들과 친하게 지낸다고 생각하지는 마라. 웬디는 그 섬에 있는 동안 인어들로부터 한마디 예의바른 말을 들어본 적이 없었다. 후에 그녀는 늘 그 점을 아쉬워했다. 그녀는 바다 호수 가장자리로 몰래 가서, 반역 선원들이 버려졌다가 바닷물에 쓸려 죽은 바위 위에 무더기로 앉아 있는 인어들을 볼 수도 있었다. 그때 인어들은 그 바위 위에서 햇볕을 쬐면서, 웬디를 짜증나게 할 정도로 느리게 빗으로 머리를 빗고 있었다. 그때 웬디는 헤엄쳐서 인어들 가까이 갈 수도 있었다. 그러나 인어들은 그녀를 보고 물속으로 들어갔을 것이다. 그리고 아마도 그녀를 향하여 꼬리로 물을 튀겼을 것이다. 우연이 아니면 고의적으로라도 그랬을 것이다. 인어들은 웬디뿐 아니라 다른 사내아이들에게도 똑같이 행동했을 것이다. 그러나 피터는 예외였다. 그는 몇 시간이고 그 반역 선원들이 죽음을 맞는 바위 위에서 인어들과 수다를 떨었다. 인어들은 피터의 이야기에 흥미를 느끼면 꼬리를 깔고 앉았다. 피터는 웬디에게 인어들이 사용하는 빗 하나를 가져다주었다.

가장 많은 인어들을 볼 수 있는 때는 달이 바뀔 때이다. 그때 인어들은 이상하게 슬픈 소리를 낸다. 그때 바다 호수는 인간에게 가장 위험한 장소이다, 뒤에 우리가 말하게 될 저녁때까지, 웬디는 달빛 비치는 바다 호수를 본 적이 없다. 무서워서가 아니다. 피터가 그녀를 데리고 갈 수도 있었다. 그러나 저녁 일곱 시까지 모두들 잠자리에 들어야 한다는 규칙이 있었다. 그러나 비 온 뒤 맑은 날, 그녀는 자주 바다 호수로 갔다. 그때 많은 인어들이 물거품 튀기기 놀이를 하기 위해 그곳에 왔다. 인어들은 물로 만들어진 많은 무지개 색깔 거품을 공으로 사용했다. 그들은 무지갯빛 공들을 무지개 안에서 꼬리로 이리저리 쳤다. 그들은 물거품들이 터질 때까지 무지개 속에 물거품이 있도록 했다. 골대는 무지개의 끝에 각각 있었고, 골키퍼는 단지 손만을 사용해야 했다. 때때로 수백의 인어들이 모여 바다 호수에서 놀 때가 있다. 그 광경은 너무 멋지다. 그러나 아이들이 인어들과 함께 놀려고 끼어들면, 아이들만 남아 그들끼리 놀아야 했다. 인어들은 바로 사라졌다. 그러나 우리는 인어들이 아이들의 놀이를 몰래 지켜보았다는 증거를 가지고 있다. 그들이 아이들에게서 놀이 방식을 훔쳐냈다. 존은 손 대신에 머리로 물방울을 때리는 방식을 소개했다. 인어 골키퍼들이 그 방식을 차용했다. 이것은 존이 네버랜드에 남겨놓은 유일한 자취이다.

아이들이 점심 식사하고 30분 동안 바위 위에서 쉬는 것을 보는 광경은 멋지다. 웬디는 아이들이 이 습관을 지키도록 고집했다. 점심식사가 가짜라도 휴식은 있어야 했다. 그래서 그들은 태양 아래 누웠고, 그들의 몸들은 물기로 반짝였다. 그때 웬디는 그들 곁에 앉아 엄숙한 표정을 지었다. 그날도 아이들 모두 그 반역 선원 바위 위에 모여 있었다. 그 바위는 그들의 침대보다도 크지 않았다. 그러나 그들은 그 공간을 어떻게 사용해야 하는지 알았다. 그들은 그곳에서 졸고 있었다. 아니 적어도 눈은 감고 있었다. 웬디가 그들을 보고 있지 않을 때, 그들은 자주 서로를 꼬집었다. 웬디는 아마 바느질하느라 매우 바빴을 것이다. 그러나 웬디가 바느질하는 동안 바다 호수에 변화가 있었다. 바닷물 위로 작은 흔들림이 있었다. 태양빛은 사라졌고, 그림자들이 바다를 가로 질러 바닷물을 차갑게 만들었다. 웬디는 더 이상 바느질을 할 수가 없어서, 바느질감에서 눈을 들었다. 지금까지 늘 웃음꽃이 피었던 바다 호수가 무시무시하고 낯설어 보였다. 밤이 온 것이 아니라 밤처럼 어두운 무엇인가가 다가왔다는 것을 웬디는 알았다. 아니 그보다 더 나빴다. 아직 온 것이 아니었다. 뭔가 오고 있다 말하려고 바다 위로 떨림을 보냈다. 그게 뭐지?

반역 선원들 바위에 대하여 웬디가 들었던 이야기가 갑자기 그녀의 마음에 떠올랐다. 그 반역 선원 바위라는 이름은, 심성 나쁜 선장이 반역하는 선원들을 그 바위에서 수장시키려 남겨놓고 떠나서 생긴 이름이었다. 바닷물에 수위가 높아지면 바위는 물에 잠겨 반역 선원들은 수장되었다.

이럴 때 웬디는 아이들을 잠에서 깨워야 마땅했다. 미지의 대상이 그들을 향해 다가오고 있기 때문뿐 아니라, 차가워지는 바위 위에서 아이들이 자는 것은 건강에 좋지 않아서였다. 그러나 그녀는 경험이 없는 엄마여서, 위의 두 가지 모두를 생각하지 않았다. 웬디는 단지 식사 후에는 반드시 30분간 휴식을 취하여야 한다는 규칙만을 지키려 했다. 웬디는 두려움이 없지 않았다. 남자아이 목소리를 들을 수 있다면 괜찮을 것 같았다. 그러나 아이들을 깨우기가 싫었다. 조용히 노 젓는 소리를 듣고 가슴이 철렁 내려앉았지만, 웬디는 아이들을 깨우지 않았다. 아이들을 내려다보면서 아이들이 30분의 잠을 마저 채우기를 기다렸다. 웬디가 너무나 용감하지 않습니까?

그러나 그때 잠을 자면서도 위험을 감지할 수 있는 아이가 한 명이라고 있어서, 아이들에게 다행이었다. 피터는, 강아지처럼, 잠에서 확 깨어나 벌떡 일어났다. 그리고 경고의 소리를 질러 아이들을 일으켜 세웠다. 그리고 피터는 한 손을 귀에 대고 조용히 서 있었다. "해적들이다!"라고 피터가 외쳤다. 아이들은 피터 가까이 다가왔다. 피터의 얼굴에 이상한 미소가 번지고, 웬디는 그 미소를 보고 몸을 떨었다. 그 미소가 그의 얼굴에 남아 있는 동안에는 그 누구도 감히 피터에게 질문하지 못했다. 그들이 할 수 있는 일이란 바위에서 일어서서 복종을 기다리는 일뿐이다. 그리고 곧 불복이 불가능한 강한 명령이 내려졌다. "잠수하라!"

아이들의 발이 섬광과 같이 바다 속으로 사라지고, 바다 호수 위에는 아무도 보이지 않는다. 피터는 반역 선원 바위 위에 홀로 서서, 마치 왕따를 당한 듯이, 다가오는 바닷물을 거부하는 듯 서 있었다.

작은 보트 하나가 아이들 가까이 다가왔다. 그 보트에는 세 명이 타고 있었다. 스미와 스타키 그리고 포로가 된 인디언 공주 타이거 릴리였다. 그녀의 손과 다리는 묶여 있었다. 그녀는 자신의 운명이 어떻게 될지를 알고 있었다. 그녀는 바위에 홀로 남아 수장당해 죽을 것이다. 그런 죽음은 그녀 종족의 화형이나 참수형보다 더 무서운 것이 될 것이다. 물을 통해서는 인디언들이 죽어서 가는 그 행복을 안겨주는 사냥터에 갈 수 없다고 인디언 책에 씌어 있지 않았던가? 그러나 그녀의 얼굴은 무표정했다. 그녀는 추장의 딸이었고, 추장의 딸답게 죽어야 했다. 그러면 되었다.

입에 칼을 물고 바다로부터 해적선으로 오르고 있을 때 타이거 릴리는 해적들에게 잡혔다. 해적선에는 경비가 없다는 말이 있었다. 후크라는 이름만 들어도 무서워 해적선 주위 약 1마일 안까지는 그 누구나 감히 들어오지 못한다고 후크는 떠벌렸다. 이제 타이거 릴리가 죽는다면 또다시 해적선의 외부 침입자 그 누구도 안전하지 못할 것이라는 명성은 더 높아갈 것이다. 그렇게 그녀의 죽음은 해적선을 보호하는 데 도움을 줄 것이다. 밤에 울려 퍼지는 타이거 릴리의 비명 소리가 그 배의 명성을 온 세상에 퍼트릴 것이다.

그들이 함께 가져온 어둠 때문에 두 해적들은 그들의 보트가 바위에 부딪칠 때까지 그 바위를 보지 못했다.

"배를 조심해, 이 풋내기야. 바위가 안 보이냐? 자, 이제 우리가 할 일은 이 인디언 처녀를 수장당하게 바위 위에 올려놓아두고 가는 거다." 스미가 분명한 아일랜드 말투로 외쳤다.

예쁜 소녀를 바위 위에 홀로 놓고 떠나는 것은 잔인한 일이다. 그러나 그녀는 저항해봐야 이길 것 같지 않자 저항하지도 않았다. 그녀는 자존심 강한 소녀였다.

바위로부터 매우 가까이 떨어져 보이지 않게 두 개의 머리들이 물 위로 오르락내리락했다. 피터와 웬디였다. 웬디는 울고 있었다. 처음 보는 비극적 사건이었다. 그러나 피터는 많은 비극적 사건들을 보았다. 그러나 그는 그들 모두를 기억하지 못한다. 타이거 릴리의 운명에 대하여 그는 웬디만큼 슬프지 않았다. 그는 2대 1의 싸움에 대해 몹시 화나 있었다. 그래서 그는 단지 그녀만을 구하기로 결심했다. 가장 손쉬운 방법은 해적들이 떠날 때까지 기다렸다가 그녀를 구하는 것이었다. 그러나 그는 그렇게 쉬운 방식으로 그녀를 구할 사람이 아니었다.

피터가 할 수 없는 것은 아무것도 없다. 그는 후크의 목소리를 흉내 냈다. "어이, 거기, 풋내기들." 피터가 불렀다. 그것은 멋진 가성이었다.

"대장이다." 해적들은 놀라서 서로를 쳐다보며 말했다.

그들은 후크를 보려했지만 어두워 보이지 않자, 스타키가 말했다. "수영해서 우리를 쫓아왔나 보다."

스미가 소리쳐 대답했다. "대장, 우리 지금 인디언 처녀를 바위 위에 내려놓았다."

그리고 놀라운 대답이 잇따랐다. "그 처녀를 풀어줘라."

"풀어주라구요!"

"그래, 묶은 끈을 잘라, 소녀가 멋대로 가게 놔둬라."

"그러나, 대장—"

"빨리, 시키는 대로 해." 피터가 소리쳤다. "아니면 쇠갈고리로 너희를 찍어 내리겠다."

"이상하네." 스미가 침을 삼키며 말했다.

"대장이 시키는 대로 하자." 신경질적으로 스타키가 말했다.

"그러죠, 그러죠." 스미가 말했다. 그리고 그는 타이거 릴리를 묶었던 끈을 칼로 잘랐다. 곧 장어와 같이 그녀는 스타키의 다리 사이를 지나 바닷물 속으로 미끄러져 들어갔다.

웬디는 피터의 영리함이 매우 자랑스러웠다. 그러나 그녀는 피터도 똑같이 자신이 자랑스러워 닭 울음소리를 내고, 그러면 그들이 발각되리라는 것을 알고, 웬디는 바로 손을 뻗어 피터의 입을 막으려고 했다. 그러나 그런 행동도 멈추어야 했다.

"어이, 거기들." 후크의 목소리가 바다 호수 위로 울려 퍼졌다. 이때 말한 사람은 닭 울음소리 내는 피터가 아니라 진짜 후크였다. 피터는 막 닭 울음소리를 내려다가, 갑자기 놀라는 표정을 얼굴에 지었다.

"어이, 거기들!" 다시 똑같은 목소리가 울려 퍼졌다.

이제 웬디는 알았다. 진짜 후크 또한 바다 위에 있었다.

후크가 보트를 향해 헤엄쳐 가고 있었다. 그의 부하들이 그를 인도하기 위해 불을 밝히고, 그는 곧 보트에 다다랐다. 후크의 갈고리가 보트의 가장자리를 잡았다. 그리고 물을 뚝뚝 흘리며 그의 사악한 얼굴이 물 위로 드러나는 것이 불빛에 보였다. 웬디는 몸을 떨었다. 그녀는 헤엄쳐서 그 자리를 떠나고 싶었다. 그러나 피터는 꿈쩍도 하지 않았다. 그는 생기 가득 흥분했고, 자만심이 머리 꼭대기까지 올라 있었다.

"내가 멋지지 않아, 오, 나는 너무나 멋진 사람이다!" 피터는 속삭이듯 그녀에게 말했다.

그녀도 그렇게 생각했다. 그러나 그녀는 자신을 제외하고 그의 말을 아무도 듣는 사람이 없어 안심했다. 적어도 그의 명성에 금이 가지는 않겠다고 생각했다.

피터는 웬디에게 그들이 무슨 말을 하는지 들어보자고 신호를 보냈다. 두 해적들은 대장이 무엇 때문에 그들에게 왔는지 알고 싶었다. 그때 후크는 매우 우울한 자세로 갈고리 손에 머리를 기대고 앉았다.

"대장, 무슨 일입니까?" 두 부하가 목소리를 낮춰 말했다.

그러나 후크는 공허한 신음 소리만 내었다.

"한숨만 쉬시네." 스미가 말했다.

"다시 한숨을 쉬시네." 스타키도 말했다.

"세 번이나 한숨을 쉬시네." 스미가 말했다. "대장, 왜 그러세요."

마침내 후크가 힘주어 말했다. "게임 끝났어." 후크가 소리쳤다. "아이들이 엄마를 찾아냈다."

웬디는 놀랍기는 했지만, 자랑스러워 미소를 지었다.

"오, 재수 없는 날이다." 스타키가 말했다.

"엄마가 뭐야?" 엄마를 모르는 스미가 말했다.

웬디는 스미가 한 말에 놀라 소리쳤다. "엄마를 모르다니!" 이후 웬디는 해적을 애완용으로 가질 수 있다면 스미를 자신의 애완용으로 삼아야겠다고 늘 생각했다.

후크가 놀라서 일어나, "저게 뭐지?"라고 소리치자, 피터는 급히 웬디를 물밑으로 잡아당겼다.

"아무 소리도 듣지 못했는데요."라고 스타키가 말하면서, 물 위로 등불을 비췄다.

해적들은 그때 이상한 광경을 보았다. 내가 여러분에게 전에 말했던 새집이 바다 호수에 떠 있었다. 그리고 그 새집에는 네버새가 앉아 있었다. "저기 좀 봐." 후크는 스미의 질문에 대답했다. "저게 엄마다. 멋진 교육이다. 새집이 물 위에 떨어졌지만, 엄마는 자신이 낳은 알들을 버리지 않지. 버리지 않아."

이 말을 할 때 후크는 마치 어린 시절을 추억하듯 목소리가 갈라졌다. 그러나 그는 그의 쇠갈고리로 자신의 약한 모습을 씻어냈다. 스미는 감동하여, 그의 시야를 떠날 때까지 그 새집을 바라보았다. 그러나 의심 많은 스타키가 말했다. "만일 엄마가 온 것이 분명하다면, 그 엄마가 피터를 돕기 위해 이 근처에 있을 것이다."

후크는 얼굴을 찡그리며, "그래."라고 말했다. "내가 늘 두려워했던 게 바로 그거야." 후크는 스미의 감상적인 말로 마음이 잠시 약해졌다가 다시 정신이 바짝 들었다.

"대장." 스미가 말했다. "아이들 엄마를 유괴해서 우리 엄마로 만들면 안 될까요?"

"그거 멋진 생각인데." 후크가 소리쳤다. 곧 그 생각은 그의 영리한 머릿속에서 실체의 모양을 갖추었다. "아이들을 모두 잡아서 해적선으로 데려와서, 아이들을 해적선의 널빤지 위를 걷게 하여 바다 아래로 떨어뜨려 죽이자. 그러면 웬디는 우리 엄마가 되는 거야."

웬디는 자신이 어디에 있다는 것을 또 잊고, "안 돼!"라고 소리치며 물 위로 떠올랐다.

"뭐야?" 해적들은 동시에 외쳤지만, 어두워 아무것도 볼 수 없었다. 그들은 그것이 바람에 실려 바다로 날려온 낙엽이라 생각했다.

"내 생각 어때, 나의 악당들?" 후크가 물었다.

"손들어 동의합니다." 두 해적은 말했다.

"자, 내 쇠갈고리 손에 손대고 동의한다고 맹세하자."

그들 모두 그렇게 맹세했다. 그들은 그때 모두 바위 위에 있었다.

갑자기 후크가 타이거 릴리를 기억해냈다. "인디언 처녀는 어디에 갔어?" 갑자기 후크가 물었다. 후크는 자주 장난을 했고, 두 해적들은 후크가 또 장난하고 있다고 생각했다.

"그만하세요, 대장." 스미가 아무 생각 없이 대답했다. "우리가 풀어 줬죠."

"풀어줘?" 후크가 소리쳤다.

"명령했잖아요." 갑판장 스미가 떨리는 목소리로 말했다.

"풀어주라고 말했는데요." 스타키가 말했다.

"빌어먹을." 후크는 화나서 말했다. "이건 또 무슨 속임수야?" 후크는 화가 나서 얼굴이 검어졌다. 그러나 그는 그들이 거짓말을 하고 있는 것이 아님을 알았다. 그는 놀랐다. "부하들아." 그는 조금 떨리는 목소리로 말했다. "나는 그런 명령을 내리지 않았다."

"너무나 이상하다." 스미가 말했다. 그들은 모두 불안해하며 안절부절 했다.

후크가 목소리를 높여 말했다. 그러나 그 목소리에는 떨림이 있었다. "오늘 밤 이 어두운 바다 호수에 귀신이 나타났다." 후크가 말했다. "내 말 듣고 있어?"

이때 피터는 조용히 있어야 했다. 그러나 그는 그렇게 하지 않았다. 그는 즉시 후크의 목소리로 대답했다. "빌어먹을, 개소리하고 있네, 그래, 네 말 들었다."

그 무서운 순간에도 후크는 전혀 두려움이 없었다. 그러나 스미와 스타키는 무서워서 서로를 끌어안았다.

"누구신지, 나그네여, 누구시오?" 후크가 물었다.

"나? 제임스 후크." 그 목소리가 대답했다. "졸리 로저호 선장이다."

"아니지, 아니야." 후크가 목쉰 소리로 말했다.

"빌어먹을." 그 목소리가 대꾸했다. "또 그런 말 하면 내가 너에게 닻을 던지겠다."

이번에 후크는 이전보다 더 친근한 방법을 시도했다. "당신이 후크라면." 그는 겸손히 말했다. "자, 나에게 말하시오, 나는 누굽니까?"

"코딱지." 그 목소리가 대답했다. "코딱지야."

"코딱지!" 후크는 망연히 따라서 말했다. 그의 오만한 정신이 고개 든 것은 그때였다. 그전에는 아니었다. 그는 그의 부하들을 뒤로 가게 했다.

"우리는 지금까지 코딱지를 선장으로 모셨나?" 두 해적들은 중얼거렸다. "자존심 상하는데."

개 같은 그의 부하들은 후크를 개와 같이 물려 했다. 후크는 귀신 때문에 하찮은 인간으로 추락하기는 했지만, 부하들을 개의치 않았다. 그러한 끔찍한 언사에 후크가 지금 필요한 것은 그에 대한 그들의 믿음이 아니라, 그 자신에 대한 그의 믿음이었다. 그는 자신감이 사라지는 것을 느꼈다. "나를 버리지 마라, 이놈아." 그는 그 자신에게 목쉰 소리로 속삭여 말했다. 그의 검은 마음에도, 모든 위대한 해적들이 그러하듯, 여성다운 면이 있었다. 그것이 자주 그에게 직관을 주었다. 갑자기 후크는 추측하기 게임을 시작했다.

"후크." 후크가 피터에게 말했다. "다른 목소리도 낼 줄 아니?"

피터는 게임의 유혹을 참을 수 없었다. 그는 아무 생각 없이 자신의 목소리로 말했다. "그럼."

"후크 말고 다른 이름도 있니?"

"그래."

"식물?"

"아니."

"광물?"

"아니."

"동물."

"그래."

"어른."

"아니!" 이 대답은 조롱하듯 메아리쳤다.

"소년?"

"맞아."

"평범한 소년?"

"아니!"

"멋진 소년?"

웬디의 가슴을 아프게 만드는 대답이 나왔다. "그래."

"영국에 사니?"

"아니."

"여기 살아?"

"그래."

후크는 완전히 헷갈렸다. "너희들이 질문해봐라." 후크는 이마에 맺힌 땀을 씻으며 부하들에게 말했다.

스미는 잠시 생각했다가, "나는 아무것도 생각이 나지 않는다." 애석해하며 말했다.

"생각이 없네, 생각이 없어." 피터는 닭 울음소리로 말했다. "포기한 거야?"

피터는 그의 오만함 때문에 게임을 너무 멀리까지 끌고 가고 있었다. 악당들이 기회를 잡았다. "그래, 포기했다, 포기했어." 악당들이 진지하게 대답했다.

"아, 그래." 피터가 큰 소리로 말했다. "피터 팬."

"팬!" 한순간 후크는 제정신이 들었다. 그는 스미와 스타키, 두 그의 충실한 똘마니들이 함께하고 있었다.

"피터를 붙잡자." 후크가 소리쳤다. "스미, 물속에 들어가고, 스타키 너는 보트를 지키고 있어라. 이번에는 죽이든 살리든 그놈을 붙잡자."

후크는 그 말을 하고 자신도 바다로 뛰어들었다. 그리고 이어서 피터의 유쾌한 목소리가 뒤따랐다. "얘들아, 준비됐지?"

"그래, 그래." 바다 호수 이곳저곳에서 아이들 소리가 났다.

"자, 해적들을 쳐부수자."

양측 싸움은 짧고 민첩했다. 공격을 처음 시작한 사람은 존이었다. 그는 용감하게 보트로 올라갔다. 격렬한 전투가 있었고, 스타키의 손에서 칼이 떨어져 나갔다. 그는 비틀거리며 배 너머 바다로 뛰어들었다. 존도 그를 따라 바다로 뛰어들었다. 선장 잃은 배는 홀로 바다 위를 떠갔다.

이곳저곳에서 바다 위로 아이들 머리들이 솟아올랐다. 번쩍이는 칼의 섬광에 외침과 절규가 잇따랐다. 혼란 속에서 몇 명은 옆구리에 타격을 받았다. 스미의 송곳칼이 투틀즈의 네 번째 갈비뼈를 찔렀다. 그리고 스미 자신은 컬리의 칼에 찔렸다. 바다 속에 떨어진 스타키는 바위로부터 멀리 떨어져서 슬라이틀리와 쌍둥이의 공격을 받고 있었다. 이때 피터는 어디에 있었나? 그는 더 큰 싸움을 기대하고 있었다.

소년들은 모두 용감했다. 해적 대장 후크로부터 그들이 도망했다고 비난하지는 말자. 후크의 쇠갈고리는 물속에서 그의 주위에 죽음의 원을 그렸고, 아이들은 놀란 물고기들처럼 그 원으로부터 도망했다. 후크를 무서워하지 않는 한 사람이 있었다. 그는 그 원 안으로 들어갈 준비를 했다. 이상하게도 후크와 피터가 만난 곳은 물속에서가 아니었다. 후크는 숨을 쉬기 위해 바위로 올라갔고, 후크를 마주 보고 동시에 피터도 바위에 올라왔다. 바위는 공처럼 미끄러웠다. 그들 두 사람은 바위 위로 올라갔다기보다 기어 올라갔다. 누구도 상대가 오고 있는 것을 몰랐다. 잡을 것을 찾다가 서로 상대방의 팔을 잡았다. 그리곤 놀라서 그들 둘 다 자신들 머리를 들어올렸다. 그들의 얼굴이 거의 맞닿았다. 그렇게 그들은 만났다.

세상에서 가장 위대한 전사도 패배와 직면하면 힘이 빠져나갔다는 말이 있다. 피터에게 그런 일이 일어났더라도 나는 피터를 뭐라 하고 싶지 않다. 항해 요리사 실버도 유일하게 두려워했던 사람이 후크가 아니었던가? 그러나 피터는 그렇지 않았다. 그는 오히려 기쁘기까지 했다. 그는 즐거워 그 예쁜 이빨을 드러내었다. 피터는 그의 앞에 누워 있는 후크의 혁대에서 칼을 빼내어 그 칼로 그를 찌르려고 했다. 그러나 그는 자신이 그의 적보다 바위 위 더 높은 위치에 있다는 사실을 알았다. 그것은 정정당당한 싸움이 아니다. 그는 후크를 일으켜 세우려고 해적에게 그의 손을 내밀었다. 그때 후크는 그의 손을 깨물었다.

피터를 당황스럽게 만든 것은 그의 고통이 아니라 후크의 불공정함이다. 그것이 그를 절망하게 만들었다. 그는 어쩔 줄 몰라 후크를 바라보기만 했다. 모든 아이는 자신이 부당하게 대우를 받으면 처음에 피터와 같이 행동한다. 아이는 자신을 다 바쳐 당신과 관계를 맺는다. 그리고 그때 그가 권리로 누려야 한다고 생각하는 것은 오직 상대편의 정정당당함이다. 당신이 아이를 부당하게 대했더라도, 아이는 당신을 다시 사랑할 수는 있다. 그러나 이후 그 아이는 예전과 같은 아이가 아니다. 그 어느 아이도 처음 당하는 그 부당함을 극복하지 못할 것이다. 그러나 피터는 예외이다. 피터는 주위 사람들로부터 자주 부당함을 당했다. 그러나 그는 늘 그 부당함을 잊었다. 그것이 바로 피터와 다른 사람들과의 차이이다.

후크로부터 그렇게 부당한 대우를 받았지만, 피터는 그것이 처음 당하는 부당함이라 생각했다. 그래서 그는 절망적으로 후크를 바라보기만 했다. 두 번이나 후크의 쇠갈고리 손이 피터를 긁어대었다. 그리고 잠시 뒤 소년들은 후크가 열심히 바닷물을 헤치고 헤엄쳐가는 것을 보았다. 그러나 후크의 얼굴에는 예전의 의기양양함이 사라지고 없었다. 악어가 그를 열심히 쫓고 있었다. 그의 얼굴은 단지 하얀 공포뿐이었다. 보통 때 같았으면 소년들은 즐거워하며 수영하여 그의 뒤를 쫓았을 것이다. 그러나 피터와 웬디가 보이지 않아 아이들은 불안했다. 아이들은 두 사람의 이름을 부르며 바다 호수 주위를 찾아다녔다. 그리고 마침내 그들은 해적들이 타고 왔던 보트를 발견하고, 그 보트를 타고 집으로 돌아왔다. 그들은 돌아갈 때 피터와 웬디의 이름을 불렀다. 그러나 인어들의 조롱 섞인 웃음 이외에 어떤 대답도 듣지 못했다. 소년들은 두 사람이 헤엄쳐서 집으로 돌아갔거나, 날아서 집으로 돌아갔을 것이라고 결론 지었다. 그들은 걱정하지 않았다. 그들은 피터를 믿었다. 그들은 잠자리에 늦게 들어갈 수 있어 좋게 되었다며 낄낄거리며 떠들었다. 이건 모두 다 엄마 웬디 잘못이다!

아이들이 떠들던 소리가 사라지고, 바다 호수에 차가운 침묵이 찾아왔다. 그리고 힘없는 작은 소리가 들렸다. "도와줘, 도와줘!"

두 아이가 바위 쪽으로 헤엄쳐가고 있었다. 아니, 소년은 기절한 소녀를 팔에 안고 헤엄쳐 갔다. 마침내 마지막 힘을 다해 피터는 웬디를 바위 위로 끌어 올리고, 자신은 웬디 곁에 누웠다. 피터는 힘이 다 빠졌다. 그는 바닷물이 바위 위로 차오르는 것을 보았다. 그리고 그들 둘도 곧 물에 빠져 죽을 것이라는 것을 알았다. 그러나 그는 더 이상 아무것도 할 수 없었다.

둘이 나란히 누워 있을 때, 인어가 와서 웬디의 발을 잡고 바다로 천천히 당기기 시작했다. 피터는 웬디가 자신으로부터 빠져나가는 것을 알아채고 놀라 깨어났다. 그리고 때맞추어 그녀를 다시 제자리로 잡아당겨놓았다. 그러나 그는 그녀에게 진실을 말해야 했다. "우리는 이제 바위 위에 있다, 웬디." 피터가 말했다. "바위는 점점 작아져, 곧 물이 바위를 모두 덮을 거다."

웬디는 피터가 무슨 말을 하는지 몰랐다. "우리 이제 집으로 가자." 가볍게 웬디가 말했다.

"그래." 피터가 힘없이 대답했다.

"피터, 수영해 갈까, 날아갈까?"

피터는 이제 어느 것도 할 수 없음을 이야기해야 했다. "너는 내 도움 없이 너 혼자 먼 섬까지 헤엄쳐 가거나, 아니면 날아서 갈 수 있다고 생각해?"

웬디는 자신이 너무 피곤하고 지쳐 있다는 것을 인정해야 했다.

피터는 신음 소리를 냈다.

"왜 그래?" 웬디는 갑자기 피터가 걱정되어 물었다.

"나는 너를 도와줄 수 없어, 웬디. 후크가 나에게 너무나 깊은 상처를 입혔어. 나는 날 수도 헤엄칠 수도 없어."

"우리는 그러면 둘 다 물에 빠져 죽어야 해?"

"자, 물이 차오르는 것 좀 봐."

두 사람은 그 광경을 보지 않으려고 두 눈에 두 손을 올려놓았다. 그들은 곧 더 이상 이 세상에 살아 있을 수 없다고 생각했다. 그들이 이렇게 생각하고 있을 때 무엇인가가 키스와 같이 피터를 스치고 지나갔다.

수줍게 "내가 도울 일이 없을까?" 말하는 듯이, 뭔가가 바위 위에 내려앉았다. 그것은 오래전 마이클이 만들었던 연이 달려 있는 줄이었다. 그 연은 오래전 마이클의 손에서 빠져나가 날아가버렸던 것이었다.

"이것은 마이클의 연이네." 피터는 아무 관심 없이 말했다. 그리고 다음 순간 그는 연 꼬리를 잡고, 그를 향하여 당겼다. "그 연은 한때 마이클을 땅 위로 끌어올렸지." 피터는 소리쳤다. "그렇다면 웬디 너도 끌어올릴 수 있지 않겠어?"

"우리 둘 다!"

"둘은 아니야. 마이클과 컬리가 다 해봤어."

"우리 제비뽑기하자." 웬디가 용감하게 말했다.

"여자는 너야, 안 돼."

이미 피터는 연줄 끈을 웬디의 몸에 감았다. 웬디는 피터를 잡고 너 없이는 가지 않겠다고 말했다. 그러나 "잘 가, 웬디."라고 말하고 피터는 바위에서 그녀를 밀었다. 잠시 후 그녀는 연과 함께 그의 시야에서 사라졌다. 피터 홀로 바다 호수에 남았다.

바위는 이제 매우 작아졌다. 곧 물속으로 사라질 것이다. 창백한 달빛이 바닷물을 가로질러 살금살금 다가왔다. 이윽고 세상에서 가장 음악적이고 가장 우울한 파도 소리도 더 이상 피터의 귀에 들리지 않을 것이다. 인어들이 달빛을 부르고 있었다.

피터는 다른 아이들과 분명 다르다. 그러나 지금은 피터도 무서웠다. 바다를 지나치며 파도를 일으키는 바람처럼, 공포가 그의 몸을 뚫고 울려 퍼졌다. 바다 위의 파도는 수백 개가 될 때까지 파도 뒤에 파도가 뒤따른다. 그러나 피터는 오직 하나의 파도만 가지고 있었다. 그는 바위 위에 곧게 섰다. 그는 얼굴에 미소 짓고, 마음에는 드럼같이 울리는 하나의 파도를 가지고 있었다. 피터의 마음속 파도가 말했다. "죽음은 다시없을 하나의 멋진 모험이 될 것이다."

SUMMER DAYS ON THE LAGOON

제9장

네버새

. . . .

왜 네버새가 피터를 구할 생각을 했을까? 피터가 네버새에게 잘 대할 때도 있었지만, 피터가 그 새를 괴롭힐 때가 더 많았다. 내가 말할 수 있는 말은 다음뿐이다. 달링 부인이나 다른 모든 부인들이 그러하듯이, 네버새 역시 피터가 아직도 젖니를 잃지 않고 가지고 있다는 사실에 마음이 움직였을 가능성이 크다.

바위 위에 홀로 남기 전 피터가 들었던 마지막 소리는 인어들이 바다 밑 그들의 침실로 하나씩 돌아가며 내는 소리였다. 그리고 시간이 지나 인어들이 살고 있는 산호 동굴에서 인어들이 문 닫는 소리는 끝나고, 문에 달려 있는 작은 종들이 닫고 열릴 때마다 내는 종소리들만 피터의 귀에 들렸다. 육지에 있는 부잣집 모두 문에 종을 달고 있다.

이제 바닷물이 피터의 발을 어루만질 정도까지 불어났다. 바닷물이 자신을 삼킬 때까지 피터는 시간을 보내기 위해 바다 호수를 바라보았다. 물 위에 무엇인가 떠 있었다. 그는 물 위에 떠 있는 종잇조각이라고 생각했다. 아마도 망가진 연일지 모른다. 그는 그 조각이 해안까지 도착하는 데 얼마나 걸릴 것인가를 무료하게 생각했다. 그러나 피터는 그것이 알 수는 없지만 어떤 목적이 있어서 바다 호수에 떠 있음을 알았다. 왜냐면 그것은 파도를 거슬러 오고 있었고, 가끔 파도에 앞서 그에게로 다가오고 있었다. 그것이 파도를 넘어 그를 향해 다가오면 피터는 박수를 쳐 환호했다. 그는 항상 약자 편에 서서 응원했다. 그것은 파도와 싸우는 용감한 종잇조각이었다.

사실 그것은 종잇조각이 아니었다. 그것은 피터에게 가려고 자신의 둥지 배를 타고 절망적으로 노 젓는 네버새였다. 나무 위에서 둥지가 물에 떨어진 이후 배워서 알게 된 방식으로 네버새는 자신의 날개를 사용하여 새둥지 배를 조금씩 저어 갈 수 있었다. 그러나 피터가 그 새와 마주했을 때, 그 새는 녹초가 된 상태였다. 네버새의 둥지 안에는 새알이 있었지만, 새는 피터에게 그 둥지를 주어 그를 구하려고 노 저어 온 것이다. 왜 네버새가 피터를 구할 생각을 했을까? 피터가 네버새에게 잘 대할 때도 있었지만, 피터가 그 새를 괴롭힐 때가 더 많았다. 내가 말할 수 있는 말은 다음뿐이다. 달링 부인이나 다른 모든 부인들이 그러하듯이, 네버새 역시 피터가 아직도 젖니를 잃지 않고 가지고 있다는 사실에 마음이 움직였을 가능성이 크다.

네버새는 피터 가까이 가서 자신이 온 이유를 큰 소리로 말했다. 그러나 무슨 말인지 알지 못하는 피터는 그 네버새가 바다 호수에서 무엇하고 있는지를 큰 소리로 물었다. 그 둘은 서로 상대 언어를 이해하지 못했다. 동화를 보면 사람들과 새들은 서로 어려움 없이 소통한다. 한동안 나도 나의 이야기가 그런 동화와 같은 부류라 생각하고, 피터가 네버새의 말을 이해하고 답변했다고 말하고 싶었다. 그러나 사실은 사실이다. 나는 단지 실제로 일어난 일만을 말하겠다. 자, 그들은 서로의 말을 이해하지 못했을 뿐 아니라, 대화 예의도 없었다. 네버새는 최대한 천천히 그리고 분명하게 큰 소리로 말했다. "나의 둥지－안으로－들어와라－그러면－둥지 배를－타고－해안으로－갈－수－있다－나는－너무－지쳐서－더－이상－나의 둥지를－더－가까이－너에게－가져갈－수－없다－내 둥지까지－헤엄쳐서－와－줄래?"

"뭐라고 주절대는 거야?" 피터가 대답했다. "왜 둥지는 힘들게 끌고 오는 거야?"

네버새는 "나는−네가−와줬으면 해−"라는 말만 되풀이 말했다.

피터도 천천히 그리고 분명하게 말했다. "뭐라고 지껄이는 거야?"

네버새는 짜증이 났다. 새들은 짜증을 잘 낸다. "건방진 놈 막돼먹은 수다쟁이." 네버새가 소리를 질렀다. "왜 내가 시키는 대로 하지 않는 거야?"

그때 피터는 그 새가 자신에 욕을 하고 있다는 것을 알았다. 순간적으로 피터는 화가 나서 말대꾸했다. "너도 그래!"

그리고 이후 이상하게도 그들 둘 모두 같은 말로 고함을 쳤다.

"입 닥쳐!"

"입 닥쳐!"

네버새는 피터를 구하기로 작정했다. 마지막으로 온 힘을 다해, 네버새는 둥지를 바위를 향해 밀었다. 그리고 자신은 하늘로 날아올랐다. 자신의 의도를 분명하기 위해 그는 둥지 안에 있는 자신의 알들까지도 포기했다. 마침내 피터는 네버새의 의도를 깨달았다. 그는 둥지를 움켜잡고, 그의 머리 위에서 떠나가지 않고 빙빙 날고 있는 네버새를 향하여 감사의 손짓을 보냈다. 그러나 네버새가 하늘 위에서 떠나가지 않고 남아 있는 이유는 그의 감사를 받기 위해서가 아니었다. 피터가 그 알들을 어떻게 하는지 보려고 그랬다. 둥지 안에는 커다란 새알이 두 개 있었다. 피터는 그 알들을 손으로 들어 쳐다보며 곰곰이 생각했다. 네버새는 자신의 자식들의 최후를 보지 않기 위해 날개로 얼굴을 가렸다. 그러나 깃털들 사이로 보지 않을 수 없었다.

바위에 박혀 있는 막대기에 대하여 내가 여러분에게 이야기했는지 잊어버렸다. 그 막대기는 해적들이 묻힌 보물을 표시하기 위해 오래전에 그곳에 박아놓은 것이다. 아이들은 그곳에서 반짝이는 보물을 찾아내서는 장난으로 브라질 금화, 다이아몬드, 진주 그리고 스페인 금화 들을 갈매기들에게 먹으라고 무더기로 뿌리면, 갈매기들은 음식이라 생각하고 달려들었다가, 그들을 가지고 장난친 아이들의 천박한 유희에 화를 내며 날아가버렸다. 그 막대기는 아직도 그곳에 있었다. 막대기 꼭대기 위에는, 스타키의 방수포로 만들어진 속 깊고 챙이 큰 모자가 올려 있었다. 피터는 알들을 꺼내 이 모자 안에 넣고, 바다 호수에 이 모자를 띄워 보냈다. 알들을 품은 모자는 멋지게 떠내려갔다.

네버새는 피터가 하고 있는 행동을 곧 알아채고는 감탄의 찬사를 그에게 보냈다. 아, 또 시작이다. 피터는 자신도 네버새와 같은 생각이라며 닭 울음소리를 내었다. 그러고는 네버새 둥지 안으로 들어가 돌에 박힌 막대기를 뽑아 배의 돛대로 삼고, 셔츠를 벗어 돛으로 막대기 위에 걸었다. 그러는 동안 새는 날아와 모자 위에 앉아 다시 한번 편안히 자신의 알들을 품었다. 둘 다 즐거워하며, 새는 이쪽 방향으로, 피터는 저쪽 방향으로 각각 자신의 배를 타고 나아갔다.

피터는 섬에 도착하자마자, 네버새가 쉽게 발견할 수 있는 곳을 찾아 그곳에다 둥지 배를 바닷가로 끌어올렸다. 그러나 네버새는 모자 배가 둥지 배보다 훨씬 더 배로서 가치가 있다 생각하고 자신의 둥지를 버렸다. 그 둥지 배는 이후 산산조각이 날 때까지 바다 호수 주위를 떠다녔다. 스타키는 자주 해변에 와서는 그의 모자에 타고 있는 네버새를 쳐다보며 매우 가슴 아파했다. 이제 우리는 더 이상 새 이야기는 하지 않을 것이니, 모든 네버새들이 어떻게 둥지 모양을 만들었는지 말하는 것이 좋겠다. 그들은 새 둥지에 모자 챙과 같이 넓은 가장자리를 만들어 아기

새들이 그곳에서 나올 수 있게 했다.

웬디와 피터는 땅속 방으로 거의 비슷한 시간에 돌아왔다. 웬디는 연에 실려 이곳저곳 끌려 다니느라 지체했다. 아이들의 즐거움은 대단했다. 아이들은 누구나 오늘 하루 자신들이 겪은 자신들의 모험들만 말하느라 바빴다. 그러나 그들에게 기억되는 가장 큰 모험은 잘 시간이 지나 늦은 시간에 잠자리에 든 일이었다. 이 일로 기분이 좋아, 아이들은 조금이라 더 늦게 잠자리에 들려고 여러 가지 핑계들을 만들어냈다. 대표적으로 붕대를 달라고 하는 것 따위가 그것이었다. 그러나 웬디는 그들 모두 안전하게 다친 데 없이 집에 온 것이 다행이다 생각했지만, 잠잘 시간이 늦은 것에 대하여 화를 내며, 소리쳤다. "침대로, 침대로."

웬디의 명령에 모두 복종했다. 그러나 다음 날 웬디는 좀 더 마음이 부드러워져, 모두에게 붕대를 감아주었다. 그리고 이튿날 아이들은 잠자리에 들 때까지 하루 종일 다리를 절름거리고, 팔들을 붕대 팔걸이에 걸어놓고 놀았다.

제10장

행복 가득한 집

· · · · · · · · · ·

웬디는 둘의 관계를 분명히 하고 싶어서 피터에게 물었다. "나에 대한 너의 감정은 정확히 무엇이니?"

"사랑하는 아들이 엄마에게 갖는 감정이야, 웬디."

"나도 그렇게 생각했어." 웬디는 말하고 나서 방의 맨 끝에 가서 홀로 앉았다.

"너 참 이상하다." 피터는 혼란스러워 말했다. "릴리도 정확히 너와 같이 행동하더라. 릴리에게도 내가 그녀에게 무엇이었으면 하는 그 무엇인가가 있어. 그녀도 너처럼 나의 엄마가 되고 싶지는 않은가 봐."

"아니지, 그럼, 아니고, 말고." 웬디는 강조하여 대답했다. 자, 이제 왜 웬디가 인디언들에 대하여 좋지 않은 감정을 가지게 되었는지 우리는 알겠다.

"그래, 그러면 내가 뭐가 되어야 해?"

"여자가 말할 수 있는 게 아니야."

"아, 좋아." 화가 나서 피터는 말했다. "아마도 팅커 벨이 나에게 말해줄 수 있겠지."

"아, 그래, 팅커 벨이 말해줄 거야." 웬디가 조롱 섞인 말로 대꾸했다. "그녀는 되고 싶어도 될 수 없는 작은 요정이니까."

바다 호수에서 일어난 사건의 결과로 인디언들이 집 잃은 아이들의 친구가 된 일은 매우 의미 있는 일이다. 피터가 죽을 운명에 놓인 타이거 릴리를 구해냈으니, 릴리와 그녀의 전사들이 피터를 위해 못할 일이 없었다. 밤새 인디언들은 아이들이 살고 있는 땅속 방을 지키기 위해 땅 위에 앉아, 더 이상 지체할 수 없을 해적들의 기습 공격을 기다리며 보초를 서주었다. 낮에조차 인디언들은 화친의 상징으로 사용되기도 하는 담배들을 피우며, 먹거리 찾는 사람들처럼 이리저리 돌아다녔다.

인디언들은 피터를 위대한 백인 아버지라고 부르며, 존경의 표시로 그의 앞에 무릎을 꿇었다. 그는 이러한 그들의 태도를 매우 좋아했다. 그러나 이것은 그를 오만하게 만들어 도덕적으로 그에게 좋지 않았다. 인디언들이 그의 발치에 넙죽 엎드리면, 피터는 대장처럼 말했다. "나 위대한 백인 아버지는 피카니니 전사들이 나의 집을 해적들로부터 지켜주어 기쁘다."

그러면 예쁜 인디언 공주가 말했다. "나 타이거 릴리를 피터 팬이 구해주었다. 나는 그의 좋은 친구이다. 나는 해적들이 그를 해치려 하면 그들을 좌시하지 않겠다."

그러나 사내와 같은 여전사 릴리는 아첨으로 그렇게 말하지는 않았을 것이다. 그러나 피터는 마땅히 그런 대우를 받아야 한다고 생각하고, 생색내며 대답했다. "좋다고 피터 팬이 말씀하신다."

피터가 "피터 팬이 말씀하신다"라고 말할 때 그가 의도한 내용은, 이제 입 다물고 그가 말한 내용을 겸손히 따르라는 것이었다. 그러나 인디언들은 다른 아이들에게는 그렇게 정중히 대하지 않았다. 그들은 아이들을 그저 평범한 전사들로 취급했다. 그들은 아이들에게 그냥 "잘 지내지?"라고 말했다. 아이들은 인디언들의 그런 태도를 피터가 묵과한다는 사실이 너무나 기분 나빴다. 웬디조차 마음속으로 아이들 마음을 조금은 공감했다. 그러나 웬디는 피터의 충실한 아내로 아버지에게 불평하는 아이들의 의견을 따르지 않았다. 웬디는 자신의 의견을 다음과 같이 늘 말했다. "아버지가 누구보다 더 잘 아신단다."

개인적으로 그녀도 인디언들이 자신을 보통 인디언 여자처럼 취급하는 것이 늘 불만이었다.

우리는 이제 모험뿐 아니라 그 모험의 결과로 네버랜드의 밤들 가운데 가장 기억되는 밤이었다고 알려진 그 유명했던 밤 이야기를 해야 할 때이다. 밤에 벌어질 일을 위해 조용히 힘을 저축하듯 그날 대낮은 거의 사건이 없었다. 저녁이 되어 인디언들은 담요로 몸을 두르고 땅속 방 위에서 보초를 섰고, 아래 땅속 방에서는 아이들이 저녁식사를 하고 있었다. 그러나 피터는 혼자 시간을 갖고 싶어서 바깥으로 나가 저녁식사에는 빠졌다. 그는 보통 악어를 찾아서 함께 시간을 보내다가, 식사 종이 칠 때까지 악어 곁에 머물곤 했다.

그날 아이들은 우연히도 오후 4시 차를 마시는 가짜 식사를 했다. 그들은 식탁에 둘러앉아 게걸스럽게 음식 먹는 흉내를 내었다. 웬디가 후에 말했듯이, 떠들고 말대꾸하며, 그날의 식사는 다른 날과 달리 떠드는 소리가 귀가 멀 지경이었다. 웬디는 아이들이 떠드는 소리에 신경 쓰지 않았다. 하지만 아이들은 말할 거리를 찾았다. 예를 들어 왜 떠들고 야단이냐고 물으면 투틀즈가 그들의 팔꿈치를 밀었다고 말했다. 웬디는 그런 방식으로 아이들이 말할 기회를 가지려고 변명의 말을 찾는 것이 싫었다. 그래서 식사 시간에 서로 맞받아치며 말하지 말고, 정중히 오른손을 들어, "할 말이 있습니다"라며 먼저 웬디에게 말할 순서를 허락받는 규칙이 만들어졌다. 그러나 그들은 이 규칙을 잊거나, 아니면 너무나 자주 이용했다.

웬디는 아이들에게 모두가 한 번에 동시에 허락을 구하는 말을 하지 말라고 수백 번은 말했지만, 그들이 또 그러자, "조용히"라고 웬디는 소리치며 말했다. "슬라이틀리 너 바가지에 있는 물 다 마셨니?"

"아뇨 남았는데요, 엄마" 슬라이틀리는 물이 있지도 않은 바가지 속을 바라보며 말했다.

"쟤는 우유 마시기를 시작도 하지 않았어요." 닙즈가 끼어들어 말했다.

이제 말할 기회가 생겼다고 슬라이틀리는 생각하고 "닙즈가 손 안 들고 말하면 안 되죠." 빠르게 말했다.

이때 존이 먼저 손을 들었다.

"왜, 존?"

"피터가 없을 때 피터의 의자에 앉아도 되나요?"

"존, 아버지 의자에 앉는다고!" 화가 나서 웬디가 말했다. "당연히 안 되지."

"진짜 아버지가 아니잖아." 존이 대답했다.

"피터는 내가 그에게 아버지가 어떻게 행동해야 하는 지를 보여주기까지 아버지가 어떻게 행동해야 하는지 잘 몰라."

그러자 "존이 저렇게 말할 허락도 구하지 않고 말해도 되나요." 쌍둥이가 문제를 제기했다.

투틀즈가 손을 들었다. 그는 아이들 가운데 가장 겸손했다. 정말 겸손했다. 그래서 웬디도 특별히 그에게 친절했다. 투틀즈가 머뭇거리며 말했다. "내가 아버지 되는 건 안 되겠죠."

"그건 아니지, 투틀즈."

매우 자주는 아니지만, 투틀즈가 이야기를 시작하면, 그는 어리석은 방식으로 이야기를 계속했다. 투틀즈는 느릿느릿하게 말했다. "내가 아버지는 될 수 없으니, 마이클, 내가 너의 아가가 되어줄까?"

"싫어, 허락할 수 없어." 마이클이 큰 소리로 말했다. 그는 이미 바구니 속으로 들어가 있었다.

투틀즈는 더욱더 느리게 말했다. "내가 아가가 될 수 없다면, 내가 쌍둥이는 될 수 있을까?"

"안 돼." 쌍둥이들이 말했다. "쌍둥이 되기는 너무 어려워."

"내가 아무것도 될 수 없다면." 투틀즈가 말했다. "내가 마술 하나 할까?"

"싫어." 모두 대답했다.

이제 투틀즈는 더 이상 말할 것이 없어, 말했다. "사실 나는 아무것도 되고 싶지 않았어."

아이들이 서로 나서서 말하기 시작하는 그 끔찍한 각자 이야기하기가 시작되었다. "슬라이틀리가 식탁에서 기침했어요." "쌍둥이가 자두를 먹기 시작했어요." "컬리가 태퍼 롤과 감자 모두를 가져갔어요." "닙즈가 입에 먹을 것 넣고 말한대요." "쌍둥이 좀 봐요." "컬리 좀 봐요." "닙즈 좀 봐요."

"아이고, 아이고."라고 웬디가 소리쳤다. "아이들이 차라리 없는 것이, 있는 것보다 낫다는 생각이 들 때가 있어."

웬디는 아이들에게 식탁을 치우라고 말하고, 바느질 바구니를 가지고 앉았다. 평소처럼 그 바구니는 양말들과 무릎에 구멍 난 바지들로 가득했다. 마이클이 불만 섞인 투로 말했다. "웬디, 요람에 있기에는 내가 크지 않아?"

"요람에 누군가는 있어야 되잖아." 그녀는 거의 화가 나서 말했다. "그리고 네가 가장 어리잖아. 요람은 어느 집이나 갖추어야 할 멋진 가정용품이야."

웬디가 양말과 바지 구멍을 꿰매고 있는 동안, 아이들은 그녀 주위에서 놀았다. 낭만적인 화로의 불빛이 아이들의 행복한 얼굴들과 춤추는 팔과 다리들을 비추었다. 이 광경은 지금까지 땅속 방에서 자주 볼 수 있는 장면이었다. 그러나 이 장면도 우리가 보는 마지막이다.

땅 위에서 발자국 소리가 났다. 웬디는 그 소리를 들은 첫 사람이었다. "애들아, 너의 아버지 발자국 소리다. 문에서 아버지를 만나면 좋아하실 거야."

땅 위에서는 인디언들이 피터 앞에 엎드렸다. "잘 지키시오, 병사들. 피터가 말씀하신다."라고 피터가 말했다. 그리고 전에도 자주 그랬듯이, 아이들이 즐거워하며 피터를 그의 나무에서 끌어내렸다. 그러나 이후 다시는 그런 일이 없을 것이다.

피터는 아이들을 주려고 밤들을 주워서 가져왔다. 그리고 이제 웬디가 잔소리할 시간이다.

"피터, 아이들 버릇없어져요." 웬디가 웃으며 말했다.

"알아요, 노부인." 피터는 총을 풀어 벽에 걸며 말했다.

"엄마를 노부인이라고 부르라고 내가 피터에게 말해줬어." 마이클이 컬리에게 속삭이듯 말하자,

"마이클이 손도 들지 않고 말한대요." 컬리가 즉시 고자질했다.

첫째 쌍둥이가 피터에게 말했다. "아빠, 춤추고 싶어요."

"그래, 아가야. 춤추고 싶으면 춤추어라." 기분이 좋아서 피터가 말했다.

"우리는 아버지와 함께 춤추고 싶어요."

피터는 사실 아이들 가운데 최고의 무용수였다. 그러나 그는 마치 모욕이나 당한 듯 말했다. "내가? 늙은이 뼈 부서지는 소리가 날걸."

"엄마도 춤춰요."

"뭐라고?" 웬디가 소리쳤다. "이렇게 많은 아이들을 둔 엄마가 춤을!"

"그러나 토요일 밤이잖아요." 슬라이틀리가 넌지시 말했다. 사실 그 밤은 토요일 밤이 아니었다. 그러나 그럴 수 있다. 아이들은 오래전 날자 세기를 그만두었다. 그들은 특별히 뭔가를 하고 싶으면 그날이 토요일 밤이라고 말했다. 그리고 그들은 그날 밤 특별한 행사를 했다.

"피터, 맞아, 오늘이 토요일 밤이지." 마음이 누그러져 웬디가 말했다.

"우리 같은 몸매의 사람들이 춤을? 웬디."

"우리끼리잖아요."

"좋아요, 좋아."

그렇게 그들은 춤추기를 허락받았다. 그러나 먼저 아이들은 춤추기 전 잠옷을 입어야 했다.

"아, 노부인." 피터는 불가에서 몸을 녹이며, 웬디가 앉아서 양말 뒤축을 뒤집을 때 그를 내려다보며 말했다. "하루에 고된 일과가 끝나고, 어린것들을 가까이 불가에 두고 쉬는 것보다, 당신과 나에게 있어 더 즐거운 일은 더 없을 것 같소."

"좋지요, 피터, 그렇죠?" 웬디는 매우 만족스러워 말했다.

"피터, 내 생각에 컬리가 당신 코를 닮았어요."

"웬디, 마이클은 당신을 닮았지요."

웬디는 피터에게 가서 그의 어깨 위에 그녀의 손을 올려놓고 말했다. "피터, 많은 아이들 낳고, 이제 나는 더 이상 예쁜 부인이 아니지요. 당신은 나보다 더 예쁜 여자와 살고 싶지 않나요?"

"그렇지 않소, 웬디."

피터는 정말로 웬디를 다른 누구와도 바꾸고 싶지 않았다. 그는 불안해서 그녀를 쳐다보며, 자신이 깨어 있는지, 잠자고 있는지를 확신하지 못하며, 눈을 깜박였다.

"피터, 왜 그래?"

"생각을 좀 하고 있었어." 피터는 놀라서 말했다. "내가 아이들의 아버지인 게 단지 가짜이지, 아냐?"

"그래, 가짜야." 웬디가 새침하게 말했다.

"맞아." 피터는 말을 계속해서 했다. "진짜 아버지가 되려면 내가 좀 더 늙어 보이게 해야 할 거야."

"그러나 이 아이들은 우리 아이들이야, 피터, 너와 나의 아이들이지."

"그러나 진짜는 아니지, 웬디?" 피터는 걱정하여 말했다.

"네가 아니라면 아니야." 웬디가 대답했다. 그녀는 피터가 안도의 한 숨을 쉬는 것을 분명히 들었다.

웬디는 둘의 관계를 분명히 하고 싶어서 피터에게 물었다. "나에 대한 너의 감정은 정확히 무엇이니?"

"사랑하는 아들이 엄마에게 갖는 감정이야, 웬디."

"나도 그렇게 생각했어." 웬디는 말하고 나서 방의 맨 끝에 가서 홀로 앉았다.

"너 참 이상하다." 피터는 혼란스러워 말했다. "릴리도 정확히 너와 같이 행동하더라. 릴리에게도 내가 그녀에게 무엇이었으면 하는 그 무엇인가가 있어. 그녀도 너처럼 나의 엄마가 되고 싶지는 않은가 봐."

"아니지, 그럼, 아니고, 말고." 웬디는 강조하여 대답했다. 자, 이제 왜 웬디가 인디언들에 대하여 좋지 않은 감정을 가지게 되었는지 우리는 알겠다.

"그래, 그러면 내가 뭐가 되어야 해?"

"여자가 말할 수 있는 게 아니야."

"아, 좋아." 화가 나서 피터는 말했다. "아마도 팅커 벨이 나에게 말해줄 수 있겠지."

"아, 그래, 팅커 벨이 말해줄 거야." 웬디가 조롱 섞인 말로 대꾸했다. "그녀는 되고 싶어도 될 수 없는 작은 요정이니까."

자신의 규방에 있던 팅크가 엿듣고 있다가 건방진 무슨 말을 지껄여 대었다. 피터가 해석해 말했다. "원할 수 없어서 그래서 좋다고, 팅크가 말하는데." 피터는 갑자기 생각이 났다. "아마도 팅크는 나의 엄마가 되고 싶은가 봐?"

"멍청이 바보 자식!" 팅커 벨은 화가 나서 말했다. 팅크는 하도 자주 그 말을 해서, 웬디는 따로 피터의 해석이 필요하지 않았다.

"옳은 말이네." 웬디가 화가 쏘아붙여 말했다. 웬디가 쏘아붙여 말했던 말을 생각해보라. 웬디는 많이 속상했다. 그 말을 할 때 그녀는 밤이 끝나기 전에 무슨 일이 일어날지를 몰랐다. 그녀가 알았다면 그렇게 쏘아붙이는 말을 피터에게 하지 않았을 것이다.

그들은 아무것도 몰랐다. 모르는 것이 가장 좋았을 수 있다. 그들은 몰라서 한 시간 더 즐거운 시간을 가질 수 있었다. 이제 섬에서 지낼 마지막 한 시간이 남았으니, 그 섬에서 즐거운 60분을 즐기도록 하자. 아이들은 잠옷을 입고 노래하고 춤췄다. 그 노래는 즐겁지만 무서운 내용이어서, 아이들은 노래하면서도 자신의 그림자에 놀란 체했다. 곧 무서운 그림자가 그들을 덮쳐 몸을 웅크리며 두려워하게 될 터인데, 그것도 모르고 놀았다. 그 춤은 매우 요란스럽게 즐거웠다. 그들은 침대 안에서와 바깥에서 서로 싸우는 춤을 추었다! 그것은 춤이라기보다 베개 싸움이었다. 싸움이 끝났을 때, 다시는 만나지 못할 것을 알게 된 연인들과 같이 베개들은 한 번 더 싸울 것을 부추겼다. 웬디가 잠자리에서 들려주는 이야기를 하기 전에 아이들은 얼마나 많은 이야기들을 하였던가! 슬라이틀리조차 그날 밤에는 이야기를 하려고 했다. 그러나 그가 시작한 이야기의 첫머리가 너무나 재미가 없자, 그 자신도 놀라서 어두운 목소리로 말했다. "아, 시작이 너무 재미없다. 자, 그냥 이야기가 그렇게 끝났다고 하자."

마침내 웬디의 이야기를 듣기 위해 아이들이 모두 잠자리에 들었다. 그 이야기는 그들이 가장 좋아하는 이야기이지만, 피터는 가장 듣기 싫어하는 이야기이다. 보통은 웬디가 이 이야기를 시작하면, 피터는 자리를 뜨거나 아니면 귀에다 손을 갖다 대었다. 만일 그때 피터가 이들 가운데 어느 하나라도 했다면, 그들 모두는 아직도 섬에 머물러 있었을 것이다. 그러나 오늘 밤 피터는 자신의 의자에 그대로 앉아 있었다. 자, 우리 다음에 무슨 일이 일어났는지 보자.

"TO DIE WILL BE AN AWFULLY BIG ADVENTURE?"

제11장

웬디가 들려준 이야기

· · · · · · · · ·

피터가 너무나 흥분해 있어서 아이들은 놀라서 피터 주위에 몰려들었다. 아주 솔직하게 피터는 지금까지 숨겨온 사실을 그들에게 이야기했다. "오래전 나도 너희들과 같이 나의 엄마가 창문을 열어놓고 나를 기다린다고 생각했다. 그래서 나는 달이 뜨고 지고 뜨고 지고 할 때까지 집을 떠나 돌아다니다가 어느 날 다시 집으로 날아서 돌아갔다. 그러나 나의 집 창문은 빗장으로 잠겨 있었고, 엄마는 나를 완전히 잊고 있었다. 그리고 나의 침대에는 낯선 작은 아이가 잠자고 있었다."

나는 피터의 이 말이 사실인지 모르겠다. 그러나 피터는 그것이 사실이라고 믿었고, 그 사실이 아이들을 놀라게 했다.

“자, 이제 내가 이야기해줄게.”라고 말하며 웬디는 마이클을 자신의 발치에, 그리고 나머지 일곱 아이들을 침대 안에 눕혔다. “옛날에 한 신사가 살았어―”

“신사보다 부인이 좋겠다.” 컬리가 말하자,

“하얀 고양이면 좋겠다.” 닙즈가 말했다.

그리고 “조용히들 해.” 아이들 엄마가 꾸짖으며 이야기를 이었다. “부인도 살았어. 그리고―”

“오, 엄마.” 첫째 쌍둥이가 말했다. “지금도 그 부인이 살아 있나요? 부인이 죽지 않았죠, 그렇죠?”

“아, 그럼.”

“부인이 죽지 않아서 정말 다행이다, 너도 좋지, 존?” 투틀즈가 말했다.

“그럼 나도 좋아.”

“너도 좋지, 닙즈?”

“그럼.”

"너도 좋지, 쌍둥이들?"

"우리도 좋지."

"오, 그만해 투틀즈." 웬디가 한숨지으며 말했다.

"좀 떠들지 좀 마라." 피터가 소리쳤다. 그가 생각하기에 웬디의 이야기를 듣고 싶지 않더라도, 그녀가 이야기를 제대로 할 수는 있게 그가 나서야겠다고 생각했다.

웬디는 이야기를 계속 이어갔다. "신사의 이름은 달링 씨이고, 부인의 이름은 달링 부인이었어."

"나 두 사람 아는데."라고 존이 끼어들어, 다른 아이들을 짜증 나게 했다.

"나도 아는 것 같은데." 마이클도 의심쩍게 말했다.

"너희들도 알다시피, 두 사람은 결혼을 했어."라고 웬디가 말했다. "그리고 그들에게는 무엇이 있었게?"

"흰 쥐들." 닙즈가 말했다.

"아냐."

"엄청 어려운데." 그 이야기를 여러 번 들어 다 암기하여 꿰뚫고 있는 투틀즈가 말했다.

"조용해, 투틀즈. 그들에게는 세 명의 자식들이 있었어."

"자식이 뭐야?"

"응, 너도 그중 하나지, 쌍둥이."

"존, 너 웬디가 하는 말 들었어? 나도 자식이래."

"자식들은 부모의 아이들이야." 존이 말했다.

"아이고, 아이고 나 좀 이야기하자." 웬디가 한숨지으며 말했다. "이 세 명의 아이들에게는 나나라 부르는 충실한 유모 개가 있었지. 그러나 달링 씨는 어느 날 유모 개에게 화가 나서, 그 유모 개를 개 줄로 묶어서 마당에 데려다놓았어. 그래서 아이들은 모두 집을 떠나 멀리 날아서 도망갔단다."

"너무나 멋진 이야기다." 닙즈가 말했다.

"아이들은 네버랜드로 날아갔어, 그곳에는 집 잃은 아이들이 살고 있었어." 웬디가 말했다.

"그들이 날아갔다고 나도 생각했어." 컬리가 흥분하여 끼어들었다. "그들이 날아가는 게 어땠는지 난 몰라, 그러나 그들이 날아갔다고 나도 생각했어."

"오, 웬디, 잃어버린 아이들 가운데 투틀즈도 있었어?" 투틀즈가 외쳤다.

"그럼, 있었지."

"내가 이야기 속에 있다. 만세, 내가 이야기 속에 있다, 닙즈."

"조용히, 이제, 나는 너희들이 멀리 날아가버린 아이들을 가진 불행한 부모들을 생각해줬으면 해."

"오오!" 그들은 사실 그 불행한 부모들의 감정을 조금도 생각하지 않으면서도, 모두 신음 소리를 내었다.

"빈 침대를 생각해봐!"

"오오!"

"너무나 슬프다." 쌍둥이 중 첫째가 슬프지 않은 목소리로 말했다.

"어떻게 그 이야기가 행복한 결말로 끝날지 모르겠네." 쌍둥이 중 둘째가 말했다. "너는 알겠어, 닙즈? 너무 걱정이 된다."

"엄마의 사랑이 얼마나 큰지를 너희가 안다면." 웬디가 말했다. "너희는 걱정하지 않아도 돼."

이제 웬디는 피터가 싫어하는 대목에 도달했다.

"나는 엄마의 사랑이 좋다." 투틀즈는 베개로 닙즈를 때리며 말했다. "닙즈, 너 엄마의 사랑을 좋아해?"

이번엔 닙즈가 투틀즈를 베개로 때리며 말했다. "그래, 나도 좋아해."

"자." 웬디는 안심하여 말했다. "우리의 여주인공은 엄마가 그녀의 아이들이 다시 날아 돌아오도록 늘 창문을 열어놓을 것을 알고 있었어. 그래서 아이들은 수년 동안 멀리 떨어져 살면서도 즐거운 시간을 보낼 수 있었던 거야."

"아이들이 집으로 돌아갔어?"

"자, 이제 우리의 미래를 잠시 바라보자." 웬디는 용기를 내어 말했다. 그리고 아이들은 미래를 좀 더 쉽게 보려고 몸을 뒤틀었다. "세월이 흘러갔어. 자, 런던 기차역에 내리는 나이를 알 수 없는 이 아름다운 숙녀가 누구지?"

"오, 웬디, 그녀가 누구야?" 마치 자신은 모르는 것처럼 흥분하여 닙즈가 소리쳤다.

"누굴까—그래—아니—그 숙녀는—아름다운 웬디야!"

"오!"

"그리고 그녀와 함께 있는 풍채 좋은 신사 두 사람은 누구지? 그들은 모두 이제 어른이 다 되었네. 그들이 존과 마이클인가? 그러네!"

"오!"

"자, 동생들아." 웬디는 위쪽을 가리키며 말했다. "창문이 아직도 열려 있어. 아! 이제 우리는 엄마의 사랑을 굳게 믿었던 것에 대한 보상을 받았구나!"

"그렇게 그들은 엄마와 아빠에게로 날아갔지. 그리고 그들이 행복했던 장면을 글로는 쓸 수가 없어. 자, 이제 그 장면에서 커튼을 내리자."

이야기는 그렇게 끝났다.

아이들은 그 이야기를 들려준 웬디만큼이나 그 이야기에 즐거워했다. 여러분도 알다시피, 모든 것은 제자리로 돌아와야 하는 법이다. 자, 이제 세상에서 가장 인정머리 없는 사람들이 말을 하듯 잠시 다른 이야기를 해야겠다. 아이들도 그렇게 말한다. 그럼에도 여전히 아이들은 매력적이다. 비난받기보다는 오히려 환영받을 것이라고 자신하고, 우리가 지금까지 했던 이야기는 잠시 접어두고, 더 중요하다 싶은 내용으로 화제를 바꾸어 말하겠다.

어머니의 사랑에 대한 그들의 신념은 너무나 대단하여, 그들은 조금 더 어머니에 대한 사랑이야기를 했더라도 담담했을 것이다. 그들보다 어머니의 사랑을 더 잘 알고 있는 한 사람이 그곳에 있었다. 웬디가 이야기를 마치자, 피터는 공허한 신음 소리를 냈다.

"왜 그래, 피터?" 웬디는 놀라서 소리치며 피터가 병이 났다고 생각하여 그에게로 달려갔다. 그녀는 그의 가슴보다 아래쪽을 조심스레 만졌다. "피터, 어디가 아픈 거야?"

"어디가 아픈 게 아니야." 피터는 어두운 목소리로 대답했다. "그러면 어떻게 아픈데?"

"웬디, 너는 엄마들을 잘못 알고 있어."

피터가 너무나 흥분해 있어서 아이들은 놀라서 피터 주위에 몰려들었다. 아주 솔직하게 피터는 지금까지 숨겨온 사실을 그들에게 이야기했다. "오래전 나도 너희들과 같이 나의 엄마가 창문을 열어놓고 나를 기다린다고 생각했다. 그래서 나는 달이 뜨고 지고 뜨고 지고 할 때까지 집을 떠나 돌아다니다가 어느 날 다시 집으로 날아서 돌아갔다. 그러나

나의 집 창문은 빗장으로 잠겨 있었고, 엄마는 나를 완전히 잊고 있었다. 그리고 나의 침대에는 낯선 작은 아이가 잠자고 있었다."

나는 피터의 이 말이 사실인지 모르겠다. 그러나 피터는 그것이 사실이라고 믿었고, 그 사실이 아이들을 놀라게 했다.

"엄마들이 다 똑같을까?"

"그래, 똑같아."

그렇게 피터의 이야기는 아이들에게 엄마들에 관한 진실이 되었다. 바보들! 아직은 조심하는 것이 좋다. 언제 포기해야 하는지를 아이들만큼 빨리 아는 사람은 없다.

"웬디, 우리 집에 가자." 존과 마이클이 동시에 소리쳤다.

"그러자." 웬디는 두 아이를 움켜잡고 말했다.

"오늘 밤은 아니지?" 나머지 아이들은 당황해서 말했다. 그들은 마음속 깊이 엄마가 없어도 잘 살 수 있을 것이라는 걸 알았다. 그럴 수 없다고 생각하는 사람들은 단지 엄마들뿐이다.

"지금 당장 가자." 무서운 생각이 들어서, 웬디가 단호히 말했다. "아마도 엄마는 지금쯤 우리가 이미 죽었다고 생각하여 우리가 돌아올 걸 단념하고 창문을 닫아놓았을지도 몰라." 웬디는 이런 두려운 생각이 들어서 피터의 감정은 생각지도 않게 되었다. 그녀는 그에게 다소 퉁명스럽게 말했다. "피터, 우리가 돌아갈 준비를 해줄 수 있어?"

"원한다면." 피터는 마치 땅콩 그릇을 넘겨주듯 무심히 말했다. 두 사람 사이에 섭섭하다는 작별인사도 없이! 웬디가 그와 헤어지는 것에 대해 무심하다면, 피터도 웬디에게 그렇게 대해야 했다. 피터가 그랬나? 그랬다. 그러나 피터는 많은 배려를 했다. 그는 어른들에게 매우 화가 났다. 늘 어른들이 모든 것을 망쳐놓는다.

그는 땅 위로 올라가기 위하여 자신의 나무 속에 들어가자마자, 1초에 다섯 번의 비율로 빨리 그리고 짧은 숨을 의도적으로 여러 번 쉬었다. 네버랜드 속담에 아이들이 숨을 쉴 때마다 어른들 한 명이 죽는다는 말이 있다. 그래서 그는 그렇게 했다. 피터는 복수심에 불타서 가능한 빨리 어른들을 다 죽이고 싶었다.

인디언들에게 필요한 지시를 내리고, 피터는 땅속 집으로 다시 돌아왔다. 그가 집을 비우는 동안 못된 장면이 연출되었다. 웬디를 잃게 된다는 생각에 공포에 휩싸인 집 잃은 아이들은 위협적으로 그녀에게 다가갔다.

"웬디가 오기 전보다 상황이 더 나빠졌다." 아이들이 소리쳤다.

"웬디를 보내지 말자."

"죄수로 잡아두자."

"좋아, 사슬로 묶자."

극한 상황에서 본능적으로 웬디는 그들 가운데 한 사람에게 돌아서서 말했다. "투틀즈, 나 좀 구해줘."

이상하지 않은가? 웬디는 가장 어리석은 자에게 구해달라고 요청했다. 그러나 투틀즈는 용감히 반응했다. 잠시 어리석음을 내려놓고 그는 위엄 있게 말했다. "내가 바로 투틀즈다. 아무도 나를 거들떠보지 않는다. 그러나 웬디에게 영국 신사와 같이 행동하지 않는 첫 사람에게, 나는 피로써 엄하게 다스릴 것이다."

투틀즈는 작은 칼을 뽑아들었다. 그 순간 그는 가장 빛났다. 다른 아이들은 불안하여 뒤로 물러섰다. 그때 피터가 돌아왔다. 그리고 그들은 피터로부터도 아무런 지지를 받지 못할 것을 알았다. 피터는 굳이 싫다는 웬디를 네버랜드에 잡아두려 하지 않을 것이다.

“웬디.” 피터는 방을 위와 아래로 걸으며 말했다. “비행하려면 매우 피곤할 테니까, 인디언들에게 숲을 통과할 때까지만이라도 너를 안내하라고 부탁했다.”

“고마워, 피터.”

“자, 그러면.” 피터는 복종을 요구하는 짧고 빠른 목소리로 말했다. “팅커 벨이 바다를 건널 때까지 너를 안내할 거다. 팅크를 깨워라, 닙즈.”

닙즈는 팅크로부터 대답을 듣기 전에 두 번 노크를 해야 했다. 사실 팅크는 침대에 앉아서 오랫동안 바깥에서 하는 말을 듣고 있었다.

“누구야? 네가 왜? 꺼져.” 팅크가 소리쳤다.

“일어나, 팅크, 피터가 너에게 웬디와 함께 여행 다녀오래.” 닙즈가 말했다. 물론 팅크는 웬디가 사라져버린다는 것을 듣고 기뻤다. 그러나 그녀가 웬디의 안내인이 되지는 않겠다고 굳게 결심했다. 그래서 좀 더 심한 말을 하고는, 다시 잠이 든 체했다.

“팅크가 싫다고 말한다.” 닙즈는 팅크의 불복에 놀라 소리쳤다.

그러자 피터가 곧장 그 꼬마숙녀 방으로 갔다. “팅크.” 피터는 화가 나서 말했다. “일어나서 빨리 옷을 입지 않으면, 커튼을 열어젖히고 속옷 입은 너를 모두가 보게 할 거야.”

그러자 팅크는 마루 위로 뛰어내렸다. “내가 일어나지 않았다고 누가 말해?” 그녀가 소리쳤다.

웬디가 존과 마이클과 함께 여행할 준비를 마치자, 아이들은 멍하니 웬디를 쳐다보았다. 그들의 마음은 어두워졌다. 그들이 웬디를 잃게 되어서도 그렇지만, 그들이 초대받지 못한 좋은 곳으로 그녀 홀로 간다는 생각 때문이었다. 늘 그랬듯이 새로운 상황을 접하고 그들의 마음이 흔

들렸다. 아이들의 마음을 헤아리고 웬디가 말했다. "애들아, 모두 나와 함께 가고 싶다면, 내 생각에 나의 아빠 엄마가 너희를 모두 입양하실 거야."

그녀의 초대는 특별히 피터를 두고 한 말이었다. 그러나 다른 아이들은 모두 자신을 두고 한 말이라 생각하고 기뻐서 날뛰었다.

"그러나 우리가 좀 많다고 생각하시지 않을까?" 닙즈는 좋아 물었다.

"아, 그렇지 않아." 웬디는 급히 생각해내어 한 마디 더 말했다. "거실에 침대 몇 개 더 놓으면 돼. 그리고 손님들이 불시에 방문하는 매달 첫 번째 목요일에는 침대들을 칸막이 뒤에 숨기면 되지."

"피터, 우리 가도 되니?" 아이들은 애원하듯 소리쳤다. 그들은 자신들이 가면 당연히 피터도 같이 갈 것이라 생각했다. 그러나 사실 그들은 아무도 그에 대하여는 생각하지 않았다. 아이들은 새로운 무엇인가가 나타나기만 하면, 그들은 그들이 가장 소중히 간직하였던 것들을 무참히 버릴 준비가 되어 있다.

"좋아." 피터는 쓴 미소로 대답했다.

즉시 아이들은 자신이 가져갈 것들을 찾으러 움직였다.

"자, 피터." 모든 것을 규칙대로 하는 웬디가 말했다. "가기 전에 먼저 약부터 먹어야지."

웬디는 아이들에게 약 주기를 좋아했다. 그래서 너무 많이 약을 주었다. 그녀가 말하는 약은 호리병에서 쏟은 물이었다. 그녀는 호리병을 흔들어 물방울을 세어 약을 대신했다. 그러나 이번에 그녀는 피터에게 약을 주지 못했다. 웬디가 약을 준비했을 때, 그녀는 그녀의 가슴을 쓰리게 하는 그의 얼굴 표정을 보았다.

"갈 준비를 하자, 피터." 웬디는 호리병을 흔들며 말했다.

"아니." 피터는 무심히 말했다.

"웬디, 나는 너와 가지 않아."

"같이 가자, 피터."

"싫어."

웬디가 떠나가도 그는 아무렇지 않을 것이라는 것을 웬디에게 보여주기 위해, 피터는 무심하게 호각을 불며 방을 깡충깡충 위아래로 뛰어다녔다. 보기에 별로 좋지는 않지만, 그녀는 피터의 뒤를 따라 뛰어다녀야 했다.

"네 엄마를 찾으러 가자." 웬디가 구슬렸다.

그러나 피터는 엄마가 있더라도, 그 엄마를 더 이상 보고 싶지 않았다. 그는 엄마 없이도 지금까지 잘 지냈다. 곰곰이 생각해보니, 그는 엄마에 대한 나쁜 기억만 가지고 있었다. "안 가, 안 가." 피터는 단호히 웬디에게 말했다. "아마도 엄마는 이제 내가 나이가 들었다고 생각하실 거야. 나는 늘 어린 소년으로 남아서 재미있게 놀고 싶어."

"하지만, 피터—"

"싫어."

이제 다른 아이들도 이 사실을 알았다. 피터는 가지 않는다. 피터는 가지 않는다! 아이들은 물끄러미 그를 쳐다보았다. 그들은 막대기에 짐보따리를 매어서 등 너머로 메고 있었다. 처음에 만일 그가 가지 않는다면, 그는 마음이 변하여, 그들도 가지 못하게 할 것이고 그들은 생각했다. 그러나 그는 그럴 사람이 아니다. 그는 어두운 목소리로 말했다. "너희가 너희 엄마들을 찾아서, 너희가 엄마들을 좋아했으면 좋겠다."

이 끔찍하게 비틀어진 말투가 아이들에게 불안한 인상을 남겼다. 아이들 대부분은 의구심이 들기 시작했다. 그러나 마침내 그들의 얼굴 표정은 다음 같았다—그들은 가고 싶어 할 정도로 바보들이 아니냐?

"자, 그러면." 피터가 소리쳤다. "소란 피우지 말고, 울지도 말고, 잘 가, 웬디."

그는 즐겁게 손을 내밀었다. 이제 그들은 가야만 하고, 그는 따로 그가 해야 할 중요한 일이 있는 듯 행동했다. 웬디는 피터와 악수를 해야 했다. 피터가 손 대신에 골무를 원할 것 같지는 않았다.

"그래, 피터, 속옷 갈아입는 것 잊지 말아." 웬디는 머뭇거리며 말했다. 웬디는 늘 속옷 갈아입는 것을 강조했다.

"알았어."

"약도 먹을 거지?"

"그래."

더 이상 할 말이 없어 어색한 침묵이 흘렀다.

피터는 사람들 앞에서 무너질 사람이 아니었다. "준비되었니, 팅커벨?" 피터가 크게 소리쳤다.

"그래, 그래."

"그럼 길을 인도해야지."

팅크는 방에서 가장 가까이 있는 나무를 타고 위로 날아 올라갔다. 그러나 아무도 그녀를 따르지 못했다. 바로 그 순간 인디언들에 대한 해적들의 그 무시무시한 공격이 시작되었다. 조용하기만 했던 지상의 공기가 비명과 쇠 부딪히는 소리로 찢어졌다. 그리고 땅속에서는 죽음과 같은 침묵이 흘렀다. 입들은 열린 채 다물어지지 않았다. 웬디는 쓰러져 무릎을 꿇었다. 그리고 피터를 향하여 두 팔을 뻗었다. 마치 그의 방향으로 바람이 부는 듯 모두들 팔을 들어 그를 향했다. 그들은 침묵으로 자신들을 버리지 말아달라고 그에게 간구하고 있었다. 피터는 자신의 칼을 움켜쥐었다. 그가 생각하기에 그 칼은 그가 해적 바비큐를 죽일 때 사용하였던 것이었다. 그의 눈에는 전투의 불길이 활활 타올랐다.

WENDY'S STORY

제12장

▼

아이들, 해적에게 잡히다

· · · · · · · · · ·

후크가 왜 피터를 증오하는지 우리는 의아해한다. 피터는 아주 작은 소년이다. 피터가 후크의 팔 하나를 악어에게 던져준 것은 사실이다. 이것 때문이냐? 아니면 악어가 집요하게 그를 따라다녀서 사는 것이 불편해서냐? 그러나 그의 무모함과 악의는 그 둘 때문이 아니다. 그 해적 선장을 미치게 만드는 것이 피터에게 있었다. 그것은 피터의 용기도 아니고, 피터의 매력적인 용모도 아니었다. 그런 것이 아니었다. 변죽을 울려보았자 소용이 없다. 우리는 그것이 무엇인지 너무나 잘 알고 있으니, 말해야겠다. 그것은 피터가 뽐내는 잘난 체함이다. 이것이 후크의 신경을 긁었다. 그것이 그의 쇠갈고리를 부들거리며 떨게 했다. 그것이 밤에 그를 곤충과 같이 잠 못 이루게 했다. 피터가 살아 있는 한, 참새 한 마리가 사자 우리 속에 들어와 날아다니며 사자를 괴롭힐 때에 그 사자 우리에 갇혀 있는 사자가 바로 후크였다.

해적들의 기습 공격은 성공적이었다. 파렴치한 후크라도 그런 짓까지 하리라고는 그 누구도 전혀 생각하지 못했다. 인디언들을 기습 공격하는 것은 백인들이 할 짓이 아니었다. 야만적인 전쟁에서 공격하는 쪽은 늘 인디언들이다. 그것은 불문율이다. 인디언들은 종족의 특성상 교활하므로 새벽이 되기 바로 전 기습 공격을 감행한다. 새벽 시간이 되면 백인들의 용기는 모두 빠져나가 바닥 상태라는 것을 인디언들은 너무 잘 알고 있다. 백인들은 인디언들이 공격해 오기 전에 지세가 험악한 외진 높은 곳을 찾아 그곳에 거칠게 방책을 만들어 놓는다. 그리고 방책 아래로는 시내가 흘러야 하는데, 진지가 물가에서 너무 떨어져 있으면 그 진지는 실패작이라 생각한다. 그곳에서 백인들은 인디언들의 공격을 기다린다. 경험 없는 백인들은 자신들의 총을 움켜쥔 채 나뭇가지들 위를 밟고 다니며 소음을 만들어내지만, 경험 많은 백인들은 새벽이 오기 전까지 조용히 잠을 청한다. 어두워 깜깜한 긴 밤 내내 인디언 정찰병들은 뱀과 같이 풀잎 하나 건드리지 않고 풀밭 속을 이리저리 움직이며 다가온다. 잔나무 가지로 위장한 인디언 정찰병들은 두더지가 빠져든 모래처럼 조용히 백인들 뒤로 다가온다.

정찰병들이 멋지게 외로운 코요테 울음소리 흉내 낼 때를 제외하고, 아무 소리도 들리지 않는다. 다른 인디언들이 그 코요테 울음소리에 똑같이 흉내로 화답한다. 인디언들 가운데 몇몇은 울음소리에 영 재간이 없는 진짜 코요테들보다 더 멋진 코요테 울음소리를 낸다. 기온이 내려가는 시간이 다가올수록, 그런 시간을 처음 경험하는 백인은 이 길고 긴 긴장이 끔찍이도 견디기 어렵다. 그러나 훈련된 백인이라면, 끔찍한 코요테 울음소리와 그 보다더 끔찍한 침묵의 시간은 단지 밤이 얼마나 진행되었는지를 알려주는 암시일 뿐이다. 이러한 일은 후크에게도 너무나 잘 알려진 사실이다. 그 사실을 무시한 사람이 있다면 그가 모르고 그랬다하더라도 후크는 그를 용서하지 않았을 것이다.

인디언 피카니니 종족들 역시 묵시적으로 후크가 그 관습을 지킬 것이라 믿었다. 인디언들이 밤에 실행하는 모든 행동은 후크의 행동과 대단히 대조되는 것이었다. 인디언들은 자신들 종족의 전통에 일치하지 않는 행동은 전혀 하지 않는다. 문명인들을 놀라게 하고 절망하게도 만드는 기민한 감각으로, 인디언들은 해적들 가운데 한 사람이 마른 나뭇지 위를 밟는 소리를 듣는 순간부터 해적들이 섬에서 활동을 시작하였음을 알았다. 적군을 속이기 위해 뒤축을 앞쪽으로 향하게 만든 가죽 신발을 신은 인디언 전사들은, 후크가 자신의 군대를 상륙시킨 지점과 피터가 사는 나무 아래 집과의 사이에 놓여 있는 땅 위의 모든 발자국들을 은밀히 검토했다. 인디언들은 발치에 시내가 흐르는 하나뿐인 작은 언덕을 찾아내었다. 그들 생각에 후크는 선택의 여지가 없었다. 그는 이곳에 머물러 새벽이 되기 바로 전까지 기다려야 할 것이다. 거의 악마가 지휘한 전술처럼 모든 것을 계획하고, 인디언들의 중심 부대 전사들은 담요로 자신들을 감싸고, 침착한 태도로 최고의 전사가 아이들이 있는 땅속 집 위쪽에 웅크리고 앉아서, 아이들이 잠시 후 치러야 할 창백한 죽음이 난무하는 냉정한 순간을 기다렸다.

날이 밝아 완전히 잠에서 깨어나면, 그들이 후크에게 가할 유별난 고통들을 꿈꾸고 있었던 이들 자신만만한 원주민들이 오히려 비겁한 후크의 공격을 받았다. 그 대학살을 피해 살아남은 정찰병들이 후에 제공해준 정보에 따르면, 후크는 희미한 여명을 통해 그 솟아오른 땅, 작은 언덕을 보았음이 분명한데도 전혀 멈추지 않았던 것 같다고 했다. 처음부터 끝까지 그는 인디언들로부터 공격당하기를 기다린다는 생각은 그의 꾀 많은 마음에 전혀 들어온 적이 없었던 듯하다. 후크는 밤이 거의 다할 때까지 공격을 미룰 생각도 없었다. 그는 공격하는 전술 말고는 달리 생각이 없었다. 당황한 정찰병들은 모든 전쟁 기술의 대가들이기는 했지만, 후크만 하지는 못했다. 그러니 자신들이 처량하게 코요테 울음소리를 내는 동안, 치명적으로 자신들의 위치를 노출시키며, 절망적으로 후크의 뒤를 따르는 일 이외에 달리할 것이 없었다.

전사 타이거 릴리 주위에 가장 힘센 전사들 열두 명이 모여 있었다. 해적들이 갑자기 그들을 공격해 오는 것을 그들은 전혀 믿을 수 없었다. 그들이 승리하는 꿈을 꾸었던 장면이 그들의 시야에서 사라졌다. 그들은 더 이상 처형장에서 그 어느 해적들에게 고통을 줄 수 없을 것이다. 그들에게 이제는 행복한 사냥터도 없을 것이다. 그들은 그것을 알았다. 그러나 그들은 그의 아버지의 아들들이 그러했듯이 처신했다. 만일 그들이 급히 자리에서 일어났다면, 깨기 어려운 방어 형태로 집결할 시간은 있었다. 그러나 부족의 전통은 이 행동을 그들에게 금지했다. 고귀한 인디언 전사는 백인들이 보는 앞에서 놀라움을 표현하지 말아야 한다는 규범이 있었다. 해적들의 갑작스런 출현이 비록 끔찍하기는 했지만, 그들은 잠시 근육 하나 움직이지 않고 그 자리에 있었다. 적들이 마치 그들의 초대에 응해 온 듯 했다. 전통의 규범을 충실히 따르며, 그들은 자신들의 무기를 집어 들었다. 그리고 대기는 온통 전쟁의 함성으로 찢어졌다. 그러나 싸워 이기기에는 너무 늦었다.

우리가 이곳에서 기록해할 내용은 대학살이 아니라 전투에 대해서이다. 피카니니 인디언 종족의 꽃다운 전사들이 많이 죽었다. 그들은 죽으면서 값없이 죽지는 않았다. 이름이 '마른 늑대'인 그는 해적 앨프 메이슨을 죽였다. 그 해적은 더 이상 카리브 해협을 공포에 몰아넣을 일이 없어졌다. 그리고 흙을 입에 물고 죽은 해적들 가운데는 조지 스커리, 찰스 터리, 그리고 프랑스 알사스 지방 사람 포거티가 있었다. 터리는 인디언의 끔찍한 표범의 손도끼에 찍혀 죽었다. 그를 죽인 인디언은 타이거 릴리와 살아남은 몇 명의 인디언들과 함께 해적들의 포위망을 뚫고 도망했다.

후크가 이번에 취한 기습 공격 전술로 그가 어느 정도 비난받아야 할지는 역사가가 결정할 일이다. 만일 그가 인디언들로부터 침략을 받아야 할 시간까지 언덕 위에서 기다렸다면, 그와 그의 부하들도 무참히 살해되었을 것이다. 그를 판단할 때 이 점도 고려해야 마땅하다. 그가 이때 하지 않은 일이 있었다면, 그가 새로운 방법을 시도할 것이라는 사실을 미리 그의 적들에게 알렸어야 했다. 그러나 그럴 경우, 기습이라는 전술이 제구실을 못 하는 것이 된다. 그리고 그의 계략이 제대로 효과를 발휘하지 못하여, 전술이 아닌 어려운 지경에 이른다. 적어도 우리는 그 전술을 수행했던 그의 잔인성을 미워하기는 하지만, 그런 대담한 전술을 생각해낸 그의 기지와 전술에 경의를 품지 않을 수 없다.

승리의 순간에 이르러 후크가 자신에 대하여 느꼈던 감정은 어땠을까? 그의 부하들은 거친 숨을 몰아쉬면서 자신들의 칼들에서 피를 씻으며, 그들이 그의 감정을 알았다면, 그의 갈고리 팔에서 멀찍이 떨어져, 째진 눈을 통하여 이 놀라운 사람을 째려보았을 것이다. 의기양양함이 그의 가슴에 있었으나, 그는 그의 얼굴에 그것을 드러내지 않았다. 여전히 어둡고 고립된 수수께끼의 인물인 후크는, 그의 부하들로부터 정신만큼이나 육체적으로도 멀리 떨어져 있었다.

야밤 기습 공격은 아직 끝나지 않았다. 후크가 야간 기습에 나선 것은 인디언들 때문이 아니었다. 그의 공격 대상이 된 인디언들은 그가 꿀을 얻기 위해 연기를 피워 날려 보낸 벌들일 뿐이었다. 후크가 피터와 함께 있는 웬디와 그 일당인 인디언들 모두를 공격했지만, 그의 주 공격 대상은 피터 팬이었다. 후크가 왜 피터를 증오하는지 우리는 의아해한다. 피터는 아주 작은 소년이다. 피터가 후크의 팔 하나를 악어에게 던져준 것은 사실이다. 이것 때문이냐? 아니면 악어가 집요하게 그를 따라다녀서 사는 것이 불편해서냐? 그러나 그의 무모함과 악의는 그 둘 때문이 아니다. 그 해적 선장을 미치게 만드는 것이 피터에게 있었다. 그것은 피터의 용기도 아니고, 피터의 매력적인 용모도 아니었다. 그런 것이 아니었다. 변죽을 울려보았자 소용이 없다. 우리는 그것이 무엇인지 너무나 잘 알고 있으니, 말해야겠다. 그것은 피터가 뽐내는 잘난 체함이다. 이것이 후크의 신경을 긁었다. 그것이 그의 쇠갈고리를 부들거리며 떨게 했다. 그것이 밤에 그를 곤충과 같이 잠 못 이루게 했다. 피터가 살아 있는 한, 참새 한 마리가 사자 우리 속에 들어와 날아다니며 사자를 괴롭힐 때에 그 사자 우리에 갇혀 있는 사자가 바로 후크였다.

후크에게 있어서 이제 남아 있는 문제는 어떻게 하면 나무를 타고 아이들이 있는 땅속 집으로 그의 부하들을 내려보내는 가였다. 그는 탐욕스럽게 가장 야윈 부하를 찾아보려고 부하들을 자세히 살펴보았다. 부하들은 불안하여 꼼지락거렸다. 그가 그들을 나무 아래로 쑤셔 넣을 것임을 그들은 의심치 않았다.

그동안 아이들은 땅속 집에서 무엇하고 있었는가? 무기들이 처음 부딪히는 소리를 낼 때, 그들은 입을 크게 벌린 채 팔들을 모두 피터에게 뻗은 석상으로 변했다. 이제 다시 아이들에게로 돌아가 보자. 이제 그들은 입을 다물고, 팔들도 모두 옆구리로 내렸다. 위에서 벌어진 지옥의 전쟁은 일어나고 얼마 지나지 않아 갑자기 거의 끝났다. 광풍과 같이 전쟁이 끝나고, 그들의 운명도 결정되었다는 것을 그들은 알았다. 어느 편이 이겼는가? 나무들 입구에서 열심히 귀 기울였던 해적들은 아이들이 모두 같은 질문을 던지는 것을 들었다. 아, 그러면 안 되는데, 해적들은 또한 피터의 대답을 듣고 들었다.

피터가 대답했다. "인디언들이 이기면, 그들은 큰 북을 칠 것이다. 북소리는 그들이 보내는 승리의 신호이다."

해적 스미는 인디언의 큰 북 위에 앉아 있었다. 절대 침묵을 명령하고, 스미가 들리지 않게 중얼거렸다. "너희는 북소리를 다시는 듣지 못할 것이다."

그러나 그가 놀랍게도 후크는 스미에게 큰 북을 치라고 신호를 보냈다. 그리고 스미는 천천히 그 끔찍하고 사악한 명령의 뜻을 알아챘다. 이 단순한 사람은 이때만큼 후크를 놀라워했던 때가 없었다. 스미는 두 번 북을 두드렸다. 그리고 북치기를 멈추고 미소 지으며 귀 기울였다. "북소리다, 인디언이 승리했다."라고 피터가 외치는 소리를 악당들은 들었다.

장차 패자의 운명에 놓일 아이들은 환호로 대답했지만, 땅 위에 있는 검은 심장을 가진 해적들에게 그 환호는 음악 소리였다. 거의 즉시 아이들은 모두 피터에게 작별인사 했다. 처음에 아이들의 행동에 해적들은 당황했다. 그러나 그들의 적들이 모두 나무를 타고 위로 올라올 것이라는 사실에 기뻐서 그 기쁨 이외의 모든 다른 감정들은 생각할 여지가 없었다. 그들은 서로 선웃음을 지으며, 그들의 손을 비볐다. 급히 그러나 조용히 후크는 그의 명령을 내렸다. 한 사람씩 나무 하나를 지키고, 나머지는 2야드 떨어져서 일렬로 늘어섰다.

제13장

요정을 믿으세요?

· · · · · · · · · ·

아이들이 요정들을 믿는다면, 팅크 생각에, 그녀가 다시 살아날 수 있을 것 같다고 그녀는 말하고 있었다. 피터는 만세를 불렀다. 주위에 아이들은 없었고, 지금은 밤이었다. 그러나 그는 네버랜드에 대하여 꿈꾸고 있는 잠옷 입은 소년과 소녀들−그들은 여러분이 생각하는 것보다 피터에게 더 가까이 있다−그리고 나무에 걸어놓은 요람에서 잠자고 있는 벌거벗은 젖먹이들에게 말했다. "얘들아, 요정이 있다고 믿지?" 피터가 소리쳤다.

팅크는 기운을 차려 침대에서 일어나 앉아서는 자신의 운명에 귀 기울였다. 팅크는 긍정의 대답들을 들었다고 생각했다. 그러다가는 다시 확신할 수가 없었다.

"네 생각은 어때?" 팅크가 피터에게 물었다.

피터는 보이지 않는 아이들에게 소리쳤다. "요정이 있다고 믿으면, 손뼉을 쳐줄래? 그러면 팅크는 죽지 않을 거야."

많은 아이들이 손뼉을 쳤다. 몇몇 작은 짐승들은 비웃는 소리를 냈다. 그때 수많은 엄마들이 도대체 무슨 일이 있었는지 알아보기 위해 아가들 방으로 달려갔다. 그러자 갑자기 아이들 손뼉 소리가 멈추었다.

그러나 이미 팅크는 살아난 후였다. 팅크의 목소리가 강해졌다. 그녀는 침대를 벗어나, 이전보다 더 즐거워하며 더 버릇없이 방 안을 휘젓고 날아다녔다.

끔찍한 이야기는 빨리 털어버리면 버릴수록 좋다. 자신의 나무를 타고 지상으로 처음 올라온 아이는 컬리였다. 그는 올라오자마자 시코의 팔에 안겼다가, 스미에게 던져지고, 스타키에게 던져지고, 빌 주크스에게 던져졌다. 검은 해적 후크의 발아래 떨어질 때까지, 자신의 나무를 타고 지상으로 올라온 모든 아이들은 올라오자마자 이리저리 던져졌는데, 그들 가운데 몇은 짐짝들과 같이 이 손 저 손으로 던져지다가 공중에 높이 던져지기도 했다. 맨 마지막으로 지상으로 올라온 웬디는 좀 다른 대우를 받았다. 뒤틀려 비비꼬인 정중함으로 후크는 모자를 들어 그녀를 맞았다. 그는 그녀의 팔짱을 끼고, 말 못하게 입에 재갈을 물린 다른 아이들이 있는 곳까지 그녀를 인도했다. 그녀가 매료되어 아무 말 못 할 정도로 그는 멋진 태도로 그녀를 인도했다. 그는 대단히 기품 있게 행동했다. 그녀도 단지 어리석은 어린 소녀일 뿐이었다.

한순간이나마 후크의 정중한 태도에 웬디는 정신이 나가 있었다. 그러나 그 사실을 말해보았자 그 말은 단지 수다에 지나지 않는다. 그러나 웬디가 달리 행동했다. 일들이 다르게 진행되었을 것이다. 단지 그녀의 행동을 있었던 그대로 말하자. 예를 들어 만일 웬디가 오만하게 그가 내민 팔을 거부했다면(우리는 그런 행동을 한 그녀에 대하여 글쓰기를 좋아했을 수 있다), 그녀도 다른 아이들과 마찬가지로 공중으로 던져졌을 것이고, 그러면 후크는 아이들을 끈으로 묶기 위해 아이들이 있는 곳까지 가지도 않았을 것이다. 그가 끈으로 아이들을 묶으려고 아이들이 있는 곳까지 가지 않았다면, 그는 슬라이틀리의 비밀을 발견하지 못했을 것이고, 그 비밀이 밝혀지지 않았다면, 후크는 피터의 생명을 가지고 비열한 짓거리도 하지 않았을 것이다.

아이들이 혹시 하늘로 날아 도망갈까 두려워 후크는 아이들의 무릎을 귀까지 구부려 끈으로 몸 전체를 묶으려 했다. 검은 해적 후크는 끈을 아홉 조각으로 균등하게 잘라 아이들을 차례로 묶어갔다. 슬라이틀리의 차례가 올 때까지 아무런 문제가 없었다. 슬라이틀리를 묶을 때, 그는 마치 짐짝을 빙 둘러 묶는 데 끈 모두를 사용하여 정작 매듭 지을 여분은 남겨놓지 않아 말썽 피우는 짐짝과 같았다. 해적들은 화가 나서, 여러분이 짐짝을 발로 차듯이(여러분은 짐짝이 아니라 끈을 불평하겠지만), 그에게 발길질했다. 이상하게 들리겠지만, 그때 그들에게 폭력을 사용하지 말라고 말린 사람은 후크였다. 그의 입술은 사악한 승리의 미소로 말려 올라갔다. 후크의 부하들은 매번 그 불쌍한 아이를 한쪽으로 묶으려고 하면 다른 쪽이 불거져 나오기 때문에 땀을 뻘뻘 흘리는 것을 보고 있던 후크는 슬라이틀리의 외적 상황을 좀 더 깊이 생각했다. 그는 결과가 아니라 원인을 생각했다. 그의 의기 당당함으로 보건대 그는 그 원인을 알아냈다.

슬라이틀리는 후크가 그의 비밀을 알아낸 것을 알고 입술이 하얗게 되었다. 평균치 아이나 오르내릴 수 있는 나무 속을 그렇게 뚱뚱한 아이가 올라올 수가 없었다. 이제 아이들 가운데 가장 불행한 아이가 된 불쌍한 슬라이틀리는 피터가 자신에게 장차 행할 일을 생각하고 너무 무서워, 그가 행한 일을 깊이 후회했다. 그는 너무나 더워서 물을 미친 듯이 마셔댔다. 그 바람에 결국 지금과 같이 뚱뚱한 몸매를 갖게 되었다. 그는 자신을 그의 나무에 맞추는 대신에, 아무도 모르게, 그의 나무 속을 깎아내어 나무를 자신에게 맞췄다. 이 사실을 알고 난 후, 후크는 이제 피터를 자기의 손안에 놓을 수 있게 되었다는 것을 알았다. 그러나 그의 마음의 심연의 동굴 속에서 만들어진 그 검은 계획에 대하여, 그는 단 한마디 말도 그의 입술에 올리지 않았다. 그는 단지 포로들을 배로 이송하라고 신호를 보내고, 자신은 홀로 남겠다는 신호를 보냈다.

활처럼 둥글게 끈으로 묶여 있는 아이들을 짐짝처럼 언덕 아래로 굴릴 수도 있었다. 그러나 배까지 가는 길의 대부분은 습지였다. 후크는 다시 그의 기지로 그 어려움을 극복했다. 그는 웬디가 살고 있었던 그 작은 집을 아이들의 수송 수단으로 삼았다. 아이들 모두가 그 집 속으로 던져지고, 건장한 네 명의 해적들이 그 집을 그들의 어깨 위에 올려 메었다. 나머지 해적들은 뒤를 따랐다. 끔찍한 해적 노래를 부르며, 그 이상한 행렬이 숲을 통과해 갔다. 아이들 가운데 누군가 울고 있었는지 나는 모른다. 그랬더라도 울음소리는 노랫소리에 파묻혔을 것이다. 그 작은 집이 숲속으로 사라지고, 비록 작지만 용감한 연기가 후크에게 도전하듯 굴뚝으로 빠져나왔다. 후크는 그 연기를 보았다. 그리고 결국 그 연기가 피터에게 해악을 미쳤다. 화난 후크의 가슴속에 남아 있었던 피터에 대한 작은 연민의 물방울마저 그 연기가 말려버렸다.

빨리 깊어지는 밤에 홀로 남은 후크가 처음 했던 일은 슬라이틀리가 빠져나온 나무 쪽으로 조용히 발끝으로 걸어갔던 일이다. 그는 그 나무를 타고 땅속 집으로 들어갈 수 있으리라고 확신했다. 후크는 오랫동안 그 나무 곁에서 생각에 잠겨 있었다. 나쁜 징조가 있으려는지 그의 모자가 잔디 위에 떨어지고, 지나가는 산들바람이 그의 머리카락을 재미 삼아 만지작거렸다. 그의 생각은 어두웠지만, 그의 파란 눈은 파란 제비꽃만큼이나 부드러웠다. 그는 귀 기울여 땅속으로부터 들려 나오는 무슨 소리나 들으려 했다. 그러나 그 아래 세상은 위 세상만큼이나 조용했다. 땅 아래 집은 허공에 뜬 빈집과 같았다. 피터는 자고 있는가, 아니면 슬라이틀리가 올라온 나무 밑에서 그의 손에 단도를 들고 자신이 내려올 때를 기다리고 있는가? 나무를 타고 내려가서 확인하는 것 말고 달리 알아낼 방도가 없었다.

외투가 가볍게 땅에 끌렸지만 후크는 그대로 두었다. 그리고 그는 검은 피가 입술에 맺힐 때까지 그의 입술을 깨물었다. 그는 나무 속으로 들어갔다. 그는 용감한 남자였다. 그러나 그는 잠시 나무 속에서 멈추어, 촛농과 같이 떨어지는 땀을 이마에서 닦아냈다. 그런 다음 조용히 자신을 미지의 세계에 맡기었다. 후크는 아무런 방해도 받지 않고 땅속 방의 환기 구멍 가장자리로 내려왔다. 그는 조용히 서서 잠시 멈추었던 숨을 다시 고르게 쉬었다. 그의 눈이 어둠에 익숙해지자, 나무들 밑에 있는 땅속 방 가구들이 모양을 갖추었다. 그러나 그의 게걸스런 눈빛이 머문 곳은, 그가 오랫동안 찾다가 마침내 발견한 커다란 침대였다. 그 침대 위에 피터가 잠들어 있었다.

지상에서 일어난 비극적 사건을 알지 못하고, 아이들이 떠난 뒤에도 잠시 동안 피터는 계속하여 그의 담배 파이프를 가지고 재미있게 놀고 있었다. 자신은 다른 아이들에게 전혀 관심이 없다는 사실을 자신에게 입증하기 위하여 그가 했던 절망적인 시도였다. 그리고 웬디를 골탕먹이기 위해 약도 먹지 않겠다고 결심했다. 그리고 웬디를 좀 더 화나게 만들기 위해 이불을 덮지 않고 침대 위에 누웠다. 웬디는 늘 아이들이 잠들 때 이불을 덮어주었다. 밤이 깊어지기까지 아이들은 추위를 느끼지 못한다는 사실을 아이들은 모른다고 웬디는 생각했다. 피터는 거의 울 지경이었다. 그러나 만일 그가 우는 대신 웃는다면 그녀가 얼마나 화를 낼까 하는 생각이 들었다. 그래서 거만한 웃음을 터트리고는 웃다가 그사이에 그만 잠에 빠져들었다.

피터는 전에 자주는 아니지만 이따금 꿈을 꾸었다. 그때 그의 꿈들은 다른 보통 아이들이 꾸는 꿈보다 더 고통스런 꿈이었다. 많은 꿈들을 꾸면서 꿈속에서 피터는 슬프게 울었다. 그는 꿈에서 깨어나서 몇 시간이고 이들 꿈에서 벗어날 수가 없었다. 내 생각에 그 꿈들은 그의 인생의 수수께끼들과 관련이 있었다. 그럴 때마다 웬디는 침대에서 피터를 끌어내어 자신의 무릎에 그를 앉히고 그와 함께 앉아 있곤 했다. 그때마다 그녀는 자신만의 방식으로 그를 안정시켜주었다. 그러면 그는 완전히 잠이 깨기 전에 침대로 돌아갈 정도로 안정되었다. 그는 그녀가 그를 얼마나 아이처럼 다뤘는지 몰랐다.

후크가 땅속 방에 들어왔을 피터는 꿈 없는 잠에 빠져 있었다. 침대 가장자리에 한쪽 팔을 떨어뜨리고, 한쪽 다리는 아치 모양으로 세우고, 끝내지 못한 웃음이 그의 입가에 머뭇거리고 있었다. 그의 입은 벌려져 작은 이빨들이 드러나 보였다. 이처럼 무방비 상태로 있는 피터를 후크가 보았다. 후크는 나무 발치에 조용히 서서 방을 가로질러 그의 적인 피터를 바라보았다. 연민의 감정이 그의 어두운 가슴을 스치고 지나갔을까? 그 남자는 완전히 사악하지는 않았다. 그는 꽃들을 사랑했고(나는 그렇다고 들었다) 아름다운 음악을 좋아했다(그는 하프시코드에 전혀 문외한이 아니었다). 솔직히 말하자면, 가끔 전원적인 풍경이 그의 마음을 깊이 흔들었던 때가 있다. 그때 그의 선한 본성이 깨어났다면, 그는 싫었겠지만 나무를 타고 위로 나왔을 수도 있다. 그러나 한 가지가 그를 막았다. 그때 후크를 붙잡은 것은 피터가 잠자면서도 드러내는 그의 뻔뻔한 모습이다. 입은 벌리고, 팔은 늘어뜨리고, 무릎은 아치 모양으로 세웠다. 후크의 예민한 눈으로 보면, 그들 모두 그들의 오만함을 모두 드러내는, 다시는 달리 보여줄 수 없는 오만함의 화신이었다. 그들이 후크의 심장을 강철같이 강하게 만들었다. 만일 그의 분노가 그를 백 개의 조각으로 조각냈더라도 그들 조각들 모두, 앞에서 그들을 막고 있는 무엇이 있든지 상관없이, 잠자는 피터에게로 달려갔을 것이다.

등불에서 나온 불빛이 희미하게 침대를 비추었고, 후크는 어둠 속에 홀로 서 있었다. 후크는 조심스레 한 발자국 앞으로 내밀다가 장애물과 마주했다. 슬라이틀리가 사용하는 나무를 오르내리며 만든 나무문이었다. 문이 문틀에 맞지 않게 작았다. 그는 그 문 너머로 바라보았다. 손잡이를 더듬거려 찾았지만, 손잡이가 너무 아래쪽에 위치하여 그의 손길이 닿지 않자 화가 났다. 머릿속은 혼란스러운데, 피터의 얼굴과 자태가 눈에 띄게 그를 점점 짜증 나게 만들었다. 그는 문을 흔들고는 몸을 던져 열었다. 그의 적인 피터가 후크를 피해 살아남을 수 있을까?

그런데 저게 무엇이지? 후크의 빨간 눈이 쉽게 손을 뻗을 수 있는 선반 위에 놓인 피터의 약을 놓치지 않았다. 그는 그 약의 의미가 무엇인지 바로 생각해보았다. 그리고 그는 잠자는 피터가 이제 자신의 손안에 들어 있음을 즉시 알았다. 후크는 누군가에게 자신이 산 채로 잡혀가는 것이 두려워, 늘 자신을 위해 독약을 가지고 다녔다. 그는 직접 만든 독약을 그가 소유한 모든 반지에 넣어서 가지고 다녔다. 그는 독이 되는 모든 것을 끓여서 무엇인지 알 수 없는 노란 액체로 만들었다. 이 독약은 아마도 현존하는 독약 가운데 가장 치명적인 독성을 지녔을 것이다.

후크는 독약 다섯 방울을 피터의 약이 들어 있는 컵에다 떨어뜨렸다. 그때 후크는 손을 떨었지만, 그것은 미안해서가 아니라 좋아서 그랬다. 후크는 이 짓을 하면서 잠자는 피터를 바라보지 않으려고 했다. 그러나 연민이 그를 마음 약하게 만들까 두려워서가 아니다. 단지 독약을 혹시나 쏟을까 걱정해서였다. 그리고 그는 흡족해하며 그의 희생자를 오래 쳐다보고는, 돌아서서, 나무를 타고 어렵게 지상으로 올라왔다. 지상에 나타난 그는 악의 소굴에서 빠져나온 악의 화신처럼 보였다. 그는 가장 악당처럼 보이는 방식으로 모자를 쓰고, 밤으로부터 자신을 감추려는 듯, 외투 끝자락을 앞으로 잡고 몸에 둘렀다. 그 시간은 밤 가운데 가장 어두운 때였다. 그는 이상한 혼잣말을 중얼거리며 숲속 나무들 사이로 사라져갔다.

후크가 떠나고도 피터는 계속 잠들어 있었다. 불빛이 깜박이다가 사라지자, 방은 어둠 속에 자신을 맡겼다. 그래도 그는 계속해서 잠을 잤다. 악어 시계로 10시가 좀 지나, 알 수 없는 무엇인가에 깨어서, 그는 갑자기 침대에서 일어나 앉았다. 누군가 나무문을 조심스레 가볍게 두드렸다. 가볍고 조심스럽게, 그러나 정적 속에서 그 소리는 불길했다. 피터는 단도를 잡을 때까지 손을 더듬었다. 그리고 그는 말했다. "거기 누구야?"

한동안 대답이 없었다. 그리고 다시 노크 소리가 났다.

"누구야?"

대답이 없다.

피터는 위험에 직면했다. 그는 위험과 마주하는 것을 좋아했다. 두 걸음을 걸어 문에 도달했다. 슬라이틀리 문과 달리 그 문은 문틀에 딱 끼었다. 그래서 그는 문 너머를 볼 수 없었다. 그리고 문 두드리는 사람도 그를 볼 수 없었다.

"누구인지 말하지 않으면 문 열지 않겠다." 피터가 소리쳤다.

그러자 마침내 방문객은 아름다운 방울 소리 같은 목소리로 말했다. "들어가게 해줘, 피터."

팅크였다. 피터는 급히 빗장을 열었다. 그녀는 상기되어 날아서 들어왔다. 그녀의 얼굴은 붉었고 옷은 흙으로 더러웠다.

"무슨 일이니?"

"오, 너는 생각지도 못했겠지." 그녀는 소리치며 세 가지 수수께끼를 냈다.

그러자 피터가 꽥 소리를 질렀다. "빨리 말해."

팅크는 문법에 맞지 않는 문장으로, 마치 마술사가 입에 리본들을 길게 뽑아내듯, 웬디와 아이들이 잡혀간 일에 대해 이야기했다.

팅크의 이야기를 들을 때 피터의 가슴은 올라갔다 내려갔다를 반복했다. 웬디가 밧줄에 묶여 해적선에 잡혀갔다. 모든 것이 깔끔하게 처리되기를 좋아하는 그녀가! 피터는, "내가 웬디를 구해줘야지." 소리치며 무기 쪽으로 달려갔다. 그는 달려가며 웬디를 즐겁게 해주기 위해 그가할 수 있는 일이 무엇인지 생각했다. 그는 약을 먹을 수 있었다. 피터가그 치명적인 독약이 든 컵에 손을 뻗었다.

"안 돼!" 팅커 벨이 비명을 질렀다. 그녀는 후크가 숲을 지나 달려가며 그가 한 행동에 대하여 중얼거리는 말을 들었다.

"왜 안 돼?"

"독이 들었어."

"독이 들었다고? 누가 독을 넣겠어?"

"후크."

"바보 같긴. 어떻게 후크가 여기까지 내려왔겠어?"

안타깝게도, 팅크는 그 점은 설명할 수 없었다. 그녀는 슬라이틀리가 지상으로 오르내리는 나무의 검은 비밀을 알지도 못했다. 그럼에도 그녀가 엿들은, 독을 넣었다는 후크의 말은 의심의 여지가 없었다. 분명 약이 든 컵에 독이 들었다.

"그리고, 나는 잠자지도 않았어." 피터는 자신 있게 말했다.

피터는 컵을 집어 들었다. 이제 말할 시간이 없다. 행동할 시간이다. 번개처럼 빠른 행동으로 팅크는 컵과 피터의 입술 사이에 끼어들어 독약을 찌꺼기까지 마셨다.

"왜 그래, 팅크, 네가 어떻게 내 약을 마실 수 있어?"

그러나 팅크는 대답하지 않았다. 이미 그녀는 공중에서 빙빙 돌고 있었다.

"너 왜 그래?" 피터는 갑자기 두려워 소리쳤다.

"독이 들었어, 피터." 팅크는 그에게 작은 목소리로 말했다. "나는 이제 죽을 거야."

"오, 팅크, 나를 살리려고 마신 거야?"

"그래."

"왜 그랬어, 팅크?"

팅크의 날개는 더 이상 그녀를 공중에 있게 할 수 없었다. 대답 대신에 팅크는 그의 어깨 위에 앉아, 그의 턱을 가볍게 깨물었다. 그녀는 그의 귀에 대고 속삭였다. "바보."

그러고는 비틀거리며 팅크는 자신의 방으로 가서 침대 위에 누웠다. 피터가 고통스러워하는 팅크 곁에 무릎 꿇고 앉았을 때, 그의 머리는 그녀 방의 입구를 거의 가득 채웠다. 매순간 그녀의 빛이 희미해져갔다. 그 빛이 꺼지면 팅크도 죽는다는 사실을 그는 너무나 잘 알고 있었다. 그녀는 그의 눈물을 너무나 좋아하여, 아름다운 손가락을 뻗어 눈물이 그 위를 흐르게 했다.

팅크의 목소리가 너무나 작아서, 처음에 피터는 그녀가 하는 말을 알아듣지 못했다. 그리고 마침내 알아들었다. 아이들이 요정들을 믿는다면, 팅크 생각에, 그녀가 다시 살아날 수 있을 것 같다고 그녀는 말하고 있었다. 피터는 만세를 불렀다. 주위에 아이들은 없었고, 지금은 밤이었다. 그러나 그는 네버랜드에 대하여 꿈꾸고 있는 잠옷 입은 소년과 소녀들─그들은 여러분이 생각하는 것보다 피터에게 더 가까이 있다─그리고 나무에 걸어놓은 요람에서 잠자고 있는 벌거벗은 젖먹이들에게 말했다. "얘들아, 요정이 있다고 믿지?" 피터가 소리쳤다.

팅크는 기운을 차려 침대에서 일어나 앉아서는 자신의 운명에 귀 기울였다. 팅크는 긍정의 대답들을 들었다고 생각했다. 그러다가는 다시 확신할 수가 없었다.

"네 생각은 어때?" 팅크가 피터에게 물었다.

피터는 보이지 않는 아이들에게 소리쳤다. "요정이 있다고 믿으면, 손뼉을 쳐줄래? 그러면 팅크는 죽지 않을 거야."

많은 아이들이 손뼉을 쳤다. 몇몇 작은 짐승들은 비웃는 소리를 냈다. 그때 수많은 엄마들이 도대체 무슨 일이 있었는지 알아보기 위해 아가들 방으로 달려갔다. 그러자 갑자기 아이들 손뼉 소리가 멈추었다.

그러나 이미 팅크는 살아난 후였다. 팅크의 목소리가 강해졌다. 그녀는 침대를 벗어나, 이전보다 더 즐거워하며 더 버릇없이 방 안을 휘젓고 날아다녔다. 그녀는 그녀를 믿어 그녀를 살려준 아이들에게 감사할 것을 생각하지도 않았다. 그녀는 오히려 비웃는 소리를 보낸 짐승들을 공격하고 싶어했을 것이다.

"자, 이제 웬디를 구하러 가자."

피터가 나무를 타고 지상으로 나오자 달이 구름 낀 하늘 위를 떠다니고 있었다. 그는 위험한 모험을 향해 출발할 때, 그의 몸을 무기로 무장하는 것 이외에 아무것도 입지 않았다. 그 밤은 그가 모험할 때 좋아하는 그런 밤이 아니었다. 그는 땅 위로 멀지 않게 날아가며, 지상에서 벌어지는 특이한 점들을 하나도 놓치고 싶지 않았다. 그러나 달빛이 일정치 않은 밤에 낮게 날면, 나무들 사이로 그의 그림자들을 남겨놓고 가야 하므로, 새들을 놀라게 하고, 그가 움직이고 있다는 사실을 적군 경비병이 알 수도 있을 것이다.

피터는 자신이 네버랜드 섬의 새들에게 이상한 이름들을 지어주어, 새들이 그에게 광포하게 굴고 접근하기도 어렵게 만들었다는 사실을 후회했다. 인디언 방식으로 전진하는 것 이외에 다른 방도가 없었다. 다행히 그는 그 방식을 알고 있었다. 그러나 아이들이 어느 방향에 있는 배로 끌려갔는지 알 수 없었다. 가볍게 내린 눈이 모든 발자국을 지워버렸다. 마치 자연이 최근의 대학살에 두려워 떨고 있듯이, 정적이 섬에 스며들었다. 피터는 자신이 타이거 릴리와 팅커 벨로부터 배운 숲속 행진 대처법을 아이들에게 가르쳐주었다. 아이들도 긴박한 순간에 그 대처법을 잊지 않았을 것이라는 사실을 피터는 잘 알고 있었다. 예를 들어 슬라이틀리는 기회가 있으면, 나무껍질을 벗겨 표시를 할 것이고, 컬리는 씨앗을 땅 위에 떨굴 것이고, 웬디는 중요한 장소에 손수건을 남길 것이다. 그러나 그런 증거를 찾으려면 아침까지 기다려야 했다. 그는 기다릴 수가 없었다. 지상 세계가 아이들을 구하라고 그를 불러냈지만, 지상은 그에게 도움을 주지는 못했다. 피터는 다음과 같은 무서운 맹세의 말을 했다. "이번에는 후크이거나 내가 결판을 낼 것이다."

이제 피터는 뱀과 같이 앞으로 기어갔다. 그리고 다시 일어나, 달빛이 춤추는 공간을 가로질러 칼같이 달려갔다. 그의 입술에는 손가락 하나를 얹고, 그의 단도는 언제라도 사용할 준비가 되어 있었다. 피터는 너무나 행복했다.

FLUNG LIKE BALES

제14장
▼
▼

해적선

· · · · · · · · ·

아이들이 너를 좋아한다고, 스미에게 말해야지! 후크는 그 말을 스미에게 해주고 싶었지만, 그 말을 하면 그를 불신하는 말이 되어 너무 잔인해 보였다. 그래서 그는 이 비밀을 마음속에 간직해두기로 했다. 왜 아이들은 스미를 좋아할까? 그는 경찰견이 그러하듯 이 문제를 해결하려 했다. 아이들이 스미를 좋아한다면, 그를 그렇게 만드는 것이 무엇일까? 끔찍한 해답이 갑자기 떠올랐다.

"그의 훌륭한 태도?" 훌륭한 태도가 무엇인지도 모르는 갑판장 스미가 훌륭한 태도를 갖추었다고? 가장 좋은 그것을? 이튼 학교 동아리 팝에 입회하려면, 누구나 자신이 훌륭한 태도를 지녔다는 것을 모른다는 사실을 입증해야 한다는 사실을 후크는 기억했다. 후크는 화가 나서 소리 지르며 그의 쇠갈고리 손을 스미의 머리 위로 치켜들었다. 그러나 내려치지는 못했다. 갑자기 이런 생각이 들었다. "스미가 훌륭한 태도를 지녔기 때문에 내가 그를 갈고리로 긁어댄다면, 나의 그런 행동은 무엇인가?"

"나쁜 태도." 갑자기 비참한 생각이 들어 후크는 힘없이 땀만 흘렸다. 그리고 그는 잘린 꽃처럼 앞으로 쓰러졌다.

해적들 거주지인 강 입구 근처 키즈 개울을 유심히 살펴보던 한 줄기 녹색 빛이 해적선 졸리 로저가 얕은 물속에 있는 것 찾아냈다. 쾌속선인 듯 보이는 쌍돛대 범선은 선체가 모두 더러웠고, 돛대의 모든 대들보들도 뽑혀진 깃털들로 더럽혀진 마당과 같이 끔찍했다. 그 배는 바다의 식인종으로 불려서 경비병을 세울 필요도 없이 그 이름을 듣기만 해도 모두 두려워했다. 그래서 그 배는 거칠 것 없이 험악한 항해를 서슴지 않았다. 배는 밤의 장막에 잠겨 있었다. 그 밤의 장막을 뚫고 그 배로부터 어떤 소리도 해안에 닿을 수 없을 것 같이 어둠은 두터웠다. 그러나 소리라 말하면 소리라 말할 수도 있을 소리가 있기는 했다. 특별하지 않아 안타깝기까지 한 스미의 전매특허라 할, 늘 부지런하고 불평이 없이 일만하는 스미는 배에서 사용하는 재봉틀에 앉아 일하느라 재봉틀 소리를 내고 있었다. 나는 그가 왜 그렇게 불쌍해 보였는지 그 이유를 알 수가 없다. 내 생각에 그는 자신이 불쌍해 보인다는 사실조차 모를 정도로 불쌍하기 때문인 것 같다. 그러나 아무리 강한 사람이라도 스미를 보면 급히 눈길을 돌려야 했다. 많은 여름밤들 가운데 한 번 이상 그는 후크의 눈물샘을 자극하여 그가 눈물을 흘리게 했다. 스미는 다른 때와 마찬가지로 이 사실조차 전혀 알지 못했다.

소름 끼치는 밤에 몇 명의 해적들이 갑판으로 나와 배 날개에 기대어 술을 마시고 있었다. 그리고 또 몇 명은 술통 곁에 편안히 앉아 주사위와 카드놀이를 하고 있었다. 그리고 웬디의 그 작은 집을 운반했던 지친 네 명의 해적들은 뱃바닥에 누워 자고 있었다. 그들은 잠들어서도 혹시 후크가 지나가며 장난삼아 쇠갈고리를 흔들까 두려워, 후크가 미치지 못하게 요령을 부리며 이리저리 뒹굴었다. 그리고 후크는 생각에 잠겨 배 위를 걷고 있었다. 오! 깊이를 알 수 없는 사람이다. 지금은 그의 승리를 축하할 시간이다. 이제 그의 앞길에 피터는 영원히 제거되었고, 다른 소년들 모두는 그의 배에 잡혀 있어 곧 널빤지 위를 걸어 바다 속으로 떨어져 죽을 것이다. 그가 해적 바비큐를 복종시킨 날 이후 오늘이 가장 가혹한 행동을 할 날이 될 것이다. 우리는 인간이 얼마나 허영덩어리인지 알고 있다. 자신의 성공에 한껏 마음이 부풀어서 정신없이 배 위를 걷는 후크를 보고, 우리가 놀라야 하겠는가? 그러나 그의 걸음걸이는 들떠 있는 모습이 아니었다. 그는 대단히 침울해했고, 그의 발걸음은 그의 어두운 마음을 그대로 반영했다.

후크는 조용한 밤이면 자주 배 위에서 홀로 자신과 대화하곤 했다. 그때 그는 너무나 외로워했다. 이 알 수 없는 사람은 지렁이 같은 그의 부하들 주위에 둘러싸여 있을 때보다 더 외로움을 느낄 때가 없었다. 부하들은 그보다 사회계층이 낮은 부류였다. 후크는 진짜 이름이 아니다. 그가 진정 누구인가를 밝혀내는 일은 이 시점에서조차 온 나라를 불질러대는 일이다. 행간을 읽은 사람이라면 추측했겠지만, 그는 유명한 사립학교 이튼 칼리지를 나왔다. 그 학교의 전통이 대단히 중요시 여기는 옷과 같이, 그 학교의 전통이 아직도 그를 사로잡고 있었다. 그가 그 배를 포획했을 때 입었던 옷을 아직도 똑같이 입고 배 위에 있다는 사실이 그를 불쾌하게 했다. 그는 아직도 그 학교의 전통에 따라 몸을 수그린 자세로 걸음을 걸었다. 무엇보다도 그는 훌륭한 태도를 보여야 한다는 일에 대단한 열정을 갖고 있었다.

훌륭한 태도! 아무리 그가 타락했을지라도 그는 훌륭한 태도가 매우 중요하다는 사실쯤은 아직도 잊지 않고 있었다. 자신의 마음 저 아래로부터 그는 녹슨 문에서 나는 것과 같은 삐걱 소리를 들었다, 그리고 그 문을 통해 잠들 수 없게 만드는 밤에 들리는 망치 소리와 같이, 듣지 않을 수 없이 두드리는 질문의 소리가 계속 들렸다. 그 소리는 끝임없이 지속되는 질문이었다.

"오늘 당신은 훌륭한 태도를 보였습니까?"

"명성, 명성, 반짝이지만 겉만 번지르르한 값싼 획득물, 그 명성이 나의 것이어야 한다." 그는 소리쳤다.

"언제나 유별난 태도가 훌륭한 태도인가?"라고 그의 학교로부터의 흘러나오는 질문의 소리가 있었다.

"나는 해적 바비큐가 두려워한 유일한 사람이다." 그는 대꾸했다. "그리고 플린트조차 바비큐를 두려워했다."

"바비큐와 플린트라?ㅡ그들이 어느 기숙사 소속인데?"라고 비꼬는 반박이 있었다. 무엇보다도 그의 마음을 가장 흔드는 생각은, 훌륭한 태도에 대하여 생각하는 것이 좋지 않은 태도는 아닌가 하는 것이었다. 이와 같은 문제가 그를 기운 빠지게 했다. 그의 쇠갈고리보다 그의 내부에 있는 갈고리가 더 날카로웠다. 내부의 갈고리가 그를 찢자, 땀방울이 그의 노란 얼굴 위로 떨어져 그의 상의에 자국을 남겼다. 자주 그는 옷자락으로 그의 얼굴을 닦았지만 흐르는 땀을 막을 길은 없었다.

아! 후크를 부러워하지 마라. 그는 갑자기 자신이 죽을지도 모른다는 생각이 들었다. 피터의 저주가 배에 승선한 듯했다. 후크는 자신의 마지막 말을 하고 싶다는 끔찍한 생각이 들었다. 그럴 기회가 없을까 두려웠다.

"야심이 좀 덜했다면, 후크는 더 좋았을 것이다." 그는 소리쳤다. 가장 힘겨운 순간에 그는 자신을 제삼자에게 말하듯 했다.

"꼬마들이 나를 좋아하지 않는다." 후크가 이런 생각을 한 것은 이상했다. 전에 그는 이런 문제로 고민하지 않았다. 아마도 재봉틀이 그의 마음을 흔들었을 것이다. 모든 아이들이 자신을 무서워한다고 생각하며, 침착하게 재봉질을 하고 있는 스미를 쳐다보며 후크는 오랫동안 자신에게 중얼거렸다. 아이들이 스미를 두려워한다고! 스미를 두려워해! 그날 밤 배에 탄 아이들치고 그를 사랑하지 않는 아이는 아무도 없었다. 스미는 아이들에게 무서운 말을 했고, 아이들을 주먹으로 때릴 수 없어 손바닥으로 때렸다. 아이들은 그를 좋아했다. 마이클은 그의 안경을 쓰려고 하기까지 했다.

아이들이 너를 좋아한다고, 스미에게 말해야지! 후크는 그 말을 스미에게 해주고 싶었지만, 그 말을 하면 그를 불신하는 말이 되어 너무 잔인해 보였다. 그래서 그는 이 비밀을 마음속에 간직해두기로 했다. 왜 아이들은 스미를 좋아할까? 그는 경찰견이 그러하듯 이 문제를 해결하려 했다. 아이들이 스미를 좋아한다면, 그를 그렇게 만드는 것이 무엇일까? 끔찍한 해답이 갑자기 떠올랐다.

"그의 훌륭한 태도?" 훌륭한 태도가 무엇인지도 모르는 갑판장 스미가 훌륭한 태도를 갖추었다고? 가장 좋은 그것을? 이튼 학교 동아리 팝에 입회하려면, 누구나 자신이 훌륭한 태도를 지녔다는 것을 모른다는 사실을 입증해야 한다는 사실을 후크는 기억했다. 후크는 화가 나서 소리 지르며 그의 쇠갈고리 손을 스미의 머리 위로 치켜들었다. 그러나 내려치지는 못했다. 갑자기 이런 생각이 들었다. "스미가 훌륭한 태도를 지녔기 때문에 내가 그를 갈고리로 긁어댄다면, 나의 그런 행동은 무엇인가?"

"나쁜 태도." 갑자기 비참한 생각이 들어 후크는 힘없이 땀만 흘렸다. 그리고 그는 잘린 꽃처럼 앞으로 쓰러졌다.

한동안 후크가 보이지 않자 곧 그의 부하들의 군기가 빠졌다. 부하들이 술 취해 춤추기 시작하자, 후크는 갑자기 정신이 들어 벌떡 일어났다. 양동이 가득 물세례를 받은 사람처럼, 그는 자신의 허약한 인간 모습을 모두 지웠다.

"조용히 해, 이 멍청이들아, 입들을 모두 봉인해버릴 거야." 그가 소리치자, 곧 조용해졌다. "애들이 도망가지 않게 잘 붙잡아 매두었겠지?"

"그럼요, 그럼요."

"그래, 그러면 애들 모두를 뱃전으로 끌고 와."

웬디를 제외하고, 가엾은 죄수들 모두 배 창고에서 끌려나와 후크 앞에 일렬로 섰다. 잠시 후크는 아이들이 자신의 앞에 있다는 사실을 잊은 듯했다. 그는 아무 생각 없이 거닐며, 가락이 없지 않은 콧소리로 드문드문 조잡한 노래를 부르고, 카드들을 만지작거렸다. 가끔 그가 입에 문 담뱃불 빛이 그의 얼굴에 색깔을 입혔다.

"자, 그러면, 악당들, 너희 여섯 명 모두는 오늘 밤 널판 위를 끝까지 걸어 바다에 빠져 죽을 것이다. 그러나 선실 심부름할 두 명은 빼야겠다. 너희들 누가 그 자리를 차지할래?" 그는 가볍게 말했다.

배 창고에 있을 때 웬디는 그들에게 불필요하게 후크를 자극하지 말라고 지시를 내렸다. 그래서 투틀즈가 정중히 앞으로 나왔다. 투틀즈는 그런 사람 밑에서 일하는 것은 생각조차 하기 싫었다. 그는 본능적으로, 차라리 이 자리에 없는 사람에게 책임을 전가하는 일이 현명하다고 생각했다. 그는 다소 어리석기는 했지만, 어머니들이 늘 책임지는 역할을 맡는다는 것을 알았다. 그리고 아이들은 어머니들이 늘 책임지려고 행동하는 것을 싫어하지만, 그러한 상황에 있게 되면 그들은 늘 어머니들을 그러한 일에 이용했다.

투틀즈는 겸손하게 설명했다. "자, 대장, 내가 해적이 되는 것을 어머니가 좋아하시지 않으시리라는 걸 나는 잘 압니다. 슬라이틀리, 네 어머니도 네가 해적 되는 것을 좋아하실까?" 투틀즈는 슬라이틀리에게 눈을 찡긋하고 슬픈 목소리로 말했다. "그렇지 않을걸." 또다시 그는 반대 의견이 나오기를 기대하는 듯이 말했다. "쌍둥이들, 너희 어머니도 너희가 해적 되는 것 좋아하실까?"

"그렇지 않으실걸." 하고 누구보다 영리한 첫째 쌍둥이가 말했다.

"닙스, 네 엄마는−?"

"수다는 그만." 후크가 소리쳤다. 그리고 그는 말을 꺼낸 사람들 모두를 뒤로 세웠다.

후크는 존에게 말했다. "너 거기, 너는 좀 용기가 있어 보이는데. 너, 해적 되고 싶은 때가 없었어?"

존은 수학 문제를 풀다가 너무 어려워 차라리 해적이 되고 싶다는 생각을 했던 적이 자주 있었다. 존은 후크가 자기를 선택하자 놀랐다.

"나는 한때 붉은−손−적이라고 나 자신을 부르고 싶은 때가 있었어."

존은 자신 없이 말했다.

"멋진 이름이군. 자, 골목대장, 해적이 되면, 내가 너를 그렇게 부르지."

"마이클, 너는 어떻게 생각해?" 존이 물었다.

"내가 해적이 되면 뭐라고 불리길 원하는지 묻는 거야?" 마이클이 물었다.

"그래, 너를 검은-수염-조라고 부를까?" 존이 말했다.

마이클은 그 이름이 마음에 들어 말했다. "존, 너 진짜 해적이 되고 싶어?"

마이클은 존이 결정해주기를 원했고, 존은 마이클이 결정해주기를 원했다.

"해적이 되면, 왕의 충실한 부하도 되는 거야?" 존이 후크에게 물었다.

후크의 이빨 사이로 그 대답이 나왔다. "그래, 너는 그 빌어먹을 왕을 두고 맹세해야 한다."

존은 지금까지 그가 옳게 행동하지 않았다는 것을 갑자기 깨닫고는 정신이 활짝 들었다. 존은 후크 앞에 있는 술통을 세게 발로 차며 소리쳤다. "나는 해적 안 할래."

마이클도 소리쳤다. "나도 안 할래."

"영국이여, 영원하라!" 컬리가 크게 소리쳤다.

화가 난 해적들이 세 아이들의 입을 세게 때렸다. 그리고 후크는 화가 나서 말했다. "너희 운명은 결정되었다. 애들 엄마를 끌고 와라. 그리고 널빤지도 준비해라."

그들은 단지 어린 소년들이었다. 그들은 주크스와 시코가 죽음의 널빤지를 준비하는 것을 보고 얼굴이 하얗게 질렸다. 그러나 웬디가 끌려 나오자, 그들은 용감해 보이려고 노력했다. 웬디가 얼마나 이들 해적들을 경멸했는지를 나는 한마디도 하지 않겠다. 소년들에게는 해적이라는 직업이 어느 정도 멋있어 보일지 모르지만, 웬디가 보기에, 해적의 배는 수년 동안 청소 한번 하지 않아 더러웠다. 손가락으로 '나쁜 돼지 새끼'라고 쓸 수조차 없이 더러워진 유리창은 열 수 없어 공기를 배출할 수도 없었다. 그녀는 몰래 그 말을 여러 번 창에 써보았다. 소년들이 그녀의 주위에 모이자, 그녀는 그들 말고 다른 생각은 하지 않았다.

"자, 예쁜이." 후크는 웬디에게 달콤한 어투로 말했다. "너는 네 아이들이 널빤지 위를 걸어가다가 끝에 가서 바다로 떨어져 죽는 꼴을 볼 거다."

후크는 멋진 신사이기는 했지만, 너무 이야기에 취해 있다 보니, 그의 상의 칼라가 엉망으로 구겨졌다. 갑자기 후크는 웬디가 그의 상의 칼라의 주름들을 보는 것을 보았다. 서둘러 후크는 감추려 했지만, 이미 때는 늦었다. 웬디는 후크를 거의 기절시킬 정도의 놀라운 경멸의 표정을 지으며 물었다. "아이들을 죽일 작정인가요?"

후크가 빈정거리듯 말했다. "죽어야지." 후크는 흡족하여 큰 소리로 말했다. "모두들 조용히, 어머니가 마지막으로 아이들에게 한말씀 하신단다."

이 순간 웬디는 엄숙해져서 힘주어 말했다. "사랑하는 아이들아, 이것이 나의 마지막 말이다. 나는 너희들의 진짜 엄마가 말하듯이 말하겠다. 내가 하고 싶은 말은 이것이다. 우리 어머니들은 우리 아들들이 진정한 영국 신사와 같이 죽어주기를 바란다."

해적들조차 웬디의 말에 감동했다.

투틀즈는 몸부림치며 말했다. "나는 엄마가 바라는 대로 행동할 거야. 닙스 너는 어때?"

"나도 엄마가 바라는 대로 할 거야. 너는 어때, 쌍둥이?"

"나도 엄마가 바라는 대로 할 거야. 존 너는 어때-?"

그때 후크가 다시 아이들의 말에 끼어들었다. "웬디를 밧줄로 돛대에 묶어라."

웬디를 돛대에 묶은 사람은 스미였다. 그는 속삭이듯 말했다. "자, 이리 와라, 아가야. 만일 네가 나의 어머니가 되어주겠다고 약속하면, 내가 너를 구해주마."

그러나 웬디는 스미에게 그러한 약속을 하고 싶지 않았다. 그녀는 경멸하듯 말했다. "내게 아이들이 없었다면 마음이 더 편했을 것이다."

스미가 웬디를 돛대에 묶을 때, 소년들 그 누구도 그녀를 바라보지 않았다. 그 사실을 아는 일이 슬프다. 그들 모두의 눈은 단지 자신들이 당하게 될 널빤지만 향해 있었다. 그들은 그 널빤지 위로 마지막 발걸음을 옮겨야 할 것이다. 그들은 자신들이 그 널빤지 위를 남자답게 걸을 수 있을지 자신할 수 없었다. 그들은 생각할 힘도 없었다. 그들은 단지 바라보고 몸을 떨 뿐이었다.

후크는 이를 꽉 물고 미소 지으며, 웬디를 향하여 발걸음을 옮겼다. 그는 그녀의 얼굴을 돌려, 아이들이 한 명씩 널빤지 위를 걷는 것을 보여주고 싶었다. 그러나 그는 웬디에게 가지 못했다. 그는 그가 듣고 싶어하는 그녀의 신음 소리 대신에 다른 소리를 들었다. 그것은 그가 무서워하는 악어가 내는 시계 소리였다. 모두가 그 소리를 들었다. 해적들, 아이들, 웬디 모두가 들었다. 모두 빠르게 한 방향만 바라보았다. 모두들 악어의 시계 소리가 나는 물이 있는 곳이 아니라, 후크를 바라보았다. 앞으로 일어날 사건은 단지 후크에게만 해당된다는 사실을 그들 모두 알고 있었다. 이제 그들은 갑자기 배우에서 관객의 입장이 되었다. 후크에게 일어난 변화는 보기에도 끔찍했다. 그의 모든 관절들이 다 굳어버린 듯했다. 그는 작은 짐 꾸러미와 같이 푹 쓰러졌다.

악어의 시계 소리가 점점 가까워지자 끔찍한 생각이 들었다. 아! 악어가 배 위로 올라오고 있다! 그때 후크의 쇠갈고리는 무기력하게 그의 팔에 걸려 있었다. 그 쇠갈고리는 자신이 본디 공격용으로 만들어진 것이 아니라는 사실을 스스로 아는 듯이 보였다. 후크가 아닌 다른 사람이었다면 두려움에 떨며, 그가 쓰러진 곳에 눈을 감고 가만히 홀로 누워 있었을 것이다. 그러나 그러한 와중에도 후크의 남다른 두뇌는 계속 작동했다. 두뇌가 인도하는 대로, 그가 갈 수 있는 한 그 소리로부터 멀리 떨어지려고, 그는 두 무릎으로 기어갔다. 해적들은 놀라서 그를 위해 길을 내주었다. 그는 배 날개까지 기어가서 기대어 앉아서 목쉰 소리로 말했다. "나를 숨겨라."

부하들이 그를 둘러쌌다. 그리고 그들은 배 위로 올라오는 악어 시계 소리 반대 방향으로 모두 눈을 돌렸다. 그들은 악어와 싸울 생각이 없었다. 그것은 후크의 운명이었다.

후크가 부하들 사이에 숨자, 호기심이 발동하여 아이들은 사지를 움직였다. 그들은 배 위로 올라오는 악어를 보기 위해 뱃전으로 달려갔다. 그리고 그들은 지금까지 경험한 밤의 모험들 가운데, 가장 특별한 밤에 벌어진 가장 이상하고 놀라운 경험을 했다. 그들을 도우러 온 것은 악어가 아니었다. 그것은 피터였다. 피터는 해적들이 의심할지 모르니 환호의 소리를 내지 말라고 손짓을 했다. 그리고 그는 계속하여 시계 소리를 냈다.

MOCK OR THE THISTLE.

제15장

결전의 순간, 승자는 후크냐 피터냐?

· · · · · · · · · ·

　후크는 마지막으로 승리 하나를 챙겼다. 내 생각에, 우리
는 그에게서 그것까지 빼앗을 수는 없었다. 후크는 배 날개
위에 서서, 하늘을 날아 미끄러져 다가오는 피터를 그의 어
깨 너머로 보고는, 피터에게 그의 발을 사용하여 자신을 바
다로 떨구어달라는 몸짓을 했다. 피터는 그의 요구를 따라,
칼로 찌르는 대신 그를 걷어찼다. 마침내 후크는 자신이 원
했던 소원을 이뤘다.

우리는 살아가면서, 그런 일들이 일어나리라
고 한순간도 생각해보지 않거나 상상조차 해보지 않았던 일을 경험할
때가 있다. 그 예 하나가 여기 있다. 얼마나 오랫동안 그랬는지, 아니 30
분 동안 나의 한쪽 귀가 들리지 않고 있다는 사실을 내가 갑자기 알았다
고 하자. 그날 밤 피터가 그런 경험을 했다.

우리가 그를 마지막으로 보았을 때 피터는 모두에게 조용하라는 표시
로 손가락 하나를 입술에 대고, 언제라도 사용할 수 있는 단도를 다른
손에 쥐고 조용히 섬을 가로질러 가고 있었다. 그러다가 피터는 악어가
지나가는 것을 보았다. 처음에 그는 악어에게서 특별히 달라진 점이 없
다고 생각했다. 그러나 조금 지나 생각하니, 악어가 시계 소리를 내지
않고 있었다. 처음에 그는 자신의 귀가 잘못되었다 생각했다. 그리고
조금 지나 그의 귀가 문제가 아니라, 악어가 삼킨 후크 손목시계의 태엽
이 다 풀렸다는 사실을 피터는 생각해냈다.

친한 친구처럼 늘 함께했던 시계 소리를 잃고 슬퍼하는 악어의 감정
에 대해서는 전혀 생각하지도 않고, 피터는 악어의 불행을 이용하기로

마음먹었다. 그는 자신이 직접 시계 소리를 내기로 결심했다. 그가 시계 소리를 내면, 숲속 야생동물들은 자신을 악어라고 생각하여 그들로부터 아무 방해도 받지 않고 숲길을 갈 수 있겠다고, 피터는 생각했다. 그는 멋지게 시계 소리를 냈다. 그러나 예상치 못했던 결과가 발생했다. 그 소리를 들은 동물들 가운데 악어가 있었다. 악어가 잃어버린 시계 소리를 다시 되찾으려는 의도인지, 아니면 그가 시계 소리를 다시 되찾았다는 믿음을 갖고 피터를 친구로 생각하고 그러는지 확실히 알 수는 없으나, 악어는 시계 소리 내는 피터를 따라왔다. 한 가지 고정된 생각에 사로잡힌 노예와 같이, 그때 그 악어는 멍청한 짐승이었다.

그러나 피터는 무사히 숲을 지나 해안에 다다라 곧장 해적선을 향해 갔다. 그의 두 다리는 그가 물에 들어가고 있다는 사실을 모르는 듯이 물속으로 들어갔다. 많은 동물들이 땅과 물을 구분 못 하고 둘 사이를 오간다. 그러나 내가 알고 있는 한, 인간은 동물과 같지 않다. 피터는 물속에서 수영하면서 단지 한 가지 생각만 했다. "후크가 이기든 내가 이기든 이번에 끝장내자."

그는 매우 오랫동안 시계 소리를 내고 있어서, 자신이 시계 소리를 내고 있다는 사실조차 몰랐다. 알았다면 그는 아마도 시계 소리를 멈추었을 수도 있다. 후에 보면 알게 되겠지만, 시계 소리 내는 것은 멋진 생각이었다. 그러나 그때 피터는 시계 소리의 도움으로 해적선에 오를 것까지는 생각하지 못했다. 반대로 피터는 생쥐와 같이 조용히 배의 측면으로 올라가려고 생각했었다. 해적들이 그를 피해 웅크리고, 마치 악어 소리를 들은 것처럼 후크가 부하들의 가운데서 기죽어 있는 것을 보고, 피터는 자신이 시계 소리를 내고 있는 사실을 잊고 매우 놀랐다.

악어다! 피터는 악어를 기억하자마자 그가 소리 내는 시계 소리를 들었다. 처음에 그는 그 소리가 악어에게서 난다고 생각하고 그의 뒤를 급히 보았다. 그런 다음 자신이 시계 소리를 내고 있다는 사실을 알았다. 곧 그는 그 상황을 파악했다. "아! 나는 얼마나 영리한가!"라고 생각하면서 피터는 아이들에게 박수쳐 그를 환영하지 말라고 신호를 보냈다.

이때 물류 보급 담당자 에드 테인트가 선원실에서 나와 뱃전을 따라 갑판으로 나왔다. 자, 독자여! 다음의 일이 벌어지는 데 얼마나 시간이 걸렸을지 계산하시라. 무엇이 먼저 일어났는지 순서대로 기록하시라. 먼저 피터가 힘껏 에드 테인트를 손으로 때렸다. 존은 피터에게 맞아 죽어가는 그 불운한 해적의 신음 소리를 막기 위하여, 테인트의 입을 두 손으로 막았다. 그리고 그 해적이 앞으로 떨어지며 내는 소리를 막기 위하여, 네 명의 아이들이 쓰러지는 그를 붙잡았다. 피터가 신호를 보내자, 아이들은 그 시체를 바다로 던져버렸다. 바다에서 물소리가 나고, 다시 조용해졌다. 자, 얼마나 시간이 걸렸습니까?

"한 명!" 슬라이틀리가 계산을 시작했다. 그리고 피터는 온힘을 기울여 까치발을 하고 선실로 사라졌다.

그리고 해적들은 눈을 들어 주변을 둘러볼 용기를 내었다. 그들은 이제 자신들이 내는 고통스런 숨소리를 들을 수 있었다. 그들은 이제 더 이상 그 끔찍한 시계 소리를 듣고 있지 않는다는 증거였다.

"악어가 바다로 들어갔습니다, 선장." 하고 스미가 안경을 닦으며 후크에게 말했다. "이제 다시 다 조용해졌습니다."

천천히 후크는 목 칼라 사이로부터 머리를 들어 유심히 주위를 살폈다. 그는 아직도 시계 소리의 여운을 듣는 듯했다. 그러나 더 이상 소리가 나지 않자, 그는 허리를 곧게 펴고 일어섰다.

"자, 그러면 널빤지 사형놀이를 해볼까." 그는 뻔뻔스럽게 소리쳤다.

두려워 숨어 있다가 바깥으로 나온 자신을, 아이들이 처음부터 끝까지 지켜보았기 때문에, 그는 이전보다 더 아이들을 미워했다.

후크는 다음의 끔찍하고 고약한 노래를 불렀다.

> 야호, 야호, 까불이 널빤지,
> 그 널빤지 따라 걸어서가라
> 널빤지 내려가면, 너도 내려간다.
> 바다 귀신 품으로!

죄수 아이들을 더 무섭게 만들려고, 위엄을 깎이면서까지 후크는 상상의 널빤지 위를 따라 춤추며 갔다. 그는 노래 부르며 아이들에게 무서운 표정을 짓기도 했다. 노래를 끝내고, 그가 소리쳤다. "널빤지 위 걷기 전, 아홉 가닥 채찍 맛 좀 볼래?"

그 말에 아이들은 무릎을 꿇었다. 그리고 "아니, 아니요." 그들이 매우 처량하게 말하자, 해적들은 모두 웃었다.

"주크스, 채찍 가져와." 후크가 말했다. "선실에 있다."

선실! 피터가 선실에 있다! 아이들은 서로 쳐다보았다.

"네, 네." 주크스가 유쾌히 말하며, 선실로 걸어 들어갔다. 아이들의 눈도 그를 따라갔다. 아이들은 후크가 다시 노래를 시작한 것도 몰랐다. 후크의 부하들도 후크와 함께 노래를 불렀다.

> 야호, 야호, 긁어대는 채찍,
> 가닥은 아홉, 아시죠,
> 네 등에 써놓을 것들을─

노래의 마지막 행을 불렀는지 알 수 없다. 갑자기 선실에서 끔찍한 비명 소리가 들리고, 해적들 노랫소리도 멈추었다. 비명은 배를 울리고 사라졌다. 그리고 아이들이 잘 알고 있는 닭 울음소리가 선실로부터 흘러나왔다. 그러나 그 닭 울음소리가 비명보다 더 끔찍했다. 후크가 소리쳤다. "저게 뭐야?"

"두 명." 슬라이틀리가 엄숙히 말했다.

그리고 곧 이탈리아인 시코가 잠시 머뭇거리다가 선실로 활기차게 들어갔다. 그는 얼굴이 해쓱하여 비틀거리며 다시 선실에서 나왔다.

"빌 주크스가 어떻게 되었어, 이놈아?" 후크가 시코를 내려다보며 비난조로 말했다.

"그에게 뭔 일요? 그가 죽었습니다, 칼 맞아 죽었어요." 공허한 목소리로 시코가 말했다.

"빌 주크스가 죽어?" 놀란 해적들이 모두 소리쳤다.

"선실은 탄갱처럼 어두워요." 시코는 웅얼거리며 지껄였다. "무서운 것이 있어요. 웃음소리를 낸 그거요."

아이들은 좋아하고, 해적들은 기죽은 표정을 지었다. 후크는 두 측을 모두 보았다.

"시코, 다시 들어가서 저 닭울음소리 내는 놈 좀 데리고 나와." 후크가 가장 엄한 말로 말했다.

부하들 가운데 가장 용감한 사람이 시코이기는 하지만, 그는 그의 선장 앞에 머리를 조아려 말했다. "싫습니다, 못 갑니다."

후크는 그의 갈고리까지 부르르 떨었다. "시코, 너 가겠다고 말했지?" 후크는 생각에 잠긴 듯 말했다.

그리고 시코는 두 팔을 절망적으로 위로 치켜들며 선실로 들어갔다.

부르던 노래를 더 이상 부르지 않고, 해적들 모두 귀 기울였다. 다시 죽음의 비명 소리가 나고, 이어서 다시 닭 울음소리가 났다.

슬라이틀리를 제외하고 아무도 말하지 않았다. 그가 말했다. "세 명."

후크는 손짓하여 부하들을 불러 모아놓고, 버럭 소리 질렀다. "빌어먹을 멍청한 녀석들, 누가 저 잘난 닭 소리 내는 저놈 잡아 올래?"

"시코가 나올 때까지 기다려보죠." 스타키가 투덜거리며 말하자, 나머지들도 동조했다.

"내 생각에, 스타키, 네가 가보겠다고 말한 것 같은데." 후크가 부르르 떨며 다시 말했다.

"제기랄, 싫습니다." 스타키가 외쳤다.

"나의 갈고리는 네가 자원했다고 생각하는데." 후크는 스타키에게로 가며 말했다. "내 생각에, 스타키, 갈고리를 시험해봤자 좋을 것 없을 것 같은데."

"들어가느니 먼저 목매 죽겠습니다." 스타키는 완강히 버티었다. 그리고 그는 다시 동료들의 지원을 받았다.

"나의 명령에 거부하는 행동을 하겠다고?" 후크는 전보다 좀 더 느슨한 말투로 말했다. "스타키가 주동이겠구먼."

"선장님, 좀 봐주세요." 스타키는 몸을 떨며 눈물을 섞어 말했다.

"자, 스타키, 나와 악수하자고." 후크는 갈고리 손을 내밀며 말했다.

스타키는 도움을 청하려고 주위를 둘러보았지만, 모두 그를 외면했다. 그는 뒷걸음치고 후크는 앞으로 나갔다. 그의 눈에 붉은 불꽃이 튀었다. 절망적인 소리를 지르며 스타키는 대포 위로 올라갔다가 바다로 뛰어들었다.

"넷." 슬라이틀리가 말했다.

"자, 이제 누가 또 나의 명령을 거부할 차례지?" 후크는 정중하게 나머지 해적들에게 물었다. 후크는 등불을 집어 들고, 위협적인 몸짓으로 갈고리 손을 높이 들며, "내가 직접 닭 소리 내는 저놈 데리고 나오겠다." 하고는 직접 선실로 급히 들어갔다.

"다섯." 슬라이틀리는 얼마나 그 말을 하고 싶었는가? 그는 입술에 침을 바르며 그 말을 준비했다.

그러나 후크가 선실로부터 비척거리며 나왔다. 그런 그의 손에는 등불이 없었다. 그는 불안한 목소리로 말했다. "뭔가 등불을 꺼버렸다."

"뭔가!" 하고 멀린즈가 따라서 말했다.

"시코는 어떻게 되었지?" 누들러가 물었다.

"시코도 주크스처럼 죽었다." 후크가 짧게 말했다.

후크 역시 선실로 다시 돌아가기를 꺼려하자, 사태가 다시 악화되었다. 다시 후크를 비난하는 소리가 불거져 나왔다.

해적들은 모두 틈만 나면 미신을 불러낸다. 쿡슨이 외쳤다. "사람들이 말하기를, 배가 저주받은 확신한 표시는 배에 설명할 수 없는 뭔가가 승선해서라고 했다."

멀린즈가 중얼거리며 말했다. "내가 생각하기에, 해적선에 분명 그놈이 타고 있습니다. 선장님, 그놈 꼬리가 있습니까?"

또 다른 해적이 후크를 사악한 눈빛으로 바라보며 말했다. "내가 생각하기에, 배에 탄 그놈은 가장 사악한 모습을 가지고 있을 것이다."

쿡슨이 겁 없이 후크에게 물었다. "선장님, 그놈도 쇠갈고리를 가지고 있습니까?"

그리고 한 사람씩 덩달아 동조의 말을 했다. "우리 배가 저주받았다." 이 말에 아이들은 박수를 치지 않을 수 없었다. 후크는 거의 포로들을 잊고 있었다. 그는 아이들을 향하여 돌아섰다. 그리고 그의 얼굴이 다시 밝게 빛났다. 후크는 부하들을 향해 외쳤다. "자, 나에게 생각이 있다. 선실 문을 열고, 아이들 모두를 그곳에 집어넣자. 아이들이 목숨을 다해 그 닭 울음소리 내는 놈과 싸우게 하자. 아이들이 그놈을 죽이면 우리는 좋고, 그놈이 아이들을 죽인다 해도 우리는 더 나쁠 것도 없다."

마지막으로 그의 부하들은 후크에게 갈채를 보냈다. 그리고 그들은 정성을 다해 그의 명령을 따랐다. 아이들은 발버둥치는 체하면서, 선실로 밀어 넣어졌고, 문이 그들 뒤로 닫혔다.

"자, 들어보자." 후크는 크게 외쳤다.

그리고 모두 귀 기울였다. 그러나 아무도 감히 그 문을 마주 보지는 못했다. 그러나 한 사람, 지금까지 돛대에 묶여 있었던 웬디는 그 문을 바라보았다. 그녀가 바라본 것은 비명이나 닭 울음소리를 듣기 위해서가 아니었다. 피터가 다시 나타나는 모습을 보기 위해서였다. 웬디는 오래 기다리지 않았다. 피터는 아이들을 묶고 있는 밧줄들을 풀어줄 칼을 찾아서 가지고 있었다. 이제 아이들은 선실에서 자신들이 발견할 수 있는 모든 무기로 무장하고, 몰래 선실을 빠져나왔다. 피터는 제일 먼저 그들에게 숨으라는 신호를 보내고, 자신은 웬디를 묶은 밧줄을 잘라냈다. 이제 그들이 도망가는 일보다 더 쉬운 일이 없었다. 그러나 피터가 배를 떠나는 길을 막는 것이 있었다. 그가 한 맹세였다. "후크가 이기거나 내가 이기거나, 오늘 끝내야 한다."

피터는 웬디를 풀어주고, 웬디에게 다른 아이들과 함께 숨으라고 했다. 그리고 자신은 웬디가 묶여 있던 돛대에 섰다. 그는 그녀의 옷으로 몸을 감싸서 자신을 웬디처럼 보이게 했다. 그리고 그는 크게 숨을 쉬고 닭 울음소리를 냈다.

그 소리는 해적들에게는 그들이 선실로 들여보낸 아이들이 모두 살해되었음을 알리는 신호였다. 해적들은 공포에 사로잡혔다. 후크는 그들의 용기를 북돋우려고 노력했다. 그러나 오히려 그들은 그에게 개와 같이 이빨을 드러내었다. 당장이라도 후크가 그들에게서 눈을 떼면 그들이 그에게 달려들 자세였다.

"제군들." 후크는 그들을 달래거나, 필요하다면 때릴 각오로, 한순간도 기죽지 않고 말했다. "나는 곰곰이 생각해보았다. 배에 저주를 가져오는 요나가 타고 있다."

"맞아, 그놈도 갈고리 가진 남자다." 그들은 빈정댔다.

"아니, 제군들, 아니지, 요나는 여자야. 해적선에 여자가 타면 재수가 없다. 그녀가 사라지면 우리 배도 아무 일 없을 것이다."

그들 가운데 몇은 이 이야기가 플린트가 말했던 것임을 기억했다. "해볼 만하다."고 의심이 가지만 그들은 말했다.

"웬디를 바다로 던져버리자." 후크가 소리쳤다. 그리고 그들은 외투를 두르고 있는 웬디를 향해 달려갔다.

"아가씨, 이제 당신을 구해줄 사람은 없다." 멀린즈는 야유하며 식식대었다.

"한 명이 있지." 외투 두른 웬디가 말했다.

"그게 누군데?"

"복수해주는 자, 피터 팬이지!" 그 말은 끔찍한 답변이었다. 그 말을 하면서 피터는 자신이 두르고 있던 웬디의 외투를 휙 집어던졌다.

그때서야 그들은 선실에서 그들을 놀라게 한 장본인이 누구인지 알았다. 후크는 두 번이나 뭔가 말하려 했지만, 두 번이나 아무 말도 입에서 나오지 않았다. 내 생각에, 그 놀라운 순간 그의 강철 같은 가슴은 무너져 내렸다. 마침내 후크가 소리쳤다. "그의 가슴을 찢어라."

그러나 확신은 없었다.

"공격하라, 전사들이여, 공격하라." 피터의 목소리가 울려 퍼졌다.

다음 순간 무기들이 부딪치는 소리가 온통 배를 흔들었다. 해적들이 모두 힘을 합쳤다면, 승리는 그들의 것이 되었을 것이다. 그러나 그들이 정신을 놓고 있을 때 아이들의 공격이 시작되었다. 해적들은 이리저리 도망가고, 정신없이 휘둘려져, 자신들이 유일한 생존자라고 생각했다. 일대일로 싸워도 그들이 더 강했다. 그러나 그들은 방어만 했기에, 아이들은 짝을 지어 공격할 수 있었다. 더구나 아이들은 자신들의 상대를 골라서 공격할 수 있었다. 해적들 몇은 바다로 뛰어들었고, 다른 나머지 해적들은 어두운 구석을 찾아 숨었다가, 슬라이틀리에게 발각되었다. 슬라이틀리는 싸우지는 않았다. 그는 등불을 들고 이리저리 다니며 적들의 얼굴에 등불을 들이대면, 적들은 눈이 부셔 앞을 보지 못하고, 다른 아이들이 와서 피 뽑는 칼로 그들을 쉬운 먹잇감으로 요리했다. 무기들이 부딪치고, 간헐적인 비명이나 물에 뛰어드는 소리가 들렸다. 그리고 슬라이틀리가 단조롭게 다섯－여섯－일곱－여덟－아홉－열－열하나를 셈하는 소리 외에 들리는 소리는 없었다.

성난 아이들이 후크를 포위했을 때, 해적들을 불과 같이 두르고 마법의 삶을 살았던 후크 주위에 이제 해적들은 모두 사라져 아무도 없었다. 아이들이 후크의 부하들을 모두 처치했다. 그러나 후크는 홀로 아이들 모두와 대결할 수 있는 사람인 듯했다. 계속하여 아이들은 그를 향해 포위망을 좁혀갔다. 그리고 후크는 거듭거듭 피해 갈 공간을 만들었다. 그는 쇠갈고리로 아이 하나를 높이 들어, 작은 방패처럼 사용했다. 그리고 칼로 막 해적 멀린즈를 죽인 피터가 후크와의 싸움에 끼어들었다.

"애들아, 칼을 모두 내려라." 새로 싸움에 끼어든 피터가 말했다. "이 사람과의 싸움은 내 몫이다."

그렇게 후크는 마침내 피터와 얼굴을 마주했다. 다른 아이들은 뒤로 물러나 두 사람의 주위를 둥글게 에워쌌다. 오랫동안 두 적은 상대를 쳐다보기만 했다. 후크는 조금 몸을 떨었고, 피터는 얼굴에 이상한 미소를 지었다. 후크가 마침내 말했다. "자, 팬, 이것 모두 네가 한 짓이지?"

"그래, 제임스 후크." 피터는 단호하게 대답했다. "모두 내가 했다."

"잘난 체나 하는 무례한 애송이 같으니." 후크는 말했다. "이제 네 운명의 시간이다."

"이 어둡고 사악한 인간아." 피터가 대답했다. "먼저 공격해라."

더 이상의 말도 없이 그들은 싸움을 시작했다. 한동안 어느 쪽도 우세하지 않았다. 피터는 최고의 칼잡이여서, 눈부실 정도로 민첩하게 후크의 공격을 받아넘겼다. 가끔 그는 적의 방어를 용인하는 가짜 찌르기와 함께 그의 공격을 시도했다. 그때마다 그의 칼은 적에게 못 미쳐, 그가 오히려 불리한 위치에 있기도 했다. 후크도 칼싸움에 있어서 피터에 못지않았지만, 그의 손목 놀림의 유연성은 피터만큼은 아니었다. 리오에서 바비큐로부터 오래전에 배운 대로, 후크는 공격의 압박으로 피터를 뒤로 몰아가다가, 기회가 있을 때마다 칼로 피터를 찔러 모든 것을 끝내고 싶었다. 그러나 그가 찌르는 칼마다 거듭거듭 빗나갔다. 그러자 그는 피터에게 가까이까지 가서 그의 쇠갈고리로 한 번에 끝내려고 했다. 그럴 때마다 그의 쇠갈고리는 허공을 갈랐다. 피터는 후크의 칼을 피해 몸을 굽혀서는 힘껏 그의 칼로 후크의 갈비뼈를 관통시켰다. 후크는 자신의 피를 보자 손에서 칼을 떨구었다. 여러분도 기억하다시피, 후크의 그 유별난 피 색깔은 후크 자신이 보기에도 역겨웠다. 마침내 후크는 피터에게 무릎을 꿇었다.

"죽여라!" 모든 아이들이 소리쳤다.

그러나 피터는 우아한 몸짓으로 후크에게 떨군 칼을 집어 들라고 말했다. 후크는 곧 그렇게 했다. 그러나 그때 피터가 훌륭한 태도를 보이자, 후크는 슬픈 생각이 들었다. 지금까지 후크는 자신과 싸우는 피터가 악마라 생각하고 싸웠다. 그러나 악마보다 더 무서운 알 수 없는 의구심이 그를 괴롭혔다. "팬, 너는 누구고, 무엇이냐?" 그는 목이 쉬도록 외쳤다.

"나는 젊음이고, 나는 기쁨이다." 피터는 생각나는 대로 지껄였다. "나는 알에서 깨어난 작은 새다."

이런 말은 물론 헛소리이다. 후크는 피터가 하는 말을 듣고, 피터가 자신이 누구인지 무엇인지도 모른다는 사실을 알았다. 피터는 훌륭한 태도의 정수가 무엇인지도 몰랐다. 후크는 무엇인지도 모르면서 훌륭한 태도를 보인다는 사실 때문에 후크는 절망적으로 외쳤다. "또 주절대는구나."

후크는 자신의 칼을 집어 들고 인간 도리깨와 같이 피터와 싸웠다. 후크가 휘두르는 그 끔찍한 칼에 걸려든 어른이나 아이 모두 둘로 절단됐을 것이다. 피터는 그의 공격을 이리저리 피했다. 칼이 만들어내는 바람이 오히려 피터를 위험한 지역에서 벗어나게 하는 듯했다. 후크는 거듭거듭 전진하며 피터를 향해 칼을 찔렀다. 후크는 아무런 희망 없이 싸웠다. 그의 열정으로 가득했던 가슴은 더 이상 생명을 원하지 않았다. 그러나 한 가지 소망은 있었다. 영원히 그의 생명이 식어가기 전에, 그가 피터의 나쁜 태도를 보는 것이었다. 갑자기 후크는 싸움을 포기하고, 화약고로 달려가서 화약고에 불을 질렀다. 후크는 외쳤다. "앞으로

2분 안에 이 배가 산산조각날 것이다."

이제, 이제, 피터의 진짜 모습을 볼 수 있을 것이라고 후크는 생각했다. 그러나 피터는 화약고에 들어가서 불붙은 화약 상자를 들고 나와서는 그것을 바닷속에 던져버렸다.

그렇다면 피터와 비교하여 후크는 어떠한 모습은 어떠한가? 후크는 삐뚤어진 인생을 살았으니, 그는 결국, 우리가 공감할 수 없이, 그런 사람들이 행하던 대로 따라 행동했다. 피터를 제외하고 아이들 모두 후크 주위로 달려와서 그를 모욕하고 조롱했다. 후크는 배 위를 비척거리며 무기력하게 아이들에게 칼을 휘둘렀다. 그의 마음은 더 이상 아이들에게 있지 않았다. 그의 마음은 옛날로 돌아가 오래전 운동장에 있거나, 훌륭한 태도로 상 받으려고 교장에게 불려 나가거나, 이튿 학교 담장 위에서 공으로 벽치기 게임을 관람하던 때로 돌아가 있었다. 그의 신발은 늘 바르게 신겨 있었고, 조끼는 단정하였으며, 넥타이는 늘 꾸겨짐이 없었고, 양말은 늘 제 짝이었다. 제임스 후크, 예전에 당신은 완전히 무례한 인간은 아니었다. 그러나 이제 안녕. 우리는 이제 후크의 마지막 순간을 보게 될 것이다. 피터가 단도로 후크를 찌를 자세를 취하고 하늘을 날아 천천히 후크를 향하여 전진할 때, 후크는 바다로 뛰어들 작정으로 배 날개 위로 뛰어 올라갔다. 그는 바다에서 악어가 그를 기다리고 있다는 사실을 몰랐다. 악어의 시계는 소리내기를 멈추었다. 후크는 그 사실을 몰랐다. 마지막으로 우리가 그에게 보내는 작은 호의였다.

그러나 후크는 마지막으로 승리 하나를 챙겼다. 내 생각에, 우리는 그에게서 그것까지 빼앗을 수는 없었다. 후크는 배 날개 위에 서서, 하늘을 날아 미끄러져 다가오는 피터를 그의 어깨 너머로 보고는, 피터에게 그의 발을 사용하여 자신을 바다로 떨구어달라는 몸짓을 했다. 피터는 그의 요구를 따라, 칼로 찌르는 대신 그를 걷어찼다. 마침내 후크는 자신이 원했던 소원을 이뤘다.

"나쁜 행실." 후크는 야유의 소리를 지르고, 만족해하며 악어의 먹이가 되었다. 마침내 이렇게 제임스 후크는 죽었다.

"열일곱." 슬라이틀리가 노래하듯 말했다. 그러나 그는 계산을 틀리게 했다. 그날 밤 그들의 범죄에 대하여 죄값을 치른 해적들은 모두 열다섯 명이었다. 둘은 해안으로 도망했다. 그들 둘 가운데 스타키는 인디언들에게 잡혀 인디언 아가들을 돌보는 일을 하게 되었으니, 해적으로는 처참한 굴욕이었다. 그리고 스미는 이후 그의 안경을 쓰고 세계를 돌아다니며 자신은 재스 후크가 두려워했던 유일한 사람이라고 떠벌리며 불안정한 생활을 했다.

웬디는 곁에서 피터가 하는 모든 일들을 눈을 빛내며 지켜보았지만 직접 싸움에 끼어들지는 않았다. 이제 모든 것이 다 끝나자, 그녀는 다시 아이들 무리의 제1인자가 되었다. 그녀는 아이들을 공평하게 칭찬해 주었다. 그리고 마이클이 자신이 해적 한 사람을 살해한 장소를 그녀에게 보여주자, 그녀는 무서워 떨기는 했지만 기뻐했다. 그리고 그녀는 아이들을 후크의 선실로 데려가 못 위에 걸려 있는 그의 시계를 가리켰다. "한 시 반이다!"

잠잘 시간이 너무 지났다. 그것은 모든 일들 가운데 가장 큰일이었다. 웬디는 급히 아이들을 해적들의 침대에 재웠다고 우리는 확신해도 좋다. 그러나 피터는, 예외로, 배 위를 위 아래로 뽐내며 걷다가 마침내 대포 곁에서 잠들었다. 그는 그날 밤 꿈을 많이 꾸었다. 그들 꿈들 가운데 어느 꿈에서 피터는 잠자면서 한동안 울었다. 꿈속에서 웬디는 피터를 꼭 끌어안아주었다.

"THIS MAN IS MINE"

제16장

집으로 돌아오다

· · · · · · · · ·

피터는 혼자 중얼거렸다. "아줌마가 웬디를 너무나 사랑하나 봐."

피터는 아줌마가 웬디를 다시 가질 수 없는 이유를 모르고 있어서 너무 화가 났다. 이유는 매우 간단했다.

"우리 둘 다 동시에 웬디를 가질 수 없다. 그러나 나는 웬디를 좋아한다."

그러나 아줌마는 절대로 웬디를 단념하지 않을 것이다. 피터는 슬펐다. 피터는 그녀를 보기를 멈추었지만, 피터의 마음속에서 그녀는 그를 놓아주지 않았다. 마음속에서 피터는 이리저리 뛰어다니며 웬디에게 웃기는 표정을 지었다. 그러나 그가 그러기를 멈추자, 그의 마음속에서 그녀가 창문열라고 그의 마음을 두드렸다.

"아, 알았어요." 피터는 말하며 침을 꼴깍 삼키고는 창문의 빗장을 열었다. "자, 가자, 팅크." 피터는 어머니 마음에 깊은 조소를 보내며 소리쳤다. "바보 같은 엄마는 필요 없어." 그리고 피터는 날아갔다.

그날 아침 두 번의 종소리가 울리고, 아이들 모두 발 빠르게 움직였다. 그들 앞에는 넓은 바다가 펼쳐져 있었다. 갑판장 투틀즈는 게으른 선원들을 벌주기 위해, 손에 밧줄 끝을 잡고, 입에는 담배를 씹고 있었다. 모두들 무릎 아래가 잘려나간 해적 복장을 하고, 말끔히 면도도 하고, 항해 점호를 받은 후, 큰 바지를 끌어당겨 입으며 허둥거렸다.

배의 선장이 누구인지는 말할 필요도 없었다. 닙스와 존은 각각 첫 번째와 두 번째 항해사였다. 여자 한 명이 타고 있었고, 나머지 아이들은 돛대 앞을 지키는 보통 선원들로, 앞 갑판 밑 선원실에서 살았다. 피터는 폭풍이 불어 배 바깥으로 날아가는 일을 막기 위해, 배를 조종하는 타륜에 자신을 밧줄로 묶었다. 그리고 호각을 불어 전원을 갑판에 집합시켜 그들에게 짧은 훈시의 말을 했다.

그는 그들이 리오와 황금해변의 떨거지들과 다름없다는 사실을 알고 있었다. 그는 그들이 충실한 선원들로 자신들의 의무를 다해줄 것을 바라고, 만일 그들이 그에게 대들면 찢어 죽이겠다고 말했다. 그가 말한

솔직하고 귀에 거슬리는 표현들은 선원들이 들어 알고 있는 음조를 띠고 있어, 아이들은 그에게 진심으로 환호했다. 그리고 몇 마디 신속한 명령이 내려지고, 아이들은 배를 돌려, 뱃머리를 고향 땅으로 향하게 했다.

항해 지도를 살펴본 후, 피터는 계산했다. 만일 이런 날씨가 지속된다면, 그들은 6월 21일경 대서양 중부 아조레스 제도에 도착할 것이고, 그 이후는 배를 버리고 집까지 날아가는 것이 시간을 절약하게 될 것이다. 아이들 가운데 몇 명은 그 배가 해적선이 아닌 평범한 배였으면 했고, 다른 몇 명은 그냥 해적선으로 끝까지 항해하고 싶어했다. 그러나 선장은 그들을 해적 부하들처럼 취급했고, 그들은 그들이 바라는 바를 감히 청원서로조차 제출하지 못했다. 즉시 복종하는 것이 유일하게 안전했다.

슬라이틀리는 수심을 살펴보라는 말을 들었을 때 당황한 표정을 지었다고 열두 번 매를 맞았다. 일반적인 분위기는 이랬다. 이제 피터는 웬디의 의심을 사지 않을 정도로 진지했다. 그러나 그녀의 의지와는 반대로, 후크의 가장 멋진 옷들을 가지고 그녀가 피터를 위해 만든 새 옷이 준비되었을 때, 피터에게 큰 변화가 있으리라고는 기대가 있었다. 후에 아이들이 서로 소곤대며 한 말들에 따르면, 피터는 그 옷을 입은 첫날 밤, 후크의 담배 물부리를 입에 물고 오랫동안 선실에 앉아, 꽉 움켜쥔 손의 엄지손가락을 제외한 모든 손가락을 구부려 위협적으로 갈고리와 같이 높이 들었다는 이야기가 있었다.

배에 대하여 이야기하는 대신에, 오래전 무심하게 집에서 사라져버린 우리의 작중 인물들 가운데 세 명이 살았던 그 쓸쓸한 집으로 돌아가 이야기할 때가 되었다. 지금까지 14호 집에 대하여 전혀 이야기하지 않은 것은 좀 너무한 것 같다. 그러나 분명히 말할 수 있는 것은 그렇다고 달링 부인이 우리를 비난할 것 같지는 않다. 만일 우리가 그녀와 슬픔을 나누기 위해 조금이라도 더 빨리 그녀의 이야기로 돌아갔다면, 아마도 그녀는 이렇게 외쳤을 것이다. "어리석은 말 하지 마세요. 내가 할 이야기가 무엇 있겠어요? 돌아가서 아이들이나 부디 잘 지켜봐 주세요."

어머니들이 이와 같이 행동하는 한, 아이들은 그들의 어머니들을 이용할 것이다. 그리고 어머니들이란 늘 그런 분들이라고 그들은 말할 것이다.

아이들이 지금 집으로 향하고 있으니, 아이들이 도착하기 전에 서둘러 가서, 우리가 잘 알고 있는 그 세 아이들 방의 아이들 침대가 잘 말려져 있는지, 달링 씨 부부는 저녁에 집을 비우지는 않았는지 보자. 우리 하인들이 하듯 그렇게 행동하자. 아이들은 감사의 마음 없이 서둘러 부모들을 떠났으니, 도대체 왜 그들의 침대가 늘 말려져 있어야 하는가? 만일 그들이 집으로 돌아와서 부모들이 시골로 주말을 보내러 가신 것을 알더라도, 그것은 오히려 그들이 마땅히 받아야 할 대가가 아닌가? 우리가 아이들을 만난 이래로, 늘 아이들은 부모들을 필요로 했다. 사실을 보여주는 것이 도덕적인 교훈이 될 것이다. 그러나 우리가 이런 방식으로 일처리를 했다면 달링 부인은 우리를 용서하지 않았을 것이다.

나는 꼭 하고 싶은 것이 있다. 작가들이 하는 방식으로, 아이들이 집으로 돌아오고 있고, 다음 주 목요일이면 이곳에 도착하리라는 사실을 달링 부인에게 알리는 일이다. 이 일을 하면, 웬디와 존과 마이클이 계획하고 있는 깜짝쇼를 완전히 망치는 일이 될 것이다. 세 아이들은 배 위에서 깜짝쇼를 계획하고 있었다. 엄마가 열광하고, 아빠가 기쁨의 함성을 지르고, 유모 개 나나가 그들을 포옹하려고 공중을 날아 뛰어오르게 하는 일이 그것이다. 그러려면 그들이 준비하고 있는 깜짝쇼는 완전히 비밀에 부쳐져야 한다. 우리가 미리 소식을 알려 그들의 이 모든 계획을 망쳐버리는 것도 멋진 일이 아닐까? 아이들이 당당히 집으로 걸어 들어올 때, 달링 부인은 웬디에게 키스하지 않고, 달링 씨는 토라져서, "빌어먹을, 아이들이 돌아왔어."라고 소리 지른다면 말이다. 그러나 우리가 이런 일을 하면, 아이들 부모로부터 감사를 받지 못할 것이다.

우리는 달링 부인이 어떤 분인지 안다. 그녀는 우리들이 아이들의 작은 즐거움을 빼앗았다고 비난할 것이 분명하다.

"그러나 부인, 다음 주 목요일까지는 열흘이 남았습니다. 그러니 앞으로 일어날 일들을 우리로부터 미리 들으시면, 부인은 모르고 겪게 될 불행한 열흘을 지내지 않아도 됩니다."

"좋습니다. 그러나 대가를 치러야 하지 않겠습니까! 나는 아이들이 갖게 될 열흘 동안의 즐거움을 빼앗아야 합니다."

"아, 부인이 그런 방식으로 말씀하신다면 그럴 수도 있겠습니다."

"달리 생각할 어떤 방법이 있겠습니까?"

여러분도 이제 알게 되었을 것이다. 부인은 만만한 상대가 아니다. 나는 부인에게 다른 멋진 것들을 말하려 했다. 그러나 나는 이제 부인에게 그 어느 것도 이야기하지 않겠다. 사실 나는 부인에게 무엇을 준비하라고 이야기할 필요도 없다. 부인은 이미 모두 준비했다. 침대보는 이미 모두 깨끗이 빨아 말려두었고, 부부는 집을 떠나 있지도 않을 것이다. 저기 보이듯이, 창문은 늘 열려 있다. 우리가 그녀를 위해 할 수 있는 일은 단지 다시 배로 돌아가는 일뿐이다. 그러나 이왕 여기까지 왔으니, 그냥 이곳에서 기다리고 있다가 아이들을 지켜보기로 하자. 우리 모두 방관자들이 되자. 어느 쪽도 우리를 원하지 않으니, 그들 가운데 누군가 상처받기를 바라며 지켜보고 있다가 생뚱맞은 이야기나 하자.

밤에 아이들 방에서 우리가 볼 수 있는 유일한 변화로, 9시와 6시 사이에는 개집이 방에서 없어졌다. 아이들이 집을 떠나 네버랜드로 날아가버렸을 때, 달링 씨는 유모 개 나나를 마당에 묶어둔 벌은 이제 그가 받아야 하고, 처음부터 끝까지 나나는 그 자신보다 현명했다고 그는 뼛속까지 느꼈다. 물론 우리가 지금까지 보았듯이, 달링 씨는 매우 단순한 사람이었다. 만일 그가 대머리만 아니었다면, 우리는 그를 소년이라고 말해도 이상할 것 없다. 그는 늘 정의감에 불타고, 그가 옳다고 생각하는 것은 반드시 하고야 마는 사자와 같은 용기를 가졌다. 아이들이 집을 떠나고 난 후, 그는 그 사태를 매우 조심스럽게 검토했다. 그리고 네 발로 기어서 개집으로 들어갔다. 달링 부인이 애걸복걸하며 그에게 개집에서 나오라고 간청했지만, 그는 슬프게 그러나 단호하게 대답했다. "아니, 이 개집은 나 홀로 있을 나를 위한 장소입니다."

달링 씨는 쓰디쓴 회한으로, 아이들 모두 집으로 돌아올 때까지, 그 자신 개집을 절대로 떠나지 않겠다고 맹세했다. 물론 이것은 슬픈 일이다. 달링 씨는 무엇을 하든지 과장하여 하는 점이 있다. 그런 성품이 아니었다면, 그는 그 일을 금방 포기하였을 것이다. 달링 씨가 저녁에 개집에 앉아서 아내와 함께 자신의 아이들과 그 아이들의 모든 예쁜 행동들에 대하여 이야기할 때를 보면, 한때 그렇게도 거만하였던 조지 달링보다 더 겸손한 자리로 내려온 사람은 없었다.

달링 씨가 나나에게 보여준 존경심은 매우 감동적이었다. 달링 씨는 나나가 개집으로 들어오지 못하게 했다. 그러나 그 이외에 나나가 하는 일들에 대하여 달링 씨는 전혀 간섭하지 않았다. 매일 아침 달링 씨는 개집 속에 앉아 있은 채 마차로 사무실에 출근했다. 그리고 오후 6시에 똑같은 방식으로 그는 집으로 퇴근했다. 그가 이웃의 의견에 얼마나 민감하게 반응하였는가를 생각하면, 그가 얼마나 강한 성격의 소유자인가를 알 수 있다. 그의 일거수일투족이 이웃에 놀라운 반향을 일으켰다. 어린아이들이 그의 작은 개집을 두고 비웃을 때는 마음속 깊이 고통받았지만 외적으로 평온함을 유지했고, 개집 내부를 들여다보는 부인들에게는 모자를 들어 예의를 표했다. 달링 씨 행동은 돈키호테와 같이 과장되고 우스꽝스런 면이 없지 않았으나, 굉장히 감동적인 면도 있었다. 곧 그의 행동에 깊은 의도가 있음이 알려지자, 대부분의 대중은 마음 깊이 감동을 받았다. 군중이 달링 씨 마차 뒤를 따르며, 열광적으로 환호했다. 예쁜 소녀들이 달링 씨의 자필 서명을 받으려고 마차에 올라탔고, 인터뷰 기사가 꽤 그럴듯한 신문들에 실렸으며, 사교계는 그를 저녁식사에 초대할 때, 꼭 "개집 속에 앉아서 마차 타고 오라"는 말을 덧붙였다.

아이들이 집으로 돌아오는 사건이 벌어진 그 주 목요일 밤 달링 부인은 아이들 방에서 남편 조지가 집에 돌아오기를 기다리고 있었다. 그녀는 이제 매우 슬픈 눈을 가진 여자가 되어 있었다. 예전에 그녀는 그렇게나 쾌활했었는데 아이들을 잃은 후 그녀는 예전의 쾌활함을 모두 잃었다. 나는 그녀에 대하여 나쁘게 말할 수가 없다. 그녀는 자신의 어리석은 아이들을 너무나 좋아하여, 그녀도 어쩔 수 없었다. 잠에 빠져 의자에 앉아 있는 그녀를 보자. 우리가 이야기를 시작하며 처음 보았던 그녀 입 가장자리는 이제 거의 말라비틀어졌다. 가슴에 고통을 안고 살아가는 사람처럼, 그녀는 손으로 가슴 위를 부단히 쓰다듬고 있다. 어떤 사람은 피터를 좋아하고, 어떤 사람은 웬디를 좋아하지만, 나는 달링 부인을 가장 좋아한다. 자, 그녀를 행복하게 만들기 위하여, 잠들어 있는 그녀에게 개구쟁이들이 돌아오고 있다고 속삭이자. 창으로부터 2마일 떨어져 아이들이 있다고 말하자. 그리고 그들이 빠르게 날아오고 있다고 덧붙이자. 그러나 우리 간단하게 속삭이는 말만 하자. 자, 그들이 오고 있다고 속삭이자. 그러나 그런 간단한 속삭임의 말조차 하지 말아야 했다. 달링 부인은 놀라 일어나서 아이들 이름을 불렀다. 그러나 유모 개 나나 말고 방에는 아무도 없다.

"오, 나나, 나는 아이들이 집으로 돌아오는 꿈을 꾸었다."

나나는 눈앞이 흐려졌다. 나나가 지금 할 수 있는 일이란, 발을 여주인의 무릎 위에 가볍게 올려놓는 것뿐이었다. 그리고 그때 개집이 집으로 운반되었다. 나나는 이때도 달링 부인과 함께 앉아 있었다. 달링 씨는 아내에게 키스하기 위해 개집에서 얼굴을 내밀었다. 그의 얼굴은 예전보다 더 늙어 보였으나, 표정만은 더 부드러워 보였다.

달링 씨는 모자를 하녀 리자에게 주었고, 그녀는 달링 씨 대신에 그의 모자에게 경멸을 표시하는 표정을 보였다. 그녀는 상상력이라고는 전혀 없어, 달링 씨가 하는 행동의 원인을 전혀 이해하지 못했다. 집 바깥에서는 마차를 따라 집까지 쫓아왔던 군중이 아직도 환호하고 있었다. 달링 씨는 성격상 감동하지 않을 수 없었다. 달링 씨가 말했다. "저 소리 좀 들어봐. 너무 멋지지 않아?"

"꼬맹이들만 잔뜩 모였네요." 리자가 비꼬듯이 말했다.

"오늘은 어른들도 있는데." 달링 씨는 리자에게 약간 얼굴을 붉히며 말했다.

리자가 머리를 높이 치켜들고 그를 얕보듯 바라보았지만, 달링 씨는 그녀에게 꾸짖는 말을 하지 않았다. 달링 씨는 인기인이 되었지만 예전과 달라지지 않았다. 한동안 그는 개집에서 반쯤 나와 앉아 자신의 인기에 대하여 부인과 이야기를 나누며, 그녀를 안심시키기 위해 그녀의 손을 꼭 잡았고, 그녀는 그가 그 일로 우쭐해하지 않기를 바란다고 말했다.

달링 씨가 말했다. "그때 내가 고집을 피우지만 않았어도, 오 하나님, 내가 고집을 피우지만 않았어도!"

달링 부인은 소리를 낮추어 말했다. "그러나 조지, 당신은 늘 후회하고 있잖아요, 그렇죠."

"여보, 늘 후회하고 있다고! 내가 무슨 벌을 받고 있는지 보세요. 개집에서 살고 있잖아요."

"그러나 그것은 당연한 벌이 아닌가요? 그렇지 않나요, 조지? 설마 즐기고 있는 것은 아니지요?"

"여보!"

그때 달링 부인은 그녀의 말을 용서하라고 간청했을 것이고, 달링 씨는 졸음이 와서 개집에 자기 위해 쭈그리고 누웠을 것이다. 달링 씨가 말했다. "여보, 내가 잠들 수 있게 아이들 방에서 피아노를 쳐줄 수는 없겠소?"

그녀가 아이들 방으로 건너갈 때, 그는 아무 생각 없이 덧붙여 말했다. "창문은 좀 닫으세요. 바람이 들어오잖아요."

"안 돼요, 나에게 그런 부탁하지 마세요. 아이들을 위해 늘 창문은 열어놓아야 해요. 늘, 늘."

이제 달링 씨가 용서를 구할 입장이 되었다. 달링 부인은 아이들 방으로 가서 피아노를 연주했고, 달링 씨는 곧 잠에 빠져들었다. 달링 씨가 잠들어 있는 동안에, 웬디와 존과 마이클이 날아서 방으로 들어올 것이다.

그러나 아, 이게 아닌데. 우리가 배를 떠나기 전, 달링 씨 아이들 셋이 짜놓은 멋진 계획대로라면 달링 씨 세 아이가 방에 있어야 한다. 그러나 그 이후 뭔가 변화가 있었나 보다. 방으로 날아 들어온 사람들은 세 아이가 아니라, 피터와 팅커 벨이었다. 피터의 첫마디가 모든 것을 말해 준다.

"빨리, 팅크." 피터는 작은 소리로 말했다. "창문 닫아. 빗장도 걸고. 웬디가 와서 보고, 그녀의 어머니가 창문에 빗장을 걸었다고 생각하게 하자. 그러면 웬디는 나와 함께 네버랜드로 돌아가게 될 거야."

아, 이제, 지금까지 내가 혼란스러워했던 일들을 이해하겠다. 피터가 해적들을 모두 물리쳤을 때, 그는 네버랜드로 돌아가지 않고, 팅크에게 아이들을 호위하여 집으로 돌아가는 일을 맡겼다. 이 속임수는 늘 그의 머리에 있었던 내용이었다. 피터는 이런 속임수가 비열한 행동이라고 생각하지 않았다. 대신 그는 즐겁게 춤추며 이 계획을 수행했다. 피터는 누가 피아노를 치는지 보기 위하여 아이들 방 안을 들여다보았다.

"웬디 엄마네. 예쁜데. 그러나 내 엄마만큼은 아니야. 입이 너무나 아기 같아. 그러나 내 엄마만큼은 아니야."

물론 피터는 자신의 어머니에 대하여 아무것도 모른다. 그러나 그는 자신의 엄마에 대하여 뻥치곤 했다.

피터는 달링 부인이 연주하는 노래가 무슨 노래인지 몰랐다. 그 노래는, 〈나의 집, 즐거운 나의 집〉이었다. 그러나 피터는 그 노래가, 〈돌아와라, 웬디, 웬디, 웬디〉라는 노래라고 생각했다. 피터는 신이 나서 외쳤다. "내가 창문에 빗장을 걸었으니, 아줌마, 아줌마는 웬디를 다시는 보지 못할 거예요."

그러다가 피터는 왜 피아노 소리가 갑자기 멈추었는지 보기 위해 다시 방 안을 들여다보았다. 달링 부인은 머리를 피아노 위에 기대고 있었다. 그리고 그녀의 두 눈에 눈물방울들이 맺혀 있었다. 피터는 생각했다. "아줌마는 내가 창문 빗장 열기를 바라겠지만, 싫어, 나는 하지 않을 거야."

피터는 다시 방안을 들여다보았다. 그녀의 눈물은 아직도 그대로 있었다. 아니, 다른 눈물이 또 흘러나와 있었다.

피터는 혼자 중얼거렸다. "아줌마가 웬디를 너무나 사랑하나 봐."

피터는 아줌마가 웬디를 다시 가질 수 없는 이유를 모르고 있어서 너무 화가 났다. 이유는 매우 간단했다.

"우리 둘 다 동시에 웬디를 가질 수 없다. 그러나 나는 웬디를 좋아한다."

그러나 아줌마는 절대로 웬디를 단념하지 않을 것이다. 피터는 슬펐다. 피터는 그녀를 보기를 멈추었지만, 피터의 마음속에서 그녀는 그를 놓아주지 않았다. 마음속에서 피터는 이리저리 뛰어다니며 웬디에게 웃기는 표정을 지었다. 그러나 그가 그러기를 멈추자, 그의 마음속에서 그녀가 창문 열라고 그의 마음을 두드렸다.

"아, 알았어요." 피터는 말하며 침을 꼴깍 삼키고는 창문의 빗장을 열었다. "자, 가자, 팅크." 피터는 어머니 마음에 깊은 조소를 보내며 소리쳤다. "바보 같은 엄마는 필요 없어." 그리고 피터는 날아갔다.

결국 이렇게 해서 웬디와 존과 마이클은 그들 모두를 위해 열려 있는 창문을 보게 되었다. 물론 그 모두는 그들에게 과분한 것이었다. 그들은 마루 위로 날아 내렸다. 전혀 미안함이 없었다. 가장 막내 마이클은 이 집이 자신의 집이라는 것도 잊었다. 마이클은 이상하다는 듯이 주위를 돌아보며 말했다. "존, 내가 전에 여기에 살았던 것 같은 생각이 드

네."

"그럼 그랬지, 바보야. 저기 네 예전 침대가 있잖아."

"그러네." 마이클은 자신감 없이 말했다.

"저기 개집이 있다!" 존은 소리치며 그 속을 보기 위해 달려갔다.

"아마도 나나가 안에 있겠지." 웬디가 말했다.

그러나 존은 휘파람 소리로 그들을 불렀다. 그가 말했다. "안녕하세요, 개집 안에 어른이 있는데."

"아버지다!" 웬디가 크게 소리쳤다.

"나도 아버지 좀 보자." 마이클이 간절히 말했다. 그는 오래 지켜보다가, "아버지가 내가 죽인 해적보다 크지 않네."라고 솔직하게 실망하여 말했다. 달링 씨가 잠자고 있어 다행이었다. 만일 막내 마이클이 말한 그 첫마디를 그가 들었다면, 그는 서글퍼했을 것이다.

웬디와 존은 아버지가 개집에 있는 것을 보고 놀라 뒤로 물러섰다.

"분명 예전에 아버지는 개집에서 잠자지는 않으셨다." 존은 자신의 기억을 확신할 수 없다는 듯이 말했다.

"존." 웬디가 더듬거리며 말했다. "아마도 우리는 우리가 생각하는 것보다 과거를 더 잘 기억하지 못하는 것 같다."

이제 제정신들이 돌아왔네. 그럼 그래야지.

"우리가 돌아왔는데도 엄마가 여기에 없는 것 보면 엄마는 어떻게 된 거야?" 어린 악당 존이 말했다.

"엄마다!" 웬디가 엄마를 바라보면서 소리쳤다.

"웬디, 네가 우리 엄마 아니었어?" 졸린 목소리로 마이클이 물었다.

"오, 맙소사!" 웬디는 처음으로 후회 어린 아픈 마음으로 소리쳤다. "그것은 지난 과거에나 그랬지."

존이 제안했다. "우리 조용히 가서 엄마 눈을 가리자."

그러나 즐거운 소식은 천천히 알리는 것이 좋다는 것을 알고 있는 웬디가 더 좋은 제안을 했다. "우리 모두 우리 침대 안으로 들어가 누워서, 엄마가 우리들 방으로 들어왔을 때, 마치 우리 모두 집을 떠난 적이 없는 것처럼 잠든 체하자."

달링 부인이 남편이 자고 있는 것을 보기 위하여 아이들 방으로 들어왔을 때, 아이들은 모두 그들 침대 안에 있었다. 아이들은 엄마가 기쁨의 비명을 지르기를 기대했지만, 아무 소리도 없었다. 달링 부인은 아이들을 보았지만, 자신의 눈을 믿지 않았다. 여러분도 알다시피, 달링 부인은 너무나 자주 꿈속에서 아이들이 침대 속에 들어 있는 것을 보아서, 지금도 자신이 꿈속에 있다고 생각했다. 달링 부인은 그 옛날 자신이 아이들을 안고 있었던, 벽난로 앞에 있는 의자로 가서 앉았다.

아이들은 이 상황을 이해하지 못했다. 몸을 차갑게 식히는 두려움이 그들 세 아이들을 뒤덮었다.

"엄마!" 웬디가 소리쳤다.

"저 소리는 웬디가 나를 부르는 소리네." 달링 부인은 말했다. 그러나 달링 부인은 그것 모두 꿈이라고 생각했다.

"엄마!"

"저 소리는 존 목소리네." 달링 부인이 말했다.

"엄마!" 마이클이 외쳤다. 마이클은 이제야 엄마를 알아보았다.

"저 소리는 마이클 목소리네." 달링 부인은 말하면서, 그들 세 명의 이기적이고 귀여운 아이들을 향하여 두 팔을 뻗었다. 그것은 다시없을 감격의 포옹이었다. 부인의 두 팔은 침대를 빠져나와 그녀에게 달려온 웬디와 존과 마이클을 감싸 안았다.

"조지, 조지." 달링 부인은 마침내 그녀가 말할 수 있을 때가 되어서야 소리쳤다.

달링 씨는 부인과 기쁨을 나누기 위해 깨어났고, 나나도 달려서 들어왔다. 그보다 더 멋진 광경은 있을 수 없었다. 그러나 창문을 통하여 들여다보는 피터를 제외하고 그 장면을 보는 사람은 아무도 없었다. 피터는 다른 아이들이 알 수 없는 수많은 황홀감을 예전에 맛보았다. 그러나 지금 피터가 지금 창문을 통하여 보고 있는 것은 그에게는 영원히 금지된 즐거운 광경이었다.

제17장

▼

웬디, 어른이 되다

"난 요정들이 모두 죽었다고 생각했는데." 달링 부인이 말했다. 그러자 이제 요정의 권위자가 다 된 웬디가 설명했다. "요정들은 늘 새로 태어나요. 새로 태어난 아기가 첫 웃음을 웃을 때마다 웃음이 요정이 되어 하나씩 태어나요. 아이들이 태어나는 곳에는 늘 요정들도 있기 마련이에요. 요정들은 나무들 꼭대기 위에 둥지들을 틀고 그곳에서 살아요. 자주색 요정들은 남자아이들이고, 흰 요정들은 여자아이들이에요. 파랑 요정들은 그들의 존재를 확신할 수 없는 단지 작은 바보들이지요."

세 명의 아이들 이외에 다른 소년들은 어떻게 지내고 있는지 여러분들이 알고 싶어 하리라는 생각이 든다. 그들은 자신들에 대하여 부모님에게 설명할 시간을 웬디에게 주기 위하여 아래층에서 기다리고 있었다. 그들은 500까지 세고 2층 층계로 걸어서 올라왔다. 그들 생각에 다른 방식으로 올라오는 것보다 이렇게 오는 것이 좋은 인상을 줄 것 같았다. 그들은 모자를 벗었다. 그리고 해적들이 입는 옷들을 입지 말았어야 했다는 생각을 하면서, 달링 부인 앞에 한 줄로 섰다. 아무 말도 하지 않았지만, 그들의 눈빛은 그녀가 그들을 받아 줄 것을 간청하고 있었다. 그들은 달링 씨도 바라보아야 했는데, 그만 그의 존재를 잊고 있었다.

말할 것도 없이, 달링 부인은 그들을 받아주고 싶다고 바로 말했다. 그러나 달링 씨는 이상하게 기분이 안 좋아 보였다. 그는 여섯 명은 좀 많다고 생각했다. 달링 씨가 웬디에게 말했다. "너는 반씩이라도 조금씩 나누어 일을 처리하려 하지 않고, 늘 한꺼번에 하려 드는구나."

쌍둥이들은 그의 말이 자신들을 두고 하는 원망 섞인 말이라고 생각했다. 쌍둥이 중 첫째는 자존심이 강했다. 얼굴을 붉히며 그 아이가 말했다. "선생님, 우리 쌍둥이를 동시에 받아주기 어렵다는 말입니까? 만일 그러시다면, 우리는 떠나겠습니다."

"아버지!" 웬디는 충격을 받고 크게 소리쳤다.

그러나 그는 근심 어린 구름을 거둘 수 없었다. 자신이 훌륭하게 처신하지 못하고 있다는 사실을 알고는 있었지만, 그도 어쩔 수가 없었다.

"우리는 겹겹이 누워서 잘 수 있어요." 닙스가 말했다.

"아이들 이발은 내가 맡아서 할게요." 웬디가 말했다.

달링 부인은 사랑하는 남편이 다른 사람들로부터 사랑받지 못하는 모습으로 비춰지는 것을 알고 마음이 아파서 크게 소리쳤다. "조지!"

그러자 달링 씨는 눈물을 터뜨렸다. 그리고 그 이유를 말했다. 그는 달링 부인만큼이나 그들을 받아들이는 것이 즐겁다. 그러나 그들은 부인의 동의를 구하듯이, 자신의 동의도 구했어야 했다. 그는 자신의 집에서 그가 허깨비로 취급받을 수는 없었다.

"나는 달링 씨가 허깨비라고 생각하지 않습니다." 투틀즈가 즉시 외쳤다. "컬리, 너도 달링 씨가 허수아비라고 생각하니?"

"아니, 그렇지 않아."

"슬라이틀리, 너는 달링 씨가 허깨비라고 생각하니?"

"물론, 아니지."

"쌍둥이, 너희들은 어떻게 생각하니?"

그 누구도 달링 씨를 허깨비로 생각하지 않는 사실이 드러나자, 달링 씨는 어색하지만 만족해하며, 그들 모두가 있으려면, 그들 모두가 지낼 공간으로 응접실이 좋겠다고 말했다.

"선생님, 우리는 어디서나 잘 지낼 겁니다." 그들은 그에게 확신에 차서 말했다.

"자, 그러면 대장의 뒤를 따라와라." 달링 씨는 즐겁게 소리쳤다. "미리 말해두는데, 우리 집에 진짜 응접실이 있는지 없는지 나는 모른다. 그러나 우리는 지금까지 있는 듯이 살아왔다. 아무러면 어떠랴. 야호!"

달링 씨는 응접실을 찾아 집 이곳저곳을 춤추며 갔고, 아이들도 그의 뒤를 따라, "야호!"를 외치며 춤추며 갔다. 나는 그들이 응접실을 찾았는지 못 찾았는지 잊어버렸다. 그러나 어찌 되었든 그들은 자신들이 머물 곳을 찾아 그곳에 모두 정착했다.

피터는? 그는 네버랜드로 떠나기 전 다시 한번 웬디를 보았다. 그는 창가로 오지는 않았다. 그는 가는 길에 창가를 스치고 지나갔다. 웬디가 창문을 열어 그를 불러세울 수도 있었다. 그리고 그녀는 그렇게 했다. 그러자 "안녕, 웬디, 잘 있어." 피터가 말했다.

"아니, 너 떠나는 거야?"

"그래."

"피터." 웬디는 더듬거리며 말했다. "너 우리 부모님과 좀 재미있는 이야기를 나누어보고 싶지 않니?"

"싫어."

"피터, 나에 대한 이야기를 하면 어때?"

"싫어."

달링 부인이 창가로 다가왔다. 부인은 계속 웬디를 주시하고 있었다. 그녀는 모든 소년들을 입양할 것이고, 피터 역시 입양하고 싶다고 피터에게 말했다. 그러자 피터가 교활하게 물었다. "달링 부인, 나를 학교에 보내실 거죠?"

"그럼."

"그리고 그다음에 나는 직장을 가져야 하지요?"

"내 생각에는 그래."

"곧 나는 어른이 되겠지요?"

"매우 빨리 그러겠지."

"나는 학교에 가고 싶지 않고, 진지하게 생각해야 하는 것들을 배우고 싶지도 않아요." 힘주어 그가 말했다. "그리고 나는 어른이 되고 싶지 않아요. 자, 웬디가 잠 깨어 일어나, 수염이 자라 있는 나를 보는 일이 벌어져야 하다니!"

사람들을 위로하는 일에 선수인 웬디가 말했다. "피터, 나는 네가 수염이 있어도 너를 좋아할 거야."

그리고 달링 부인이 그에게 손을 뻗었다. 그러나 피터는 부인을 멀리했다. "아주머니, 뒤로 물러서세요, 그 누구도 나를 잡아서 나를 어른으로 만들 수 없어요."

"그러면 어디서 살 건데?"

"웬디를 위해 지은 집에서 팅크하고 살래요. 요정들이 밤에 그 집을 나무 꼭대기에 올려놓으면 우리는 그곳에서 잘 겁니다."

"와우, 너무 멋있다."

웬디가 너무 부러운 듯 말하자, 달링 부인은 웬디가 피터를 따라갈까 봐 그녀를 꼭 붙잡았다.

"난 요정들이 모두 죽었다고 생각했는데." 달링 부인이 말했다.

그러자 이제 요정의 권위자가 다 된 웬디가 설명했다. "요정들은 늘 새로 태어나요. 새로 태어난 아기가 첫 웃음을 웃을 때마다 웃음이 요정이 되어 하나씩 태어나요. 아이들이 태어나는 곳에는 늘 요정들도 있기 마련이에요. 요정들은 나무들 꼭대기 위에 둥지들을 틀고 그곳에서 살아요. 자주색 요정들은 남자아이들이고, 흰 요정들은 여자아이들이에요. 파랑 요정들은 그들의 존재를 확신할 수 없는 단지 작은 비보들이지요."

피터는 한쪽 눈으로 웬디를 바라보며 말했다. "나는 매우 재미있게 지낼 거야."

"저녁에 불가에 혼자 앉아 있으면 좀 외로울 텐데." 웬디가 말했다.

"팅크가 있잖아."

"팅크는 전혀 도움이 되지 않을 텐데." 웬디는 가시 박힌 말로 그를 상기시켰다.

"비열한 수다쟁이!" 팅크가 구석 어딘가로부터 소리쳤다.

"그건 문제가 되지 않아." 피터가 말했다.

"오, 피터, 그렇지 않다는 것을 너도 알잖아."

"그래? 그럼 나와 함께 그 작은 집으로 가자."

"엄마, 가도 되나요?"

"절대 안 된다. 집으로 돌아온 너를 다시는 보내지 않을 거야."

"그러나 피터는 엄마가 필요해요."

"애야, 너도 엄마가 필요하단다."

"아, 그만하세요." 단지 예의상 달링 부인에게 물었다는 듯이 피터는 말했다. 그러나 부인은 피터가 입을 삐쭉거리는 것을 보았다.

그러자 달링 부인은 다음과 같은 멋진 제안을 피터와 웬디에게 했다. 봄 대청소를 도와주기 위해 매년 1주일 동안, 부인은 피터에게 웬디를 보내주겠다고 했다. 웬디는 좀 더 장기간의 청소 계약을 원했을 것이다. 그리고 봄을 기다리는 일은 너무나 지치게 하는 일처럼 보였다. 그러나 달링 부인의 약속이 다시 피터를 즐겁게 만들어 보낼 수 있게 했다. 피터는 시간 개념이 없었다. 그리고 그는 그가 경험해야 할 모험들이 너무 많았다. 사실 이 책에서 말하였던 그의 모험들은 가장 하찮은 것들이었다. 피터에게 웬디가 한 다음의 마지막 말들은 다소 애처롭게 들렸다. "봄 대청소 일정이 다가오기 전에, 피터, 너는 나를 잊을 거야, 그렇지?"

내 생각에 웬디도 이 사실을 너무나 잘 알고 있었다. 물론 피터는 웬디를 잊지 않겠다고 약속했다. 그리고 그는 날아갔다. 그는 그와 함께 달링 부인의 키스도 함께 가져갔다. 그 누구도 빼앗지 못하였던 그 키스를 피터는 쉽게 가져갔다. 웃긴다. 그러나 부인은 만족해 보였다.

어김없이 모든 소년들은 학교에 갔다. 대부분은 제3반에 갔다. 그러나 슬라이틀리는 처음에 제4반에 갔다가, 제5반으로 내려왔다. 제1반이 최고반이다. 그들은 학교를 1주일도 다니지 않아, 바보들같이 섬을 떠났다는 사실을 알았다. 그러나 때는 이제 너무 늦었다. 그러나 곧 그들도 여러분이나 나나 젠킨스 2세와 같이 평범한 사람들로 안주했다. 하늘을 날 수 있는 능력이 점차 그들에게서 떠났다는 사실을 말해야 해서 슬프다. 처음엔 나나가 그들의 발을 침대 기둥에 묶어, 그들이 밤에 날아갈 수 없게 했다. 그리고 낮이 되면 그들은 비행과 관련하여, 버스에서 내릴 때 날아서 떨어지는 체했다. 그러나 점차 그들은 침대에 묶인 자신을 당겨서 날려는 일을 멈추었다. 그리고 가끔 버스에서 날아서 내리는 놀이를 하다가 다치는 일이 종종 있었다. 시간이 지나자, 그들은 그들의 모자 뒤를 쫓아 날 수조차 없었다. 그들은 연습 부족이라고 생각했다. 그러나 사실은 그들이 날 수 있다는 사실을 스스로 더 이상 믿지 않기 때문이었다. 다른 사람들은 비웃었지만, 마이클은 다른 소년들보다 더 오래 자신이 날 수 있다고 믿었다. 그래서 그들이 돌아온 첫해 끝무렵 피터가 웬디를 데리러 왔을 때, 마이클은 웬디와 함께 네버랜드에 갔다. 그녀는 예전에 네버랜드에서 나뭇잎과 나무열매로 만든 옷을 찾아서 입고, 피터와 함께 날아갔다. 웬디는 피터가 그녀의 옷이 얼마나 짧아졌는지 알아챌까 두려웠다. 그러나 그는 그 사실을 알아채지 못했다. 그는 자신에 관하여 할 말이 너무나 많았다.

웬디는 피터와 함께 옛일을 이야기하며 즐거워할 것을 기대했지만, 새로운 모험들이 옛 모험들을 그의 마음에서 몰아내었다. 웬디가 최고의 적이었던 후크 선장에 대해 말하였을 때, 피터는, "후크 선장이 누구야?"라고 흥미를 갖고 물었다.

웬디는 놀라서 물었다, "'네가 그를 죽이고, 우리 모두의 목숨을 구했던 일을 기억 못할 수 있어?"

"나는 사람들을 죽인 후, 바로 그들을 잊는다." 피터는 무심히 말했다.

팅커 벨이 웬디를 보고 기뻐할지 반신반의하며 물었을 때, 그가 말했다. "팅커 벨이 누구야?"

"오, 피터." 웬디는 충격을 받고 말했다. 그녀가 설명을 했지만 피터는 기억하지 못했다.

"요정들은 많이 있어." 피터가 말했다. "내 생각에 그녀는 이제는 죽었어."

그가 옳았다고 나 또한 생각한다. 요정들은 오래 살지 못한다. 그들은 매우 작아서 짧은 순간도 그들에게는 길게 느껴진다. 피터에게는 지난 한 해가 단지 어제와 다름없이 짧았다는 것을 알고 웬디는 매우 가슴 아팠다. 웬디는 1년의 기다림이 너무나 길었다. 그러나 피터는 여전히 매력적이었다. 그리고 그들은 나무 꼭대기 작은 집에서 즐거운 봄 청소기간의 나날을 즐겼다.

그다음 해에 피터는 웬디를 찾지 않았다. 웬디는 전에 입었던 옷이 맞지 않아 새 옷을 입고 기다렸지만, 피터는 오지 않았다.

"아마도 피터가 병이 났나 봐." 마이클이 말했다.

"그 애는 병이 나지 않는 것을 너도 알잖아."

마이클은 웬디 가까이 다가와 몸을 떨며 속삭이듯 말했다. "웬디, 아마도 피터라는 애는 없나 봐!"

마이클이 울고 있지만 않았다면, 웬디도 그때 울었을 것이다. 그러나 피터는 그 다음다음 해 봄 청소 기간에는 왔다. 이상할 것 없이 피터는 1년을 건너뛰었다는 사실을 알지 못했다. 그해가 소녀로서 웬디가 피터를 본 마지막 해였다. 웬디는 피터를 위해 성장통을 앓지 않으려고 애썼다. 그녀는 지식을 얻을 때마다 피터에게 충실하지 못하다고 느꼈다. 그러나 세월은 그 무심한 소년을 데려오지 않고, 홀로 왔다가 홀로 갔다. 그리고 그들이 다시 만났을 때 웬디는 결혼한 부인이었다. 이제 피터에게 그녀는 그의 장난감들을 간직한 상자 속에 있는 작은 먼지 정도였다. 웬디가 어른이 되었다. 여러분은 그녀를 동정할 필요 없다. 웬디는 자라기를 바라는 부류의 인간들처럼 인생을 살았다. 더구나 그녀는 자신의 의지로 다른 소녀들보다 더 먼저 더 빨리 어른이 되었다.

네버랜드에서 온 소년들 모두 이제 어른이 되었고, 피터와 인연도 끝났다. 그들에 관하여 말할 것들로 다음 말고 특별히 말할 것은 없다. 여러분은 쌍둥이들과 닙스와 컬리가 어느 날 사무실로 향하는 도중 모두 작은 가방과 우산을 각각 하나씩 들고 가는 것을 볼 수 있을 것이다. 마이클은 철도 기관사가 되었고, 슬라이틀리는 귀족 가문의 여자와 결혼하여 귀족 칭호를 갖게 되었다. 철문을 열고 나오는 가발 쓴 판사가 저기 있다. 저분이 옛날 투틀즈이다. 자신의 아이들에게 해줄 이야기라고는 전혀 없는 저 수염 난 사람이 그 옛날의 존이다.

웬디는 핑크 벨트를 두른 흰 드레스를 입고 결혼했다. 그렇게 생각하는 것이 이상은 하겠지만, 그때 피터는 교회에 와서 결혼에 이의 신청을 하지 않았다. 세월이 흘러 웬디는 딸을 갖게 되었다. 우리는 이 사실을 검은 잉크가 아니라, 두드러지게 황금 잉크로 써야 할 것이다. 그 아이의 이름은 제인이었다. 그 아이는 이 세상에 태어난 순간부터, 이상하게 뭔가 묻고 싶은 것이 많은 표정을 짓고 있었다. 질문을 할 수 있는 나이가 되었을 때, 질문은 대부분 피터 팬에 관한 것이었다. 제인은 피터에 대한 이야기를 듣기 좋아했고, 웬디는 그 유명한 비행이 시작되었던 곳, 바로 그 아이들 방에서 자신이 기억하고 있는 모든 것들을 딸에게 들려주었다. 이제 그 방은 제인의 방이었다. 제인의 아버지는 웬디의 아버지로부터 3퍼센트의 이윤을 보태어 그 집을 사들였다. 웬디 아버지는 더 이상 계단이 있는 집을 좋아하지 않았고, 달링 부인은 죽어서 잊혀졌다.

아이들 방에는 이제 침대가 두 개뿐이었다. 제인의 것과 유모의 것. 그 방에 개집은 더 이상 없었다. 유모 개 나나는 늙어서 죽었는데, 말년에는 아이들과 함께 지내기가 어려웠다. 그러나 나나는 죽기 전까지 아이들을 돌볼 방법을 아는 사람은 자신밖에 없다는 굳은 신념을 가지고 있었다. 1주일에 한 번씩 제인의 유모는 저녁에 집을 비웠다. 그때 제인을 재우는 일은 웬디의 몫이었다. 그때가 모녀가 오붓이 이야기할 시간이었다. 제인은 어머니와 함께 머리 위로 이불을 뒤집어쓰고 천막을 만들어 무서운 암흑 속에서 속삭이며 이야기를 했다. 이 놀이는 제인이 고안해낸 것이었다.

"엄마, 어둠 속에서 무엇이 보이나요?"

"따님, 오늘 밤은 아무것도 보이는 게 없네요."

나나가 이곳에 있었다면, 분명 더 이상 이야기하지 말고 잠이나 자라고 했을 것이다.

"아니, 보세요, 엄마가 어린 소녀였던 때가 보이잖아요."

"아가야, 그건 오래전 일이다. 아, 세월이 빠르게 날아서 가는구나!"

"엄마가 어린 소녀였을 때 엄마가 날아다녔던 방법으로 시간이 날아가나요?" 꾀쟁이 제인이 물었다.

"내가 날았던 방식으로! 제인, 애야, 가끔 나는 내가 정말로 날았는지 의문이 들 때가 있단다."

"그래요, 엄마는 날았어요."

"내가 날 수 있었던 시절은 너무나 옛날이다!"

"엄마, 지금은 왜 날 수가 없어요?"

"애야, 어른이 되어서란다. 아이는 어른이 되면 나는 방법을 잊어버린단다."

"왜 날 수 있는 방법을 잊어요?"

"어른들은 더 이상 날 수 있다고 믿지 않고, 순수하지 않고, 매몰차지도 못한단다. 날 수 있으려면, 날 수 있다는 믿음을 가져야 하고 순수하해야 하고 매몰차야 한단다."

"날 수 있다는 믿음을 갖고 순수하고 매몰차다는 것이 무슨 뜻이에요? 나도 그런 믿음으로 순수하고 매몰차고 싶어요."

웬디는 뭔가를 보았다고 말했다. "내 생각에 내가 그걸 본 것은 바로이 아이들 방이야."

"내 생각도 그래요." 제인은 말한다. "그래서 다음에 어떻게 했어요?"

두 사람은 피터가 그림자를 찾아 방으로 들어오는 그날 밤의 그 유명한 모험 이야기까지 이르렀다.

"그 바보 같은 아이는 비누로 그림자를 붙이려고 했단다. 그리고 그렇게 할 수 없자 울었고, 그 울음소리에 나는 잠에서 깨어나 그를 위해 그림자를 꿰매어주었지."

"엄마가 빠뜨린 이야기가 있어요." 제인이 말을 막는다. 이제 제인은 엄마보다도 그 이야기를 더 잘 안다. "그 아이가 마루 위에 앉아 울고 있을 때, 엄마는 아이에게 무엇을 물었는데?"

"나는 침대에서 일어나 앉아서 말했지, 애야, 너 왜 울고 있니?"

"맞아요, 빠진 이야기가 그거예요." 큰 한숨을 쉬며 제인이 말한다.

"그런 다음 피터와 우리는 모두 네버랜드로 날아갔지. 거기에는 요정들과 해적들과 인디언들과 인어들이 사는 바다 호수와 아이들이 사는 땅속 집, 그리고 웬디가 사는 작은 집이 있었단다."

"맞아요! 엄마는 그것 가운데 어느 것이 가장 좋아요?"

"땅속 집이 가장 좋았던 것 같다."

"아, 나도 그렇게 생각해요. 피터가 엄마에게 마지막으로 한 말이 뭐예요?"

"나에게 피터가 마지막으로 한 말은, 내가 피터를 잊지 않고 기다리면, 어느 날 밤 내가 피터가 내는 닭 소리를 들을 수 있다고 했어."

"맞아요."

"아! 그러나 피터는 나를 깡그리 잊었나 봐." 웬디는 미소 지으며 말했다. 웬디는 그럴 여유를 부릴 만큼 어른이 되어 있었다.

"피터의 닭 울음소리는 어땠어요?" 제인이 어느 저녁 물었다.

"이랬지." 웬디는 피터가 내는 닭 울음소리를 흉내 내었다.

"아니, 그렇지 않아요." 제인은 진지하게 말했다. "이렇게 소리를 냈어요."

제인은 엄마보다 더 잘 흉내 내었다. 웬디는 놀라서 물었다. "애야, 너 어떻게 알았니?"

"내가 잠들어 있을 때 나는 가끔 그 소리를 들어요." 제인이 말했다.

"아! 그랬구나, 많은 소녀들이 잠든 채로 그 소리를 듣는단다. 그러나 나는 유일하게 깨어서 그 소리를 들었지."

"엄마는 좋았겠다."

그리고 어느 날 밤 드디어 비극적인 일이 터지고 말았다. 봄이었다. 제인은 그날 밤에 피터 팬 이야기를 엄마에게서 듣고 나서 잠자리에 들었다. 그때 웬디는 옷을 깁기 위해 벽난로 불빛 가까이 마루에 앉아 있었다. 아이 방에는 다른 불빛은 없었다. 옷을 깁고 있는 동안 웬디는 닭 울음소리를 들었다. 그리고 예전처럼 창문이 활짝 열리고, 피터가 마루 위로 내려왔다. 피터는 예전과 같은 키였다. 웬디는 피터가 아직도 젖니를 가지고 있는 것을 보았다. 피터는 그대로 작은 소년이었고, 웬디는 어른이 되었다. 어른이 다 된 웬디는 불가로 몸을 당기며, 절망적으로 죄지은 사람처럼 감히 움직이지 못했다.

"안녕, 웬디." 피터는 웬디가 달라진 것을 눈치채지 못하고 말했다. 피터는 자신만 생각하는 버릇이 있다. 희미한 불빛 속에서 웬디의 흰옷을 그가 처음 그녀를 보았을 때, 그녀가 입고 있었던 흰옷은 그에게 잠옷 같아 보였다.

"안녕, 피터." 웬디는 가능한 자신을 작게 만들려 애쓰면서 희미하게 대답했다. 그녀의 마음속 깊이 뭔가가 소리치고 있었다, "어른, 어른이 된 나를 떠나보내고, 소녀 웬디를 다시 돌려줘."

"안녕, 존은 어디에 있는 거야?" 피터는 침대 하나가 없는 것을 갑자기 발견하고 물었다.

"이제 존은 여기 없어." 웬디는 헐떡이며 말했다.

"마이클은 잠들었나?"라고 물으며 피터는 무심히 눈길을 잠든 제인 쪽으로 돌렸다.

"응." 웬디는 대답했다. 그리고는 자신이 피터와 제인 모두에게 거짓 말을 하고 있음을 알았다. "그 아이는 마이클이 아니야." 웬디는 천벌을 받을까 두려워 급히 고쳐 말했다.

피터는 제인을 쳐다보았다. "안녕, 새 아기인가?"

"그래."

"남자? 여자?"

"여자."

이제 피터는 알아챘을 수도 있다. 그러나 전혀 아니었다.

"피터." 웬디는 머뭇거리며 말했다. "내가 너와 함께 네버랜드로 갔으면 좋겠니?"

"물론이지, 그래서 내가 여기 왔잖아." 피터는 다소 딱딱한 어조로 말했다. "지금이 봄 청소 기간인 것 잊었어?"

많은 봄 청소 기간 동안 그가 웬디를 찾지 않았다고 피터에게 말해보아야 아무 소용이 없다는 것을 웬디는 알았다.

"나는 갈 수 없어." 웬디는 사과하듯 말했다. "나는 날아다니는 방법을 잊었어."

"내가 다시 빨리 가르쳐줄게."

"아니, 피터, 공연히 요정 가루를 나에게 낭비하지 마." 웬디가 일어났다.

그리고 공포가 피터를 엄습했다. 피터는 몸을 움츠리며 말했다. "이게 뭐야?"

"네가 나를 잘 볼 수 있게 내가 좀 불을 밝힐게." 웬디가 말했다. "자, 네가 직접 나를 봐."

내가 알기로, 피터가 가장 두려워했던 순간이었다. 피터가 소리쳤다. "불 켜지 마."

웬디는 손으로 가없은 그 소년의 머리카락을 쓰다듬었다. 웬디는 피터 때문에 가슴 아파 하는 작은 소녀가 아니었다. 사태를 지켜보며 미소 짓는 어른이 되어 있었다. 그렇기는 해도 그 미소는 눈물 젖은 미소였다.

그럼에도 웬디는 불을 켰고, 피터는 웬디를 보고 고통의 외침을 질렀다. 키가 크고 아름다운 여인이 팔로 그를 안아 올리려고 허리를 굽히려 하자, 피터는 급히 뒤로 물러섰다.

"어떻게 된 거야?" 피터가 다시 소리를 질렀다.

웬디는 이제 피터에게 자초지종을 말해야 했다. "나는 이제 나이가 들었단다, 피터. 나는 스무 살이 훨씬 넘었어. 나는 오래전 이미 어른이 되었단다."

"나이를 먹지 않기로 약속했잖아!"

"나도 어쩔 수 없었단다. 피터, 나는 결혼도 했단다."

"아냐, 아니야."

"침대에서 자고 있는 여자애는 나의 아가란다."

"아니, 아니야."

그러나 피터는 그럴지도 모른다는 생각이 들었다. 피터는 단도를 빼어 들고 잠자는 아이를 향하여 한 발자국 내딛었다. 물론 칼을 내리치지는 않았다. 대신 마룻바닥에 앉아 흐느껴 울었다. 웬디는 한때 피터를 쉽게 달래줄 수 있던 때가 있었다. 그러나 지금은 어떻게 하는지를 몰랐다. 웬디는 이제 어른이 되었다. 그래서 생각 좀 해보려고 방으로부터 뛰어나왔다.

피터는 홀로 계속하여 울었고, 곧 그 울음소리에 제인이 깨었다. 제인은 침대에서 일어나 앉아, 곧 관심을 보였다.

"얘." 제인이 말했다. "왜 우니?"

피터는 마루에서 일어나 제인에게 허리 굽혀 인사했고, 제인도 침대 위에서 답례의 인사를 했다.

"안녕." 피터가 말했다.

"안녕." 제인도 말했다.

"내 이름은 피터 팬이야." 피터가 말했다.

"응, 알고 있어."

"나는 엄마를 찾아 왔어." 피터가 설명했다. "엄마를 네버랜드로 데려가려고 그래."

"응, 알아." 제인이 말했다. "나도 너를 기다리고 있었어."

웬디가 시무룩해서 방으로 돌아왔을 때, 피터는 침대 기둥 위에 올라앉아 기세등등하게 닭 울음소리를 내고 있었고, 잠옷 입은 제인이 종교의식에 취해 있듯이 방 주위를 날고 있었다.

"쟤가 내 엄마야." 피터가 설명했다.

그리고 제인은 날기를 마치고 내려와 피터 곁에 섰다. 제인의 얼굴 표정은 성인 여자들이 피터를 쳐다볼 때 피터가 보고 좋아했던 바로 그 표정이었다.

"피터는 엄마가 너무나 필요하대." 제인이 말했다.

"그래, 나도 알아." 웬디는 쓸쓸하게 인정했다. "나만큼 그 사실을 아는 사람도 없단다."

"안녕."

피터는 공중으로 날아올랐고, 아무렇지 않다는 듯이 제인도 피터와 같이 따라 날았다. 비행은 제인이 움직일 수 있는 가장 손쉬운 방식이었다. 웬디는 창문 쪽으로 달려갔다.

"아니, 이러면 안 되지." 웬디가 소리쳤다.

"봄 청소만 하고 올게." 제인이 말했다. "피터는 늘 내가 봄 청소해주기를 기다렸어."

"나도 너와 함께 갔으면 좋을 텐데." 웬디는 한숨 섞인 소리를 냈다.

"엄마는 날 수 없다는 것을 잘 알잖아." 제인이 말했다.

그렇게 해서 끝내 웬디는 그들 둘 모두를 날려 보냈다. 우리가 웬디를 마지막으로 본 것은 창가에 서서 두 아이가 별처럼 작아질 때까지 하늘 속으로 사라져가는 것을 지켜보는 모습이었다.

여러분이 이제 웬디를 만나보시면 그녀의 머리카락이 희어지기 시작하고 있음을 알 수 있을 것이다. 컸던 키도 다시 작아졌다. 이들 모두는 벌써 오래전에 벌어졌던 일이다. 제인도 마거릿이라는 이름을 가진 딸이 있는 평범한 어른이 되었다. 봄 청소할 때가 다가오면 피터는 어쩌다 잊는 경우가 아니면 마거릿을 데리러 와서 그녀를 네버랜드로 데려갔다. 그리고 그곳에서 피터는 그녀가 들려주는 피터 팬에 관한 이야기를 열심히 들었을 것이다. 마거릿이 자라면 그녀도 피터의 엄마 역할을 할 딸을 갖게 될 것이다. 아이들이 즐거워하고, 때 묻지 않고, 마음에 거리낌 없이 행동하는 한, 피터 팬 이야기는 언제나 계속 반복될 것이다.

PETER AND JANE

『피터 팬과 웬디』를 어떻게 읽을 것인가?

정정호
(문학비평가, 중앙대 명예교수)

"어린이는 어른의 아버지이다."
— 윌리엄 워즈워스

"『피터 팬』은 표면적으로는 어린이를 위한 문학 같지만
사실은 어른들을 위한 작품이다."
— 조지 버나드 쇼

"난 절대 어른이 되고 싶지 않아. …나는 언제나 작은 아이가 되어
재미있게 살고 싶어." — J. M. 배리

1. 현실을 넘어 환상의 세계로

피터 팬(Peter Pan)은 스코틀랜드 작가 제임스 매튜 배리(James Matthew Barrie)가 창조해낸 우리 가슴에 언제나 살아 있는 "영원히 나이 먹지 않는 소년"이다. "세상에서 가장 착한 작가"로 불리는 배리가 1904년에 써 낸 희곡 『피터 팬』과 이 희곡을 토대로 1911년에 개작한 소설 『피터 팬

과 웬디』는 세계 문학사상 불멸의 작품이 되었다. 이 소설은 전 지구상의 어린이뿐 아니라 어른에게도 따뜻하고 사랑스러운 잃어버린 마음의 고향이다. 우리는 모두 피터 팬의 놀랍고도 환상적인 이야기를 통해 마음의 지도를 다시 그릴 수 있다. 이 소설은 답답한 도시에서 고단한 일상을 힘겹게 살아내고 있는 우리에게 신선한 공기를 불어넣어 우리의 몸, 마음 그리고 영혼까지 맑게 해주는 산소 같은 소설이다.

2. 『피터 팬과 웬디』의 줄거리

피터 팬 이야기는 대부분의 독자들이 알고 있을 것이다. 혹 아직도 소설을 읽지 않는 분들을 위해 대강 줄거리를 소개한다.

이 소설의 시작은 피터 팬이라는 소년이 팅커 벨이라는 요정과 함께 런던의 블룸스버리에 있는 달링 씨네 집을 방문하는 것으로 시작된다. 피터 팬은 그가 태어난 날 부모님이 그가 크면 일어날 일에 대해 이야기를 나누는 것을 듣고 집을 도망쳐 나온 소년이었다. 달링 가족이 기르는 개 나나가 피터 팬을 놀라게 하자 피터 팬은 달아나지만 자신의 그림자를 그곳에 놓고 온다. 개가 아이들을 지배하는 것에 지나치게 질투심을 느낀 아버지 달링 씨는 저녁을 먹으러 외출하기 전에 마당에 그 개를 묶어놓는다. 그 결과 피터는 아무런 방해를 받지 않고 되돌아와 그림자를 찾을 수 있었다. 피터 팬은 소녀 웬디 달링이 그의 몸에 그림자를 다시 꿰매어 붙여주자 달링 가의 세 아이들에게 나는 법을 가르친다. 피터 팬과 세 아이들은 환상의 세계인 어른이 없는 나라, 즉 어른이 되기 위해 노력할 필요 없는 어린이들의 세상인 네버랜드로 날아간다.

심술궂은 인어들과 악어들이 사는 그곳에서 피터 팬은 피부색이 붉은 아메리카 원주민(인디언)들에 의해 보호를 받으며 집 없는 소년들과 함께 살고 있다. 아이들은 후크 선장이 이끄는 해적 무리에게 위협을 받는다. 해적 무리는 피터 팬이 없는 동안 토착 인디언들을 학살한다. 집 없는 소년들의 엄마 역할을 하는 웬디는 다른 아이들과 함께 붙잡힌다. 후크 선장이 아이들을 처단하려는 그 순간에 피터 팬이 나타난다. 피터 팬이 결투에서 후크 선장을 물리치자 수년 동안 따라다니던 악어가 선장을 삼키게 된다.

그런 다음 피터 팬은 웬디와 존과 마이클을 런던의 집으로 데리고 온다. 달링 부인이 입양하겠다고 제의했으나 피터 팬은 거절한다. 그러나 부인은 사랑하는 딸 웬디를 매년 네버랜드의 봄 청소 기간 중에 보내주겠다고 약속한다. 웬디는 결혼하고 딸을 낳는다. 그 딸이 또 딸을 낳으며 피터 팬의 이야기는 계속된다. 피터 팬은 아직도 네버랜드 봄 청소 시기가 되면 런던으로 와서 웬디의 딸 제인과 제인의 딸 마거릿을 네버랜드로 데리고 간다. 이렇게 나이 들기를 거부하여 어른이 되지 않는, "나는 젊음이고 나는 기쁨이다"라고 말하는 피터 팬의 이야기는 영원히 계속될 것이다.

3. 생각해볼 몇 가지 주제들

① "어린이 되기"의 가능성과 불가능성

이 소설의 가장 중요한 주제는 바로 우리가 나이가 들더라도 "어린이로 남기" 또는 언제라도 "어린이 되기"이다. 『피터 팬과 웬디』의 첫장 첫 구절을 보자.

아이들은 모두 자란다. 한 사람만 예외다. 자신들이 자란다는 사실을 아이들은 일찍부터 알고 있다. 웬디가 그 사실을 알게 된 정황은 이렇다.

두 살이 되던 어느 날 웬디는 정원에서 놀다가 꽃 한 송이를 꺾어서 엄마에게 갖다 드렸다. (…) "아, 너는 이 꽃같이 나이 먹지 않을 수 없을까?"

두 모녀는 자라지 않아 영원히 변하지 않는 것들에 대한 이야기했다. (…) 여러분도 두 살이 지나면 그 사실을 알게 될 것이다. 두 살, 그 나이가 되면, 자라지 않고 영원히 나이를 먹지 않는 사람은 없다는 사실을 깨닫는다.

두 살이면 벌써 우리가 나이를 먹는 것을 알게 되다니! 이것은 그만큼 어린이로 남기가 얼마나 어려운가를 보여준다. 어떻게 하면 영원히 늙지 않은 어린이로 남을 수 있을까? 배리는 자신의 소설 『토미와 그리젤』에서 "천재란 무엇인가? 그것은 마음 내킬 때 다시 소년이 되는 것이다"라고 말한 바 있다. 우리는 모두 "천재"는 아니다.

웬디와 피터가 처음 만나서 이야기를 나눌 때 피터는 자신이 집을 나온 이유를 설명한다. 그는 "웬디, 나는 내가 태어난 날 집을 도망 나왔어"라고 말문을 열고 계속 낮은 목소리로 말했다.

> "나는 아버지와 어머니가 내가 어른이 되면 어떻게 되어 있을지를 말씀하시는 이야기를 들었고. (…) 나는 영원히 어른이 되고 싶지 않았어. (…) 나는 늘 작은 소년으로 남아서 재미있게 살고 싶어서 켄싱턴 가든으로 도망가서 그곳에서 요정들과 함께 오랫동안 살았지."

피터는 부모님들이 자신의 미래에 대해 이야기하는 말을 들었다. 아마 모든 부모들의 희망 사항인, 잘 키워서 교육시키고 사회에 적응시키고 그럴듯한 직업을 가지게 하고 결혼도 시켜 손주들도 생기기를 바란다는 이야기를 들었을 것이다. 피터는 이 말을 듣고 깜짝 놀라 영원히 어린이로 남고 싶어 집을 나와 공원에서 요정들과 살게 되었다. 여기에서 문제가 되는 것은, 어쩔 수 없이 나이가 들면서 어른이 되더라도 어린이의 마음을 가질 수 있느냐 하는 점이다. '어린이로 영원히 남기'는 불가능하니 어른이 되더라도 언제나 다시 '어린이로 되돌아가기'가 중요해지는 것이다. 그것은 우리가 마음만은 영원히 늙지 않는 어린이로 남은 채로 살아가는 것이리라.

'어린이 되기' 또는 '어린이 회복하기'에 가장 적당한 장르가 환상문학이다. 환상(Fantasy)은 현실에서 벗어나 일시적이나마 해방감을 누림으로써 일상 세계를 다시 들여다보고 반성하고 사유하는 시공간인 일종의 중간지대를 마련해주는 효과가 있다. 20세기 말부터 21세기 초까지 서구에서 인기를 끈 '나니아 연대기' 시리즈나 '해리 포터' 시리즈 등도 결국 20세기 초의 피터 팬 현상의 부활이라 볼 수 있다.

② 모성(母性)에 대한 양가적 태도

소설의 앞부분에서 작가 배리는 "피터는 엄마가 없을 뿐 아니라 갖고 싶은 마음도 없었다. 피터는 엄마들이 너무 과대평가되고 있다고 생각했다."고 적고 있다.

웬디와 집 잃은 소년들이 어머니의 사랑에 대한 이야기를 늘어놓자 피터는 괴로운 표정을 짓는다. 웬디는 피터가 어디가 아픈가 하여 걱정하였다. 피터는 어두운 목소리로 말하기 시작한다.

> "웬디, 너는 엄마들을 잘못 알고 있어. (…) 오래전 나도 너희들과 같이 나의 엄마가 창문을 열어놓고 나를 기다린다고 생각했다. 그래서 나는 달이 뜨고 지고 뜨고 지고 할 때까지 집을 떠나 돌아다니다가 어느 날 다시 집으로 날아서 돌아갔다. 그러나 나의 집 창문은 빗장으로 잠겨 있었고, 엄마는 나를 완전히 잊고 있었다. 그리고 나의 침대에는 낯선 작은 아이가 잠자고 있었다."

나는 피터의 이 말이 사실인지 모르겠다. 그러나 피터는 그것이 사실이라고 믿었고, 그 사실이 아이들을 놀라게 했다.

피터는 왜 그렇게 어머니를 싫어했을까? 피터의 어머니 혐오는 어디서 온 것일까?

작가 배리는 어렸을 때 어머니로 인한 큰 마음의 상처를 가지고 있었다. 그의 어머니는 형 데이비드를 편애했고, 데이비드가 14세가 되기 직전 스케이트를 타다 사고로 죽었을 때 어머니의 슬픔은 말로 다 할 수 없었다. 사랑하는 아들을 잃고 어찌나 슬퍼했던지, 당시 여섯 살이던 배리는 어머니의 충분한 사랑을 받지 못했다. 한번은 배리가 어머니의 어두운 침실에 들어갔더니 어머니는 "데이비드니?" 하고 말했고 배리는 "아니, 나 제임스예요"라고 말했다. 신경쇠약에 걸린 어머니의 환심을 사려고 배리는 형이 입던 옷을 입고 형이 하던 행동들을 연출하기까지 했다. 부모의 지나친 편애가 다른 아이들을 어떻게 망치는가를 잘 알려주는 일화이다. 배리는 자신의 연극에 배역을 맡은 배우 메리 안셀과 결혼했으나 기대했던 결혼 생활은 순탄치 못했다. 배리는 어머니에게서 얻지 못한 사랑을 아내에게 얻으려 했을까? 급기야 아내가 20세 연하의 남자와 불륜을 저질러 배리는 이혼의 아픔을 겪었다. 배리는 자신의 아이를 가질 수 없었고 그래서 결국 스스로 자신의 아이가 된 것일까?

소설 속의 피터 팬의 어머니 혐오는 다시 어른들에 대한 증오로 반전된다.

네버랜드 속담에 아이들이 숨을 쉴 때마다 어른들 한 명이 죽는다는 말이 있다. 그래서 그는 그렇게 했다. 피터는 복수심에 불타서 가능한 빨리 어른들을 다 죽이고 싶었다.

작가 배리는 이 소설의 주인공 피터 팬을 통해 19세기 말 후기 빅토리아 시대와 20세기 초 에드워드 왕 시대의 전환기에 영국 부모들의 억압적인 자녀 교육과 훈육에 대한 반감을 가지고 저항한 것일까?

③ '사랑 이야기'로서의 가능성

이 소설에서는 소년 피터 팬과 세 여성 인물들인 웬디, 요정 팅커 벨, 인디언 공주 타이거 릴리 사이에 낭만적인 분위기가 연출된다. 피터와 웬디가 만났을 때 그들의 대화를 들어보자.

> 웬디는 피터와 함께 침대 끝에 앉았다. 그리고 웬디는 피터가 원하면 키스해주겠다고 말했다. 그러나 피터는 웬디가 무슨 말을 하는지 몰랐다. 웬디가 뭔가 주겠다고 말하니, 그는 잔뜩 기대하고 손을 앞으로 내밀었다. "키스가 무엇인지 알기는 하니?" 웬디는 놀라 물었다.
> "네가 키스를 주면 무엇인지 알겠지." 멋대가리 없이 피터가 말했다.
> 피터의 감정을 상하지 않게 하기 위해 웬디는 골무 하나를 피터에게 주었다.
> "자, 그러면, 이제 내가 키스를 줄까?" 하고 피터가 말하자 웬디는 다소 새침해서 대답했다. "자, 줘봐."
> 그녀는 얼굴을 그를 향해 기울이며 부끄러워했다. 그러자 피터는 그녀의 손 안에 도토리 단추 하나를 달랑 떨어뜨렸다. 그러자 웬디는 천천히 얼굴을 원래 자리로 옮겼다.

웬디는 진정으로 피터에게 일종의 연정을 느껴 키스하고 싶었으나 피터는 모른 체하며 엉뚱한 태도를 취한다. 소년 피터는 정말 키스가 무엇인지 모르는 것일까? 웬디가 후에 "이제 나에게 키스해줘도 좋아."라고 다시 말했으나 피터는 키스하지 않은 걸 보면 분명히 그는 키스가 무엇인지 모르고 있다. 결국 웬디가 먼저 키스하고 피터도 웬디에게 키스했다. 그러나 피터 팬에서 사랑의 감정은 없는 듯하다.

피터가 웬디에게 키스할 때 피터를 따라 다니는 요정 팅커 벨이 웬디의 머리를 잡아당겼다. 요정이 이들의 키스를 방해하려 했던 것이 분명하다. 그 후 원래 팅크는 나쁜 요정은 아니어서 착한 일도 하지만 점점 고약한 성미를 부리기 시작했다. 작가는 "지금 팅크는 웬디에게 질투심을 느끼고 있었다."라고 적고 있다. 팅커 벨은 네버랜드에서 한번은 집 잃은 소년들에게 "피터가 너희에게 웬디를 활로 쏘래."라고 말한다. 피터가 시키는 일이면 무엇이든 그대로 행동하는 그들이다. 소년 중 한 사람인 투틀즈가 활을 쏘아 웬디의 가슴을 맞췄고 웬디는 새처럼 퍼덕이다 땅위로 떨어졌다. 피터가 정말로 웬디를 활로 쏘라고 시켰을까? 물론 아니다. 팅커 벨의 질투심의 결과였다.

해적 대장 후크의 속임수에 의해 피터 팬이 거의 독약을 먹기 직전에 팅커 벨은 피터를 살리기 위해 자신이 그 독약을 먹고 죽는다. 이것은 인간과 요정 사이의 사랑의 극치가 아닌가? 그러나 피터의 극진한 노력으로 팅커 벨은 결국 다시 깨어난다.

타이거 릴리는 인디언 부족의 매우 아름다운 공주이다. 그녀가 해적에게 붙잡혀가 죽게 되었을 때 피터 팬이 필사적으로 구해주었다. 타이거 릴리에게는 많은 구혼자들이 있었지만 어느 누구에게도 눈길을 주지 않았다. 왜 그럴까? 그것은 아마도 타이거 릴리가 언젠가 피터 팬과 결합할 수 있으리라는 기대 때문은 아닐까?

④ 이야기와 그 영속성에 관한 사유

작가 배리는 타고난 이야기꾼이었다. 이 소설의 주제는 이야기와 '이야기의 영속성'이기도 하다. 피터가 웬디를 처음 만났을 때 흥미를 가진 것은 웬디가 엄마와 함께 나눈 이야깃거리가 많기 때문이었다. 이 소설의 맨 마지막 문단에 이 '이야기' 주제가 잘 드러나 있다.

> 여러분이 이제 웬디를 만나보시면 그녀의 머리카락이 희어지기 시작하고 있음을 알 수 있을 것이다. 컸던 키도 다시 작아졌다. (…) 제인도 마거릿이라는 이름을 가진 딸이 있는 평범한 어른이 되었다. 봄 청소할 때가 다가오면 피터는 (…) 마거릿을 데리러 와서 그녀를 네버랜드로 데려갔다. 그리고 그곳에서 피터는 그녀가 들려주는 피터 팬에 관한 이야기를 열심히 들었을 것이다. 마거릿이 자라면 그녀도 피터의 엄마 역할을 할 딸을 갖게 될 것이다. 아이들이 즐거워하고, 때 묻지 않고, 마음에 거리낌 없이 행동하는 한, 피터 팬 이야기는 언제나 계속 반복될 것이다.

이 소설에는 신데렐라 이야기부터 시작해서 수많은 이야기들이 등장한다. 피터 팬도 이야기의 원형(archetype)이다. 이 소설은 도처에서 등장인물들의 이야기 찬양이 이어지는 이야기 천국이다. 피터는 앞으로도 엄마 웬디–딸 제인–손녀 마거릿으로 세대가 내려가더라도 이야기가 있는 한 네버랜드의 봄 청소철이 되면 다시 런던의 제인과 마거릿을 만날 것이다. 여기서 '이야기'는 문학을 가리킨다. 사실상 인간의 역사에서 신화, 전설, 역사, 대화 등 이야기 아닌 것이 없다. 그래서 인간은 서사 충동을 가진 '이야기하는 인간(Homo narrans)'으로 정의될 수 있다. 피터 팬의 이야기가 계속 반복되는 한 다시 말해 인간의 이야기 즉 문학이 지속되는 한 인류는 지구에서 멸망하지 않고 영원히 존속될 것이다.

⑤ 소설에서 작가의 개입 : '나', '우리', '여러분'

내가 이 소설을 읽으면서 가장 인상적인 것은 작품 속에 작가가 수시로 개입한다는 사실이다. 작가가 소설 텍스트에 절대로 나타나서는 안 된다는 20세기 모더니즘 소설에 오랫동안 익숙했던 나는 처음에는 어색

했으나 곧 적응했고 오히려 즐기게 되었다. 독자로서 작중인물들뿐 아니라 소설가 배리를 직접 만난다는 것은 여간 신나는 일이 아니다. 이 소설을 시작하는 첫 문단과 마무리하는 마지막 문장에 똑같이 독자를 뜻하는 "여러분"이 등장한다.

　여러분도 두 살이 지나면 그 사실을 알게 될 것이다.

　여러분이 이제 웬디를 만나보시면 그녀의 머리카락이 희어지기 시작하고 있음을 알 수 있을 것이다.

　소설가 배리는 소설 쓰기 즉 허구 만들기에서 시공간을 바꿔가면서 자주 창작 작업에서 자신을 "나"라고 지칭하며 드러내고 독자를 불러낸다. 이것은 저자의 절대적 권위를 내려놓고 저자–등장인물(소설)–독자 사이의 새로운 관계를 설정하기 위한 것이다. 어떤 의미에서 작가의 독립성과 주체를 양보하고 독자와 함께 텍스트를 만드는 것이다. 우선 "나는 그녀에 대하여 나쁘게 말할 수가 없다."에서처럼 소설에서 작가 "나"를 공개적으로 드러내고 있다. "그러나 곧 그들도 여러분이나 나나 젠킨스 2세와 같이 평범한 사람들로 안주했다. 하늘을 날 수 있는 능력이 점차 그들에게서 떠났다는 사실을 말해야 해서 슬프다."에서는 "여러분"과 "나"가 동시에 등장한다. "자, 독자여! 다음의 일이 벌어지는 데 얼마나 시간이 걸렸을지 계산하시라."에서 작가 배리는 소설 한가운데서 큰 소리로 독자를 직접 불러내기도 한다.

　이 소설의 어떤 긴 문단에서는 "나"(작가), "우리"(작가와 독자), "여러분"(독자들)이 동시에 등장하기도 한다. 예를 들어보자.

우리는 달링 부인이 어떤 분인지 안다. 그녀는 우리들이 아이들의 작은 즐거움을 빼앗았다고 비난할 것이 분명하다. (…) 여러분도 이제 알게 되었을 것이다. 부인은 만만한 상대가 아니다. (…) 그러나 나는 이제 부인에게 그 어느 것도 이야기하지 않겠다. 사실 나는 부인에게 무엇을 준비하라고 이야기할 필요도 없다. (…) 우리 모두 방관자들이 되자. 어느쪽도 우리를 원하지 않으니, 그들 가운데 누군가 상처받기를 바라며 지켜보고 있다가 생뚱맞은 이야기나 하자.

이 부분에서 정말로 소설가와 독자 사이의 관계에 대한 배려의 생각이 극명하게 드러나고 있다. "나", "우리", "여러분"이 하나의 창작 공동체가 되고 있다. 이것이 소설의 새로운 가능성이 될 수도 있다. 이렇게 소설은 작가–작중인물–독자들의 다양한 목소리 함께 섞이고 대화하는 역동적인 만남의 광장이 되는 것이다.

⑥ 여성주의와 여권주의

『피터 팬과 웬디』를 읽으면서 떠나지 않는 생각은 피터 팬의 여성 존중이다. 이런 생각을 가지고 이 소설을 다시 살펴보면 많은 여성주의(페미니즘)를 만날 수 있다. 피터는 소설 처음부터 여성성의 우월성을 토로하고 있다.

피터는 그 누구도 저항할 수 없는 목소리로 계속해 말했다. "웬디, 한명의 소녀가 스무 명의 소년들보다 더 쓸모가 있어."

"집 잃은 여자들은 없어?"
"그래, 없어, 너도 알다시피, 여자 아이들은 너무나 영리해서 유모차에서 떨어지는 일이 없어."
이 말이 웬디를 매우 기분 좋게 했다. 그녀가 말했다. "내 생각에,

너는 참 여자들을 좋게 말하는구나. 저쪽에서 자는 존은 여자아이들을 업신여기는데."

피터 팬은 페미니스트임에 틀림없다.

작가 배리는 인디언공주 타이거 릴리의 용맹성에 대해서 다음과 같이 묘사하고 있다.

> 그녀의 손과 다리는 묶여 있었다. 그녀는 자신의 운명이 어떻게 될지를 알고 있었다. 그녀는 바위에 홀로 남아 수장당해 죽을 것이다. 그런 죽음은 그녀 종족의 화형이나 참수형보다 더 무서운 것이 될 것이다. 물을 통해서는 인디언들이 죽어서 가는 그 행복을 안겨주는 사냥터에 갈 수 없다고 인디언 책에 씌어 있지 않았던가? 그러나 그녀의 얼굴은 무표정했다. 그녀는 추장의 딸이었고, 추장의 딸답게 죽어야 했다. 그러면 되었다.

결국 피터 팬은 이 의연한 여전사 타이거 릴리를 구해낸다.

피터 팬이 해적에 잡힌 웬디를 구하러 인어들이 사는 호수에 갔을 때 피터도 큰 부상을 입었다. 피터와 웬디는 그곳을 벗어나고자 했으나 거의 불가능했다. 그들은 연을 발견하고 그것을 타고 탈출할 계획을 세웠다. 그러나 그 연에 두 사람 모두 타기는 어려웠다.

> "우리 제비뽑기하자." 웬디가 용감하게 말했다.
> "여자는 너야, 안 돼."
> 이미 피터는 연줄 끈을 웬디의 몸에 감았다. 웬디는 피터를 잡고 너 없이는 가지 않겠다고 말했다. 그러나 "잘 가, 웬디."라고 말하고 피터는 바위에서 그녀를 밀었다. 잠시 후 그녀는 연과 함께 그의 시야에서 사라졌다. 피터 홀로 바다 호수에 남았다.

피터 팬은 자신을 포기하고 웬디만을 구했다. 이것에 대한 감사의 마음일까? 후에 해적 선장 후크와 피터 팬이 최후의 결전을 벌이는 중 몹시 피곤한 피터가 잠시 잠들었을 때 그는 꿈속에서 울고 있었다. 웬디는 곁에 있었고, "꿈속에서 웬디는 피터를 꼭 끌어안아주었다." 괴테는『파우스트』의 마지막 노래에서 "영원히 여성적인 것만 인류를 구원한다."고 했던가? 1911년에 출간된 이 소설에는 빅토리아 시대 가부장제의 잔재도 많고 여성을 '집안의 천사'로 남겨두려는 시도도 여러곳 있다. 그러나 우리는 그러한 시대정신에 저항하는 여성을 독립적인 주체로 소중히 여기는 여권주의 사상에 새로운 가치를 부여해야 할 것이다.

⑦ 인종차별 문제 : 백인들의 인디언에 대한 태도

아직까지 많이 논의되지 않았지만 이 소설에서 보이는 인종차별이 주요한 문제가 되어야 할 것이다. 소설에서는 인디언들이 중요하게 등장한다. 미국 인디언은 한때 야만인, 원주민, 그리고 "붉은 피부를 가진 사람들(Red man)"이라고 불리었으나 요즘은 가치중립적으로 토착 미국인(Native American)으로 불린다. 피터가 죽음에서 구해준 타이거 릴리는 피카니니 부족장의 딸로 인디언 공주이다. 그래서 인디언들은 피터를 존경하고 복종한다.

> 인디언들은 피터를 위대한 백인 아버지라고 부르며, 존경의 표시로 그의 앞에 무릎을 꿇었다. 그는 이러한 그들의 태도를 매우 좋아했다. 그러나 이것은 그를 오만하게 만들어 도덕적으로 그에게 좋지 않았다. 인디언들이 그의 발치에 넙죽 엎드리면, 피터는 대장처럼 말했다. "나 위대한 백인 아버지는 피카니니 전사들이 나의 집을 해적들로부터 지켜주어 기쁘다."
> 그러면 예쁜 인디언 공주가 말했다. "나 타이거 릴리를 피터 팬이 구

해주었다. 나는 그의 좋은 친구이다. 나는 해적들이 그를 해치려 하면 그들을 좌시하지 않겠다."

그러나 사내와 같은 여전사 릴리는 아첨으로 그렇게 말하지는 않았을 것이다. 그러나 피터는 마땅히 그런 대우를 받아야 한다고 생각하고, 생색내며 대답했다. "좋다고 피터 팬이 말씀하신다."

여기에서 인디언들이 무릎을 꿇으며 어린 피터를 "위대한 백인 아버지"라고 높이 부르는 것이 심상치 않다. 더욱이 피터 자신이 "좋다고 피터 팬이 말씀하신다"라고 말하는 표현 방법은 더욱 문제가 된다. 대단히 권위적으로 자신을 가리켜 말하는 것은 마치 자신의 "말"이 하나의 법령과 같은 권위를 가진다는 뜻이다. 공자님이 말씀하신다, 예수님이 말씀하신다, 자라투스투라는 이렇게 말했다와 같은 맥락이다. 이것은 아마도 비서구인들에 대한 백인 우월주의의 표현일 것이다. 19세기 대영제국의 제국주의와 식민주의가 전 지구를 지배할 때 소위 식민지 원주민들을 교화시키고 문명화시켜야 한다는 '백인의 의무'가 떠오른다. 이러한 인종차별주의는『피터 팬과 웬디』라는 텍스트와 작가 배리 자신의 무의식 속에 깔려 있는 것일지도 모를 일이다.

후크 선장이 이끄는 백인 해적들은 피터와 웬디, 그리고 집 잃은 소년들을 해적들로부터 방어해주는 인디언들에 대한 대학살을 자행하였다. 살아남은 인디언들은 타이거 릴리를 비롯해 단지 몇 명뿐이었다. 그러나 그러한 만행에 대한 비판보다는 "잔인성을 미워하기는 하지만, 그런 대담한 전술을 생각해낸 그의 기지와 전술에 경의"를 표할 뿐이다.『피터 팬과 웬디』같은 아동문학에서 나타나는 이러한 인종차별주의 사상은 이 책을 읽는 동서양 어린이들에게 거의 무의식적으로 작동되어 성장하여서도 당연한 것으로 받아들일 수 있기 때문에 바람직하지 않고 오히려 위험한 것이다. 그러나 희망은 엿보인다. 피터 팬이 타이거 릴리를 백인 해적들로부터 구해주고 네버랜드의 집 잃은 소년들과 인디언 공주와 잘 지내는 것은 종족간 평등과 화해의 가능성의 시작이다.

⑧ 자연과 환경 생태 문제 : 판이라는 신(神)의 의미

이제 나뭇잎으로 만든 모자를 쓴 피터 팬에게서 그의 성(姓)인 팬(PAN)에 주목해보자. 팬은 그리스 신화에 등장하는 자연의 신 '판'을 뜻하며 '자연, 이교주의, 무도덕의 세계'를 상징한다. 이 소설은 네버랜드의 야생으로 가득 차 있다. 원주민들과 네버랜드의 새들과 요정들과 인어들과 악어들이 있다. 어떤 의미에서 하늘을 새처럼 나는 피터 팬은 그리스의 신화의 자연신이다. 작가 배리는 왜 이 소설에서 자연의 신인 판을 연상시키는, 신기하고 이국적인 분위기를 띠는 자연환경을 자주 등장시키는가?

배리의 아내 메리는 한적한 시골의 오두막집을 원해서 1900년에 서리주의 블랙레이크 근처 한 시골집을 임대해 지내기도 했다. 그들은 사람들로 북적대는 런던을 떠나 조용하고 격리된 생활을 꿈꾸었다. 이러한 자연 회귀는 시끄럽고 복잡한 대도시에 사는 현대인들 모두의 바람일 것이다.

목신(牧神) 판은 피리(팬플루트)를 불면서 자연 속에 함께 사는 풀, 강, 바다, 섬, 새, 벌, 매미, 도마뱀을 노래한다. 이 작품 속 네버랜드의 분위기와 유사하다. 소설의 제4장 「비행」에는 피터 팬과 웬디와 남동생 존과 마이클이 네버랜드로 날아가다가 하늘의 새들과 서로 음식을 나누어 먹는 아름다운 장면이 있다. 네버랜드 섬에서는 다양한 동물들이 서로 싸우지 않고 잘 지내고 있다.

그림자들과 같이 인디언들이 왔다가 사라지고, 그들이 있던 자리를 짐승들이 채웠다. 알록달록하니 멋진 행진이다. 사자, 호랑이, 곰, 그리고 그들을 피해 도망가는 그들보다 작은 수많은 야생동물, 모든 종류의 동물들이 다 모여 있었다. 특히나 사람을 잡아먹는 동물들도 그 특별한 섬에서는 정답게 살아간다.

이런 구절은 요즈음 같은 지구라는 행성에서 다른 동식물들과 공생하기 보다 가축이나 애완용으로 기르는 현상과 매우 다르다. 네버랜드의 비전은 인간 이외에는 모두 배제하는 인간중심주의적인 자본주의 체계와 환경 생태계 교란 및 파괴 속에서 새로 부상하고 있는 인간과 동식물이 함께 공존하는 '지구 생명 공동체'와도 연결될 수 있지 않을까?

네버랜드에서 피터 팬, 웬디, 그리고 집 잃은 소년들이 함께 사는 "땅속 집"의 내부를 들여다보자. 매우 자연친화적이다.

그 집에는 커다란 방 하나뿐이었다. 이 집에서 낚시를 하고 싶으면, 흙을 파내기만 하면 되는 방바닥이 있고, 이 방바닥에는 매우 멋진 색깔의 단단한 버섯들이 자라고 있었다. 그들 버섯들은 의자로 사용되었다. 네버 트리라는 나무가 방 가운데 있어 자라려고 애쓰지만, 매일 아침 아이들이 방바닥과 수평이 되게 그 나무 몸통을 톱으로 잘라냈다. 오후 4시경 차 마실 시간에 그 나무는 2피트가량 자랐다. 그러면 아이들은 문짝을 하나 그 위에 올려놓아 식탁으로 사용했다. 그리고 식탁 사용이 끝나면 바로 그 나무 몸통은 톱으로 잘려 나갔다. 그러면 놀이할 공간이 더 많이 생겨났다.

칸막이도 없는 큰 방에 살아 있는 생물들이 모두 함께 살고 있다. 나무나 버섯 등을 가구로 사용하고 방에서 낚시도 하고 놀이 공간을 만들기도 한다.

이상 잠정적인 여덟 가지 논점 이외에도 독자들이나 연구자들에 따라 앞으로 다양한 논의나 주제들이 계속 추가될 수 있을 것이다.

4. 어린이뿐 아니라 어른을 위한 소설

피터 팬은 왜 어른이 되는 것을 싫어하여 네버랜드에서 어린이로 남는 것일까? 피터는 네버랜드를 떠나 런던에 온 후 집 잃은 소년들이 모두 교육을 받고 어른으로 자라 이야기가 없는 세계에 사는 어른들의 모습이 싫었다. 배리는 "소년들 모두 이제 어른이 되었고, 피터와 인연도 끝났다. 그들에 관하여 말할 것들로 다음 말고 특별히 말할 것은 없다."고 말한다.

배리는 어른이 되지 않는 어린이의 영원성만을 찬양한 것일까? 이것은 양가적일 수밖에 없다. 아니다. 어린이는 성장할 수밖에 없다. 그래서 이것은 '비극'이 된다. 성장은 순수성과 영속성을 잃어버리는 것이기 때문이다. 그렇다면 어린이의 순수성을 유지하면서 성장할 수는 없을까? 이것은 배리의 딜레마이다. 그러나 어른이 되고 늙더라도 쉽게 현실에 안주하고 세속화되고 경직화되고 사회화되지 않고 순수한 어린이 마음만을 유지할 수 있다면 얼마나 좋을까? 신비한 순수성을 잃어버리지 않는 것과 세속적으로 나이 듦은 하나의 모순이며 역설일 것이다. 결국 삶은 죽음으로 가는 행진이며 죽음 속에서 삶을 구가하는 역설적인 운명이지만 이 '비극적 환희(tragic joy)'를 어떻게 균형 있게 유지 지탱하는가가 관건이다. 이것은 인간이 영원히 풀기 어려운 난제 중의 난제이다. 그래서 작가 배리는 자신이 아직도 "젖니를 잃지 않고 가지고 있"는 피터 팬을 "존재의 수수께끼"라고 부르지 않았던가?

이런 의미에서 소설 『피터 팬과 웬디』를 어린이를 위한 소설로만 보아서는 안 된다. 어린이들이 이 소설을 읽고 일상생활의 기쁨과 즐거움을 누리고 상상력을 길러야 하는 동시에 무겁고 어두운 삶을 이어가는 어른들도 이 소설은 반복해서 읽어야 할 필요가 있다. 이 소설은 결코 아동문학만이 아니다. 어떤 의미에서 '아동문학'이라는 범주를 설정하는 것은 잘못된 것이라는 생각이 든다. 모든 문학은 나이를 초월하는 것이다. 물론 어린이들이나 청소년들에게 읽기 어려운 시나 소설들이 있는 것은 사실이다. 그러나 본질적으로 모든 문학은 나이차별주의(ageism)를 초월해야 한다. 노인들도 아동문학을 읽고 꿈을 꿀 수 있어야 하고, 어린이들도 예언할 수 있어야 한다. 『피터 팬과 웬디』는 영어로 쓰여진 소설이지만 번역을 통해 나이와 민족과 지역을 뛰어넘어 함께하는 전 지구 문학이다.

『피터 팬과 웬디』는 1911년 출간 이후 전 세계 대중문화에 엄청난 영향을 끼쳤다. 무성영화부터 팬터마임, 뮤지컬, 영화, 애니메이션 등으로 다양하게 모습을 바꾸면서 계속 재탄생했다. 앞으로도 『피터 팬과 웬디』는 다양한 모습으로 등장할 것이다. 피터 팬의 이야기는 시대와 지역을 넘어 우리의 마음속에서 영원히 살아 있을 것이다.

2021년 4월 5일

아동문학과 아동 그리고 책읽기

김명복

아동문학은 특별히 독자가 아동이라는 것을 명시하고 씌어진 특수한 문학 장르입니다. 그러나 아동문학의 내용을 보면 성인과 아동을 모두 아우르는 이중독자를 가정하고 씌어 있습니다. 자주 우리는 아동문학이 성인 독자를 배제하고 있다고 생각합니다. 그러나 아동문학을 창작한 사람은 성인이고, 아동문학을 아동에게 추천한 사람도 성인입니다. 아동문학을 아동에게 추천하려면 먼저 성인이 읽어야 합니다. 그래서 작가는 성인이 작품을 아동에게 추천하도록 성인 독자를 마음에 두고 책을 쓸 수밖에 없습니다. 사실 성인 독자는 아동문학을 읽으면서 자신의 어린 시절을 회상하는 향수의 정서에 빠집니다. 더구나 아동이 책 읽을 능력이 되지 않아서 성인이 아동에게 책을 읽어주어야 하는 경우가 생기면, 성인은 아동이 읽어주어도 좋을 내용의 책을 선택합니다. 작가는 책을 선택하는 성인 독자를 고려하지 않을 수 없습니다. 그렇게 아동문학은 성인과 아동을 아우르는 이중독자를 가정하고 씌어졌습니다.

왜 아이들은 누군가 그들에게 책을 읽어주는 것을 좋아하고, 또는 왜 어른들은 아이들이 혼자서라도 책을 읽어야한다고 생각합니까? 아이들이 부모님이나 할아버지 할머니에게 책을 읽어달라고 보채는 가장 큰 이유는, 책을 읽는 동안만큼은 아이가 부모나 조부모들과 함께 같은 공간에 머무를 수 있어서입니다. 아이가 책을 다 읽었는데도 또다시 읽어달라거나 말도 안 되는 질문들을 하는 것들은 모두 책을 읽어준 사람을 붙잡아두려고 하는 핑곗거리들입니다. 왜냐하면 책을 읽을 때 어른들은 아이들의 눈높이 맞추어, 평상시와 다르게 목소리까지 바꾸어 책을 읽습니다. 평소의 질책하고 훈계하는 어른 목소리는 아닙니다. 성인은 아이의 입장이 되어서 최대한 아이가 쉽게 이해할 수 있는 말로 아이에게 책을 읽어줍니다. 아이는 그런 어른이 그와 함께 같은 공간에 있어서 좋습니다. 그래서 만일 어른이 책 읽어주기를 거절하면, 아이는 그 어른이 자신과 함께 있고 싶어 하지 않는다 생각하여, 급기야 자신을 사랑하지 않는다 생각합니다.

아이가 혼자서도 책을 읽을 나이가 되면 성인들은 아이들에게 책읽기를 권장합니다. 왜 그렇게 합니까? 그것은 성인들이 책을 읽는 이유와 유사합니다. 책을 읽지 않았다면 생각하지 못했을 일들을 책을 읽었기에 생각하게 됩니다. 우리의 일상사들이 우리의 사고를 붙잡고 있어서, 우리는 책의 도움을 받지 않으면 일상사 이외에 일을 생각하지 않습니다. 일상사와 별개의 사고를 하려면 우리는 책을 읽어야 합니다. 아이들도 마찬가지입니다. 아이가 책을 읽지 않으면, 아이는 그 시간에 무엇을 생각합니까? 놀이와 먹을 것을 생각합니다.

경험이 적은 아이들에게 책은 더 높고 더 넓고 더 깊은 세상과 사고로 아이들을 안내합니다. 아이는 언어라는 매개체를 통하여서만 외부 세계와 교류할 수 있음을 배웁니다. 아이가 가지고 있는 언어의 지식이 곧 세상의 이해의 지식이고, 문명과 문화는 언어의 축적입니다. 언어가 세상을 깨우고, 아이의 사고를 깨어나게 할 동력을 아이는 책을 통해 배웁니다. 언어로 되어 있는 책은 아이가 숨 쉬며 살아가는데 필요한 산소와 같습니다. 새로운 깨우침은 모두 책을 통해서 이루어져서입니다.

책을 읽으며 지식 정보 이외에 아이는 그 밖에 또 무엇을 배웁니까? 몇 년 전 대학원 강의에서 잊지 못할 아주 특별한 경험을 하였습니다. 수강생은 모두 다섯 명이었습니다. 학생들이 영어 학술 논문을 한 편씩 읽고 내용을 요약하여 발표하는 시간이었습니다. 발표 차례가 된 한 학생은 요약하지 않고 논문을 처음부터 번역하였습니다. 이유를 물으니 자신이 보기에 모든 내용이 중요하여 요약할 수 없다고 했습니다. 그때 자동차를 운전하여 목적지를 향해 가는 우리의 행위가 생각났습니다. 자, A에서 B라는 곳으로 자동차를 운전하여 이동한다고 합시다. 우리는 출발지와 도착지 사이에 놓여 있는 모든 지형지물을 기억하고 갈 필요는 없습니다. 우리는 신호등으로 나뉘어 있는 구간에 있는 신호등을 기억하며 가면 됩니다. 책의 요약 내용은 신호등과 같은 역할을 합니다. 그 학생은 글의 전체 흐름을 끌고 가는 신호등과 같은 내용만 이야기하면 되었습니다. 그러라고 작가는 글을 장(챕터)으로 나누고, 장은 다시 문단으로 나눕니다. 결국 아이는 책을 읽으며 자신이 무엇을 기억해야 다음 문단을 이해할 수 있을지를 배웁니다. 신호등과 같은 문단의 주요 내용을 기억하는 것을 배웁니다. 책읽기 경험이 없이 아이는 무엇이 중요하고, 무엇을 기억해야 하는지를 배울 수 없습니다.

우리가 지금과 같이 글을 장(챕터)으로 나누고 장 안에서 다시 문단들로 나누어 글을 세분화하는 방식은 서양 중세의 12세기 글쓰기 방식을 따른 것입니다. 21세기가 되면서 핸드폰이 상용화되며 짧은 문장들로 이루어진 문단을 문자로 보내는 데 우리는 매우 익숙해졌습니다. 길게 보내는 글들은 잘 읽지 않습니다. 우리는 토막토막 나뉘어 있는 글 읽기를 즐겨합니다.

생각나는 옛 이야기가 있습니다. 옛날 죽음을 앞두고 한 노인이 다 큰 아들 셋을 방으로 불렀습니다. 노인은 방 한가운데 커다란 나뭇단을 가져다 놓고 큰 아들부터 그 나뭇단의 중간을 손으로 꺾으라 했습니다. 첫째와 둘째 두 아들은 낑낑대며 나뭇단을 무릎에 놓고 꺾어보았지만 실패했습니다. 그때 막내가 나뭇단을 풀어헤치고 꺾을 수 있는 만큼의 나뭇가지들 뭉텅이로 다시 나누어 천천히 꺾기 시작하였습니다. 인생을 살아가며 힘겨운 것은 한꺼번에 하려 하지 말고 조금씩 나누어 해결하라고 아버지가 말해주는 교훈입니다. 책의 편집도 마찬가지일 것입니다.

우리는 책의 장(챕터)마다 책의 장에서 가장 중요하다고 생각되는 내용을 뽑아 신호등으로 삼아 각 장의 제목 아래 실었습니다. 이들 본문에서 뽑아 각장 첫머리에 실은 글들은 원서에는 없는 이 책의 편집입니다.

끝으로 책읽기에서 중요하게 생각해야 할 것은, 책의 내용을 기억하는 것이 아니라, 책의 내용으로 인해 우리가 떠올릴 수 있었던 생각입니다. 책의 내용이야 언제라도 다시 읽으면 알 수 있습니다. 그러나 책을 읽으면서 떠올랐던 생각은 다시는 없을 나만의 생각이어서 중요합니다. 예를 들어, 사과나무에서 사과가 떨어지는 것은 누구나 경험하는 일입니다. 그러나 사과가 떨어지고 그 사과 떨어짐이 만유인력에 기인한다는 생각은 뉴턴 이전에 누구도 생각하지 못했던 생각입니다. 그러므로 아이가 책을 읽고 책의 내용과 관계없는 엉뚱한 이야기를 한다면, 우리는 아이의 말에 주의를 기울여야 합니다. 우리가 독서에서 중요하게 생각해야할 것은 책의 내용이 아니라, 우리가 그 책을 읽지 않았다면 도저히 생각해내지 못했을 우리의 창조적인 사고입니다.

2020년 코로나로 고통 받고 있는 여름날 쓰다

- 1860년 5월 9일 스코틀랜드 엉거스의 작은 마을 키리무어에서 보수적인 칼뱅교파의 가난한 가정의 7남매의 세 번째 아들로 태어남. 성공한 수공 직물업자 아버지는 데이비드 배리, 어머니는 마거릿 오길비.

- 1867년 어머니가 편애했던 형 데이비드가 14세 생일을 하루 앞두고 스케이트를 타다 사고를 당해 두개골 골절로 사망.

- 1868년 형 알렉이 교사로 있던 글래스고 학교에 다님.

- 1871년 포파르 학교 재학. 같이 살던 형 알렉이 사임한 후 포파르 가정에 거주.

- 1873년 알렉과 함께 덤프리즈 학교에 다님.

- 1877년 첫 희곡 「산적 반데르로」가 덤프리즈 아마추어 연극회에서 공연됨.

- 1878년 에든버러대학교 입학, 『에든버러 석간신문』에 연극평 기고 시작.

- 1882년 4월 21일에 에든버러대학교에서 석사학위(M.A.) 받음.

- 1883년 『노팅엄 저널』 신문사에서 선임작가로 활동 시작.

- 1884년 10월에 『노팅엄 저널』을 사직하고 11월에 성 제임스 가제트 출판사에서 「오래된 리히트 공동체」 출간.

- 1885년 고향 키리무어를 떠나 3월부터 런던에서 비상근작가로 살기 시작. 1890년까지 『성 제임스 가제트』와 『브리티시 위클리』의 기자로 활동함.

- 1887년 『죽는 것이 더 좋다』 출간. 개인적인 크리켓 팀인 알라학바리스 구성.

- 1888년 소설 『오래된 리히트 목가』, 『남자가 혼자 살 때』 출간.

- 1889년 소설 『스럼스의 창문』 출간.

- 1890년 『나의 여인 니코틴』 출간.

- 1891년 소설 『젊은 목사』, 전기 『리처드 새비지』(H.B. 매리엇 왓슨과 공저)가 첫 공연. 연극 〈입센의 유령〉(헨리크 입센의 희곡 『헤다 캐블러』와 『유령』에 대한 풍자) 첫 공연.

- 1892년 〈런던을 걷는 자〉 첫 공연(후에 아내가 된 배우 메리 안셀의 주연). 뉴욕에서 첫 공연.

- 1893년 오페라 〈제인 애니〉(음악은 어니스트 포드, 가사는 배리와 아서 코난 도일).

- 1894년 7월 9일 배우 메리 안셀과 결혼. 켄싱턴 가든 근처에 있는 글로스터가 133로 이사.

- 1895년 9월 6일 어머니 마거릿 오길비 사망. 『스코틀랜드의 탄식─로버트 루이스 스티븐슨의 죽음을 맞아 쓴 애도시』.

- 1896년 전기 『마거릿 오길비』, 소설 『감상적인 토미─그의 소년시대 이야기』 출간. 처음으로 미국 방문하여 유명 제작자 찰스 프로만을 만나 〈피터 팬〉을 공연하기로 함.

- 1897년 러웰린 데이비스 가족과 켄싱턴 가든에서 처음 만남. 먼저 처음 아들 조지와 잭을 만나고 후에 어머니 실비아를 만남. 실비아는 소설가 조지

드 모리에의 딸이자 배우 제럴드 드 모리에의 누이였음. 그 뒤로 계속해서 켄싱턴 가든 31번지에 있는 데이비스가를 수시로 그리고 정기적으로 방문하며 가깝게 지냄. 『젊은 목사』를 연극으로 개작해 첫 공연.

- 1900년 〈토미와 그리젤〉과 〈결혼식 손님〉 첫 공연. 메리 배리가 서리주 판햄 근처 블래레이크의 집을 임대함. 러웰린 데이비스가에 마이클이 태어남.

- 1901년 『검은 호수 섬의 소년 표류자』 출간.

- 1902년 〈작은 하얀 새─켄싱턴 가든의 모험들〉과 〈우아한 거리〉 첫 공연. 〈찬탄할 만한 크라이턴〉 첫 공연. 켄싱턴 가든 근처의 레인스터 코너로 이사. 아버지 데이비드 배리 사망.

- 1903년 〈귀여운 메리〉 첫 공연.

- 1904년 12월 27일에 요크 공작 극장에서 〈피터 팬〉 첫 공연. 러웰린 데이비스 가족이 버크 햄스테드주의 에젤 하우스로 이사.

- 1905년 〈불 옆에 앉아 있는 앨리스〉 첫 공연.

- 1906년 소설 『켄싱턴 가든의 피터 팬』 출간.

- 1907년 러웰린 데이비스가의 가장 아서 사망. 체임벌린 경이 할리 그랜빌─바커의 희곡 『쓰레기』 공연을 거부하자 극장검열법 개혁을 위한 운동에 참여함.

- 1908년 2월 22일 〈웬디가 성장했을 때─하나의 후기〉 첫 번째이자 마지막 공연.

- 1909년 아내 메리가 20년 연하의 길버트 카난과 불륜 관계를 맺음에 따라 이혼(이혼하고 재혼한 뒤에도 배리는 메리에게 매년 생활비를 지급함). 강변이 내려다보이는 아델피 테라스 하우스 3번지 아파트로 이사. 기사 작위 수여 제안 거부. 남극 탐험가 R.F. 스콧의 초대를 수락. 스콧의 아들 피터

의 대부가 됨. 에든버러대학 명예 법학박사 학위 받음.

- 1910년 실비아 러웰린 데이비스의 사망으로 러웰린 데이비스가의 다섯 아들의 보호자가 됨.

- 1911년 소설 『피터 팬과 웬디』 출간.

- 1912년 5월에 런던 켄싱턴 가든에 피터 팬 조각상이 조각가 조지 프램턴 경에 의해 세워짐.

- 1913년 〈반시간〉, 〈사랑스러운 사람〉 첫 공연. 6월 14일 국왕 조지 5세로부터 종신 준남작(Baron) 작위 받음.

- 1914년 1차 대전에 참가한 유럽 연합국에 대한 미국의 지원을 독려하려고 외교적 노력을 위해 미국 방문.

- 1915년 러웰린 데이비스가의 큰아들 조지가 3월 15일에 작전 수행 중 전사. 프랑스 전투 지역 방문. 찰스 프로만, 루시타니아호 어뢰 피격으로 전사.

- 1916년 『신데렐라를 위한 키스』, 『셰익스피어의 유산』 출간.

- 1917년 〈사랑하는 브루투스〉 첫 공연. 신시아 애스퀴스를 비서로 채용. 그녀는 1908년부터 1916년까지 영국 총리를 지낸 H.H. 애스퀴스의 며느리였음.

- 1918년 〈모든 여성이 하는 것〉 첫 공연. 미군의 귀빈으로 프랑스 방문. 휴전 협정을 위해 파리에서 체재. 『전쟁의 메아리』(4편의 희곡집) 출간.

- 1919년 스코틀랜드의 세인트앤드루스대학교 총장에 선임(1922년까지 재임).

- 1920년 〈메리 로즈〉 첫 공연.

- 1921년 〈부인들과 함께할까요?〉 첫 공연. 5월 19일에 마이클 러웰린 데이

비스 익사.

- 1922년 메릿 훈장(Order of Merit : 1902년에 제정된 문무에 공로 있는 사람에게 주는 명예훈장) 받음.

- 1928년 희곡『피터 팬』책으로 처음 출판됨, 작가협회 회장 선임.

- 1929년 희곡『피터 팬』에 관련된 작품의 인세를 모두 그레이트 오몬드가 어린이 병원에 기증.

- 1930년『그린우드 모자』출간, 케임브리지대학교에서 명예 법학박사 학위 받음. 10월 25일 모교 에든버러대학교 총장 취임(1937년까지 재임).
[1930년대에 당시 요크공의 젊은 딸들인 지금 엘리자베스 2세 여왕과 마거릿 공주를 만나 이야기를 들려줌.]

- 1931년『굿바이 줄리 로건 양』이 성탄절에『더 타임스』신문과 함께 배포.

- 1936년 마지막 희곡〈소년 데이비드〉(『구약』에 나오는 사울 왕과 젊은 다윗에 관한 이야기) 첫 공연.

- 1937년 6월 19일 런던에서 폐렴으로 사망.(자식이 없는 배리는 상당한 토지를 포함하는 모든 유산을 비서 신시아 애스퀴스에게 남겼다. 그러나 피터 팬과 관련된 모든 작품들인『작은 하얀 새』,『켄싱턴 가든의 피터 팬』, 희곡『피터 팬－성장하지 않는 소년』, 소설『피터 팬과 웬디』의 판권은 런던의 그레이트 오몬드가 어린이 병원에 이미 모두 기증되었다.) 고향 키리무어 가족묘에 묻힘(그가 태어난 집은 지금 배리 박물관이다.)

(정정호 작성)